바질 이야기

바질 이야기

The Basil Stories

F. 스콧 피츠제럴드 지음

이영아 옮김

B:

일러두기

- 『The Basil and Josephine Stories』(Popular Library, 1976)를 저본으로 번역했습니다.
- 인명, 작품명, 지명은 국립국어원 외래어표기법을 따르되 일부 명칭은 일반적으로 널리 쓰이는 표기를 따랐습니다.
- 단행본 및 정기간행물은 『 』, 그림, 영화, 희곡의 제목은 〈 〉로 구분했습니다.
- 주석은 모두 옮긴이 주입니다.

목차

그런 파티[1]

1

파티가 끝난 후 도도한 스티븐스 두리에이 한 대와 1909년형 맥스웰 두 대가 빅토리아 한 대와 함께 도롯가에 대기 중이었다. 사내아이들은 쾌활한 소녀들을 가득 실은 스티븐스가 부르릉 떠나는 모습을 지켜보았다. 그러고는 서너 명씩 짝지어 줄줄이 거리를 걸었다. 왁자지껄한 무리도 있고, 말없이 생각에 잠긴 아이들도 있었다. 남들에게 뒤질세라 숨 가쁘게 주변 세상을 흡수하며 언제나 예기치 않은 일을 경험하는 열 살과 열한 살의 그들에게도 잊지 못할 오후였다.

직업을 이야기하자면 배우이자 운동선수이자 학자이자 우표 수집가이자 시가 밴드 수집가인 테런스 R. 팁턴은 그렇게 생각했다. 그는 하늘을 나는 기분이었다. 밖으로 나온 그를 맞아주던 봄밤의 기운을, 자동차로 걸어가 그를 돌아보던 돌리 바틀릿의 당돌하고 득의양양하며 홍조 띤 얼굴을 평생 잊지 못할 것 같았다. 그가 느낀 감정은 흡사 두려움과 비슷했다. 큰 충동 하나가 이제 막 그의 삶에 자리 잡았으니 생뚱맞은 일도 아니었다. 이제부터 테런스는 사랑밖에 모르는 바보였다. 멀리서 막연히 사랑을 꿈꾸는 것이 아니라, 불려가서 포옹받고, 가슴 저릿한 즐거움

---

1 『새터데이 이브닝 포스트』는 10~11세의 아이들이 키스 게임을 한다는 설정이 비현실적이라는 이유로 「그런 파티」를 거절했다. 그러자 피츠제럴드는 주인공의 이름을 바질 듀크 리에서 테런스 R. 팁턴으로 수정하여 단독 작품으로 팔려 했지만, 이 시도는 결국 실패로 끝났다.

을 맛본 후 한 시간도 채 안 되어 중독자가 되어버린 사랑꾼. 집으로 향하는 그의 머릿속에 두 가지 질문이 떠올랐다. 이 감정은 얼마나 오래 지속되었으며, 언제 다시 마주칠 수 있을까?

그의 어머니는 안색이 다소 창백하고 머리칼은 옅은 황갈색이며 짙은 초록빛 눈동자에 섬세하고 날카로운 이목구비를 한 어린 아들을 맞았다. 기분은 어떠니? 괜찮아요. 길레이네에서 재미있었니? 괜찮았어요. 얘기해 줄래? 얘기할 게 없어요.

"너도 파티 열래, 테런스?" 어머니가 제안했다. "요즘 파티에 참 많이 다니던데."

"아니요, 됐어요, 엄마."

"생각이라도 한번 해봐. 남자애 열 명, 여자애 열 명 모여서 아이스크림이랑 케이크 먹고 게임도 하고."

"무슨 게임이요?" 파티 생각은 눈곱만큼도 없었지만, 그 단어에 저도 모르게 반응하여 물었다.

"뭐, 유커나 하츠나 오서즈[1]나."

"우린 그런 거 안 해요."

"그럼 뭘 하는데?"

"뭐, 그냥 노닥거리죠. 어쨌든 난 파티 열기 싫어요."

집 안에 여자애들을 불러들여서 바깥세상과의 벽을 무참히 무너뜨려 봐야 좋을 것 하나 없었지만, 돌리 바틀릿과 다시 가까워지고픈 욕심 때문에 마음이 흔들렸다.

"그럼 우리끼리만 놀아도 돼요?" 테런스가 물었다.

"당연하지, 난 빠져줄게." 팁턴 부인이 말했다. "시작할 수 있게만 도와주고 나갈 거야."

1 셋 모두 카드놀이의 이름이다.

"나들 그렇게 해요." 하지만 테런스는 오후 내내 그곳에 아줌마 여럿이 있었던 걸 기억했다. 집에서 여는 파티에 그의 어머니가 가까이 있는 건 생각하기도 싫었다.

저녁을 먹을 때 그 문제가 다시 화제에 올랐다.

"길레이네 집에서 뭘 했는지 아빠한테 말씀드려." 어머니가 말했다. "잊어버리진 않았을 거 아니니."

"물론 안 잊어버렸죠, 하지만……."

"키스 놀이라도 했나 보지." 팁턴 씨는 무심히 툭 뱉었다.

"아, 클랩 인 앤드 클랩 아웃clap-in-and-clap-out이라는 이상한 게임을 했어요." 테런스는 앞뒤 헤아리지 않고 무작정 말해 버렸다.

"그게 뭔데?"

"음, 남자애들이 전부 밖에 나가 있으면 여자애들이 한 남자애를 지목해서 걔한테 편지가 왔다고 말해요. 아니다, 그건 우체국 게임이다. 어쨌든 그 남자애가 안으로 들어가서 누가 자기를 불렀는지 알아맞히는 거예요." 그 위대한 경험을 배신한 스스로가 미워져 테런스는 얼른 이야기를 끝내려 했다. "……여자애를 골라서 그 앞에 무릎을 꿇고, 정답이 아니면 박수를 받으면서 방밖으로 쫓겨나요. 그레이비 소스 더 주실래요?"

"맞히면?"

"아, 포옹해요." 테런스는 중얼거렸다.

말로 뱉으니 무척 상스럽게 들렸다. 그렇게 근사했던 일이.

"전부 다?"

"아니요, 한 명만요."

"네가 원한 게 그런 파티구나." 어머니는 약간 충격을 받은 표정이었다. "오, 테런스."

"아니에요." 테런스는 반박했다. "내가 언제 그런 파티를 열고 싶다고 했어요?"

"내가 자리를 비켜줬으면 좋겠다며."

"시내에서 길레이를 만났다." 팁턴 씨가 말했다. "저 멀리 북쪽에서 온 평범한 양반이더군."

워싱턴이 마운트 버넌[1]에서 지내던 시절에 인기 있었던 오락거리를 깔보는 시선은, 도시인들이 미국 시골의 풍속을 대하는 태도와 다르지 않았다. 팁턴 씨의 말은 그의 의도대로 테런스에게 영향을 미쳤지만, 그가 기대했던 효과는 아니었다. 고분고분한 협력자가 필요하다는 생각이 문득 든 테런스는 이제 막 가족과 함께 도시에 들어온 조 슈노버를 표적으로 정했다. 저녁 식사가 끝나자마자 테런스는 자전거를 타고 조의 집으로 달려갔다.

테런스는 조에게 당장 파티를 열자고, 키스 게임을 몇 번 하고 말 것이 아니라 먹는 시간도 아껴가며 오후 내내 계속하자고 제안했다. 테런스는 야만적이지만 찬란한 색채의 난잡한 파티를 머릿속에 그렸다.

"물론 네가 글래디스를 부를 수 있어. 걔가 지겨워지면 키티든 누구든 네가 원하는 사람을 부르면 되고, 걔들도 너를 부를 거야. 아, 얼마나 좋겠어!"

"다른 애가 돌리 바틀릿을 부를 수도 있지."

"야, 바보 같은 소리 하지 마."

"넌 비참하게 망할 거다."

"아니야."

"맞다니까."

가시 돋친 말이 오갔지만 슈노버 부인에게 허락을 받아야 하

---

1 미국의 초대 대통령 조지 워싱턴의 생가인 농원 저택.

는 현실적인 문제가 있었다. 테런스는 조가 돌아올 때까지 어스름한 바깥에서 기다렸다.

"엄마가 괜찮대."

"저기, 우리가 뭘 하든 신경 안 쓰시겠지?"

"왜 신경 써?" 조는 천진하게 물었다. "오늘 오후에 엄마한테 그 얘길 했더니 그냥 웃던데."

테런스는 캐리 부인이 교장으로 있는 아카데미에 다니면서, 끝날 것 같지 않은 따분하고 우중충한 시간을 빈둥빈둥 흘려보내고 있었다. 그곳에서 배울 게 거의 없다고 생각하는 그는 툭하면 오만불손한 태도로 반감을 드러내곤 했지만, 조 슈노버의 파티가 열리는 날 아침엔 날 건드리지만 말라는 심정으로 말 없는 미친 사람처럼 책상 앞에 앉아 있었다.

"그래서 미국의 수도는 워싱턴이야." 콜 선생이 말했다. "그리고 캐나다의 수도는 오타와, 중앙아메리카의 수도는……."

"멕시코시티요." 누군가가 자기 생각을 말했다.

"없어." 테런스는 무심코 말해 버렸다.

"오, 수도가 없을 리가." 콜 선생이 지도를 보며 말했다.

"뭐, 우연히도 없답니다."

"조용히 해, 테런스. 중앙아메리카 수도는 멕시코시티라고 적어. 이제 남아메리카가 남았네."

테런스는 한숨을 내쉬었다.

"우릴 잘못 가르쳐서 무슨 득을 보시겠다고."

10분 후 테런스는 약간 겁먹은 채 교장실로 불려갔고, 그곳에서는 온갖 불의의 세력이 어지러운 대열을 갖추고서 그와의 대결을 기다리고 있었다.

"네 생각은 중요치 않아." 캐리 교장이 말했다. "네 스승이신

콜 선생한테 건방지게 굴었잖니. 네 부모님한테도 말씀드려야겠구나."

테런스는 아버지가 집에 없어 다행이다 싶었지만, 어머니가 캐리 교장의 연락을 받으면 그를 파티에 보내주지 않을 터였다. 비참한 운명을 눈앞에 두고 정오에 학교 정문을 나서던 테런스는 어머니의 가장 절친한 친구의 아들, 그래서 적이 될 가능성이 높은 앨버트 무어의 목소리에 습격당했다.

앨버트는 테런스가 교장실에 불려간 일과 그 여파로 집에서 당할 일들을 미주알고주알 떠들어댔다. 테런스는 앨버트가 안경쟁이라 눈알이 네 개라고 맞받아쳤다. 앨버트는 테런스가 뭐든 다 아는 척한다고 꼬집었다. 겁먹은 고양이라느니 중증 피해망상이라느니 하는 얄미운 말들로 서로를 신나게 욕하다 어느새 과격한 드잡이가 시작되었고, 그 와중에 테런스는 정말이지 우연히 앨버트의 코를 들이받고 말았다. 피가 줄줄 흘렀다. 목숨과도 같은 피가 노란 넥타이로 뚝뚝 떨어지고 있다고 생각한 앨버트는 서럽고 무서워서 엉엉 울었다. 테런스는 발길을 떼다가 멈추고는 손수건을 꺼내어 뇌물로 휙 던져준 다음, 무시무시한 현장으로부터 내빼기 시작했다. 뒷골목으로 들어가 담장을 넘어 범죄 현장으로부터 달아났다. 30분 후 그는 조 슈노버네 집의 뒷문에 도착해 요리사를 통해 자신의 도착을 알렸다.

"왜 그러는데?" 조가 물었다.

"나 집에 안 갔어. 앨버트 무어랑 싸웠거든."

"우와. 걔는 안경 벗고 있었어?"

"아니. 왜?"

"안경 낀 사람을 때리면 감옥 가거든. 야, 난 점심이나 마저 먹어야겠다."

테런스는 골목에 놓인 상자 위에 애처로이 앉아 있었다. 마침내 조가 나오더니, 점점 침울해져 가는 세상에 어울릴 만한 소식을 알렸다.

"키스 게임은 할 수 있을지 모르겠어. 엄마가 바보 같대."

테런스는 소년원의 공포를 힘겹게 떨쳐냈다.

"아주머니가 병에 걸려 버렸으면 좋겠다." 무심결에 이런 말이 튀어나왔다.

"우리 엄마한테 그런 말 하지 마."

"내 말은 네 이모가 병에 걸렸으면 좋겠다고." 테런스는 말을 바꾸었다. "그러면 아주머니가 집에 못 있을 거 아니야."

"그러면 좋겠다." 조는 가만히 말했다. "많이 아프지는 말고."

"네가 엄마한테 전화해서 이모가 아프다고 하면 되잖아."

"이모는 토나완다에 사니까 전보를 보내겠지. 예전에도 한 번 그랬어."

"패츠 파머한테 가서 부탁해 보자."

잡역부의 아들인 패츠 파머는 전보 배달부로, 그들보다 몇 살 더 많고 담배를 피우고 욕을 잘했다. 그는 가짜 전보를 배달했다간 해고당할 수도 있다며 거절했지만, 25센트를 주면 발신지를 한 장 구해서 자기의 어린 여동생에게 대신 배달을 시키겠다고 했다. 단, 미리 현금을 내면.

"돈은 내가 구할 수 있을 것 같아." 테런스는 조심스레 말했다.

조와 패츠는 몇 구역 떨어진 어느 아파트 건물 밖에서 테런스를 기다렸다. 10분 후 지친 표정으로 돌아온 그는 손바닥에 놓인 25센트를 보여주더니 입을 꾹 다문 채 갓돌에 잠깐 앉아, 그들에게 아무 말 말라는 듯 손을 흔들었다.

"누구한테 받았어, 테런스?"

"이모." 테런스는 힘없이 중얼거리고는 덧붙여 말했다. "달걀이었어."

"무슨 달걀?"

"날달걀."

"달걀 팔았냐?" 패츠 파머가 다그쳐 물었다. "야, 내가 달걀 구할 수 있는 데를 아는데……."

테런스는 끙하고 앓는 소리를 냈다. "달걀을 날로 먹었다니까. 이모는 건강에 미친 사람이거든."

"참 쉽게도 돈 벌었네." 패츠가 말했다. "난 달걀을 빨아 먹……."

"그만해." 테런스는 애원했지만 이미 늦었다. 그 달걀은 치료 효과 따위 없었다. 사랑을 위해 희생된 달걀이었다.

2

테런스는 다음과 같은 전보를 지어냈다.

조금 아파 당장 와줘
사랑하는 동생이

4시 무렵, 테런스는 자기에게 가족이 있다는 걸 머리로는 여전히 알고 있었지만, 그들은 까마득한 과거 저 멀리 살고 있었다. 그는 자기가 죄를 지었다는 것도 알고 있었다. 그래서 아까는 잠시 골목을 서성이면서 "이제 저도 잠자리에 들려 합니다"[1] 기도문을 연거푸 읊조리며, 앨버트 무어의 안경 건에 관하여 세

---

1 아이들이 잠들기 전 올리는 기도. 이제 저도 잠자리에 들려 합니다/ 제 영혼을 지켜달라고 주께 기도합니다/ 깨어나기 전에 죽는다면/ 제 영혼을 거두어달라고 주께 기도합니다.

상의 자비를 빌었다. 나머지 죄는 탄로 날 때까지 기다려도 늦지 않았다. 이왕이면 죽은 후에 알려지기를.

4시에 테런스는 조와 함께 슈노버 가족의 식품 저장실 안에 있었다. 그들은 부엌에 있는 하인들 덕분에 안전하게 느껴지는 그곳에서 지난 30분을 보냈다. 슈노버 부인은 떠났고, 곧 손님들이 도착할 예정이었다. 그리고 마치 합의된 신호처럼 초인종과 전화벨이 동시에 찌렁찌렁 울렸다.

"왔어." 조가 속삭였다.

"만약 우리 가족이면," 테런스가 쉰 목소리로 말했다. "나 여기 없다고 말해 줘."

"너희 가족이 아니라 파티에 놀러 온 애들이야."

"전화 말이야."

"네가 받아." 조는 부엌문을 열었다. "초인종 못 들었어요, 어마?"

"내 손에 케이크 반죽 묻었고, 에시도 마찬가지야. 네가 가, 조."

"아니, 싫어요."

"그럼 손님들이 기다려야 하잖아. 너흰 다리가 없어?"

다시 한번 단호하고도 무서운 이중 신호가 집 안에 울려 퍼졌다.

"조, 우리 가족한테 나 여기 없다고 말해 달라니까." 테런스가 긴장된 목소리로 말했다. "내가 여기 없다는 말을 내가 어떻게 해? 1분밖에 안 걸려. 그냥 나 여기 없다고 해."

"가서 문 열어줘야지. 애들이 다 가버리면 좋겠냐?"

"당연히 아니지. 그래도 네가 그냥……."

어마가 손을 닦으며 부엌에서 나왔다.

"참 나, 애들 다 가버리면 어쩌려고 문을 안 열어줘?"

두 사람이 동시에 말하는 바람에 혼동이 일었지만, 어마가 전화를 받으면서 문제가 해결되었다.

"여보세요. 조용히 해, 테런스, 안 들리잖아. 여보세요, 여보세요…… 끊어버렸네. 머리 빗어, 테런스, 그리고 네 손 좀 봐!"

테런스는 얼른 싱크대로 달려가 세제로 허둥지둥 손을 씻었다.

"빗 어디 있어?" 테런스는 소리 질렀다. "조, 빗 어디 있냐니까?"

"어디 있겠냐, 위층에 있지."

손을 닦지도 않고 부리나케 뒷계단으로 올라가 거울 앞에 선 그는 하루 대부분을 골목에서 삐댄 사내아이, 딱 그 꼴이었다. 테런스가 급하게 조의 깨끗한 셔츠를 찾아 입고 단추를 잠그고 있는데, 울부짖는 소리가 앞계단을 타고 올라왔다.

"테런스, 가버렸어. 아무도 없어. 전부 다 가버렸다고."

두 소년은 당황해서 포치로 뛰쳐나갔다. 거리 저 아래로 두 개의 작은 형체가 멀어져 가고 있었다. 테런스와 조는 두 손을 입가에 동그랗게 오므리고서 소리쳤다. 형체들이 멈춰 서더니 뒤돌아보았다. 그러더니 갑자기 다른 형체들이 여럿 더 모여들었다. 빅토리아 한 대가 모퉁이를 돌아 나와 따가닥따가닥 집으로 달려왔다. 파티가 시작되었다.

돌리 바틀릿을 보자마자 테런스는 심장박동이 숨 막힐 듯 빨라졌고 그 자리에서 달아나고 싶었다. 돌리는 그가 알던 사람, 일주일 전에 그가 두 팔로 감싸 안았던 그 소녀가 아니었다. 테런스는 유령을 보듯 물끄러미 돌리를 바라보았다. 그녀가 어떻게 생겼는지 이제야 처음 깨달은 양, 그에게 돌리는 거의 시간과 날씨의 본질로 느껴졌다. 대기에 서리와 기쁨이 감돈다면 그녀가 바로 서리와 기쁨이었고, 여름밤 노란 창문에 어떤 신비가 있다면 그녀가 바로 그 신비였으며, 영감이나 슬픔이나 흥분을 불러일으키는 음악이 있다면 그녀가 바로 그 음악이었다. 그녀는 〈붉은 날개Red Wing〉이고, 〈앨리스, 어디 가니?Alice, Where art thou going?〉이며, 〈밝은 달빛에By the Light of the Silvery Moon〉였다.

더 이성적으로 보자면, 돌리의 머리칼은 울퉁불퉁하니 양 갈래로 땋은 어린애다운 금발이었고, 얼굴은 고양이처럼 이목구비가 조화롭고 귀여웠으며, 두 다리는 발목을 단정하게 꼬고 있거나 의자에서 속수무책으로 대롱거렸다. 열 살의 나이에 흠잡을 데 없는 데다 자신감과 생기가 넘치는 돌리는 남자아이들에게 인기가 많았다. 오래도록 한곳에 머무는 시선, 얼굴을 떠날 줄 모르는 미소, 은밀한 목소리, 섬세한 손길, 대대로 이어져 내려온 이런 기교들을 이용하여 벌써부터 남자애들을 쥐락펴락하는 조숙한 소녀.

돌리와 나머지 손님들은 그들을 초대한 주인을 찾아 두리번거리다 아무도 보이지 않자 거실로 들어가 긴장된 목소리로 소곤소곤 이야기하고 웃으며 서 있었다. 남자아이들 역시 몸을 사리듯 자기들끼리 모여 있었다. 그들이 수줍어하며 나서지 못하는 사이, 남의 눈을 신경 쓰지 않는 여덟 살짜리 꼬맹이 두 명만 신이 나서 이리저리 뛰어다니고 시끌벅적하게 웃어댔다. 몇 분이 지났지만 아무 일도 벌어지지 않았다. 조와 테런스는 입술을 거의 움직이지 않은 채 입에서 바람이 새어 나오는 듯한 소리로 숙덕거렸다.

"네가 시작해야지." 테런스가 웅얼거렸다.

"네가 시작해. 자기가 하자고 했으면서."

"네 파티잖아. 오후 내내 이렇게 서 있느니 차라리 집에 가는

게 낫겠다. 그냥 게임하자고 말한 다음 한 사람 골라서 나가라고
해."

조는 기가 막힌다는 듯 테런스를 노려보았다.

"잘됐네! 여자애들한테 시작하라고 하자. 네가 돌리한테 말해
봐."

"싫어."

"마사 로비는?"

마사는 남자애들을 어려워하지도 않고 매력도 없는 왈가닥이
니, 여동생에게 부탁하는 거나 마찬가지였다. 그들은 마사를 한
쪽으로 데려갔다.

"마사, 저기, 여자애들한테 우체국 게임 하자고 말해 줄래?"

마사는 몸을 홱 뒤로 뺐다.

"아니, 절대 안 해." 그녀는 큰 목소리로 단호하게 말했다. "그
런 짓은 죽어도 안 해."

그것을 증명하기라도 하듯 마사는 여자애들에게 달려가 일러
바치기 시작했다.

"돌리, 테런스가 나한테 무슨 부탁 했는지 알아? 세상에……."

"말하지 마!" 테런스는 애원했다.

"……우체……."

"닥쳐! 우리가 언제 그런 걸 하겠다고 했어?"

그때 누군가가 도착했다. 한 운전기사가 베란다 계단으로 휠
체어를 끌어 올리고 있었는데, 거기에는 오늘 아침 테런스에게
맞아 피를 쏟았던 앨버트 무어의 형, 카펜터 무어가 타고 있었
다. 집 안에 들어서자마자 카펜터는 운전기사를 내보내더니 휠
체어를 능숙하게 굴려 파티장으로 들어와서는 거만하게 이리저
리 둘러보았다. 몸이 불편해지더니 폭군으로 변하고 성질이 더

18

러워졌다.

"안녕하십니까, 여러분." 그가 말했다. "잘 살고 있었냐, 조, 꼬맹아?"

곧 테런스를 발견한 카펜터는 휠체어의 방향을 바꾸어 그의 옆으로 굴러갔다.

"네가 내 동생 코를 때렸지." 그가 목소리를 내리깔았다. "우리 엄마가 너희 아빠 찾아갈 테니까 기다려."

표정이 바뀌더니 그는 웃으며 지팡이로 장난스레 테런스를 때렸다.

"그런데 다들 여기서 뭐 하고 있냐? 키우던 고양이가 방금 죽은 것 같은 표정을 하고 있네."

"테런스가 클랩 인 앤드 클랩 아웃을 하재."

"난 아니야." 테런스는 발뺌하고는 약간 성급하게 덧붙였다. "조가 하자고 했어. 쟤 파티잖아."

"아니야." 조가 발끈했다. "테런스가 그랬어."

"너희 엄마는 어디 있냐?" 카펜터가 조에게 물었다. "엄마도 알아?"

조는 위기에서 벗어나려 애썼다.

"엄마는 신경 안 써. 우리 마음대로 놀아도 된다고 했어."

카펜터는 코웃음을 쳤다.

"설마. 그 구역질 나는 게임을 허락해 줄 부모는 없을 거다."

"그냥 그거 말고는 할 게 없는 것 같아서……." 조는 맥없이 말했다.

"그래?" 카펜터가 큰 소리로 말했다. "그럼 이것만 묻자. 파티에 가보기는 했냐?"

"가봤지……."

"그럼 묻자. 파티에 가봤다면—의심스럽지만, 진짜 의심스럽지만 말이야—사람들이 뭘 하고 노는지 알 거 아냐. 지저분하게 노는 사람들 빼고 말이지."

"호수에 확 뛰어들어 버려라."[1]

충격 어린 정적이 흘렀다. 카펜터는 하반신 불구여서 가상의 호수에 뛰어들 수 없으므로, 누가 들어도 그 말은 조롱처럼 들렸다. 카펜터는 지팡이를 들어 올렸다가 슈노버 부인이 들어오자 내렸다.

"무슨 게임 하고 있니?" 부인이 부드럽게 물었다. "클랩 인 앤드 클랩 아웃?"

3

카펜터는 지팡이를 무릎으로 내렸다. 하지만 가장 당황한 사람은 그가 아니었다. 전보 작전이 먹혀든 줄 알고 있던 조와 테런스는 슈노버 부인이 그들의 계략을 알아채고 돌아온 거라고 짐작할 수밖에 없었다. 그러나 부인의 얼굴에 분노나 낭패감의 기색은 전혀 없었다.

카펜터는 얼른 정신을 차렸다.

"네, 아주머니. 이제 막 시작했어요. 테런스가 나갈 거예요."

"어떻게 하는 건지 기억이 안 나네." 슈노버 부인이 시원스럽게 말했다. "그런데 누가 피아노 연주해야 하지 않니? 그건 내가 해줄 수 있어."

"그거 좋네요." 카펜터가 신나게 외쳤다. "이제 테런스가 베개 들고 복도로 나가."

1 'go jump in the lake'는 '꺼져'라는 뜻의 관용어구이다.

"싫어." 왠지 함정이 있을 것 같은 느낌에 테런스는 냉큼 말했다. "딴 사람이 해."

"네가 나가라니까." 카펜터는 바득바득 우겼다. "자, 이제 소파랑 의자를 전부 밀어서 한 줄로 쭉 세워."

이런 전개가 못마땅한 몇몇 사람 중에는 돌리 바틀릿도 있었다. 남자애들의 감정을 갖고 놀겠다는 엉큼하고도 놀라운 속셈을 품고 왔던 돌리는 이날 오후 생각대로 일이 풀리지 않아 기교를 마음껏 발휘하지 못하고 있었다. 속았다는 기분이 들고 실망스러웠지만, 남자애들 중 한 명이 나서 주기를 기다리는 수밖에 없었다. 그게 누가 됐든 열성적으로 반응할 생각이었고, 그 사람이 이왕이면 테런스이기를 계속 빌고 있었다. 외톨이 늑대 같은 그가 낭만적으로 보였다. 슈노버 부인이 피아노로 〈모든 작은 움직임은 그 자체로 의미가 있어 *Every Little Movement has a Meaning All its Own*〉를 연주하기 시작하자 돌리는 마지못해 자리를 잡았다.

테런스가 억지로 떠밀려 복도로 나간 후 카펜터 무어는 자신의 계획을 설명했다. 이런 게임을 직접 해본 적은 없어도 규칙은 잘 알고 있는 그가 특이한 방법을 제안했다.

"어떤 여자애가 테런스한테 전할 말이 있는 거지. 하지만 무조건 그 옆의 애가 정답이야, 알겠냐? 그러니까 그 자식이 누구한테 무릎을 꿇든 고개를 숙이든 우린 틀렸다고 말해야 돼. 왜냐하면 그 옆의 여자애가 정답이니까. 무슨 말인지 알겠지?" 그가 목소리를 높였다. "들어와, 테런스!"

아무런 답이 없어 복도를 들여다보니 테런스는 사라지고 없었다. 문밖으로 나간 것도 아니었다. 그래서 아이들은 부엌으로, 위층으로, 다락방으로 집 안을 샅샅이 뒤지고 다녔다. 카펜터만은 복도에 남아 벽장에 한 줄로 걸린 코트들을 시험 삼아 쿡쿡 쑤

서대고 있었다. 갑자기 그의 휠체어가 뒤쪽에서 붙들려 벽장 안으로 휙 밀려 들어갔다. 자물쇠가 잠겼다.

잠시 테런스는 승리감에 취한 채 말없이 서 있었다. 계단을 내려오던 돌리 바틀릿은 테런스의 험악한 먼지투성이 얼굴을 보자 표정이 밝아졌다.

"테런스, 어디 있었어?"

"무슨 상관이야. 너희가 어떻게 할지 내가 다 들었는데."

"내가 그런 거 아니야, 테런스." 돌리는 테런스에게 가까이 다가왔다. "카펜터가 그랬어. 난 제대로 된 게임을 하고 싶단 말이야."

"거짓말."

"정말이야."

갑자기 복도가 숨 막힐 듯 갑갑해졌다. 그리고 충동적으로 돌리가 두 팔을 벌리고 둘의 머리가 함께 숙여질 때, 벽장 문을 쾅쾅 두드리는 소리와 함께 뭉개진 울부짖음이 그 안에서 새어 나왔다. 이와 동시에 계단에서 마사 로비의 목소리가 들렸다.

"개한테 얼른 키스해. 테런스." 마사가 쏘아붙였다. "이렇게 역겨운 건 처음 봐. 내가 가만있을 줄 알고?"

아이들이 우르르 아래층으로 내려오고, 카펜터는 해방되었다. 그리고 〈허니 보이*Honey Boy*〉의 피아노 선율에 맞추어 테런스에 대한 공격이 재개되었다. 불구자 혹은 적어도 불구자의 휠체어를 건드렸던 테런스는 이제 두 손으로 바퀴를 있는 힘껏 굴리는 괴력의 수레에 쫓겨 또다시 이리저리 피해 다녔다.

현관에 움직임이 일었다. 마사 로비가 근처 집의 포치에서 다른 어머니들 여럿과 함께 모임 중인 자신의 어머니에게 전화로 연락했다. 마사가 전한 메시지를 요약하자면, 어린 사내 녀석들이 어린 소녀들을 강제로 안으려 하는데, 제대로 지도해 주는 어른도 없고, 신사답게 행동했던 유일한 남자애는 벽장 속에 무참히 갇혔다는 것이다. 마사는 심지어 슈노버 부인이 〈지금은 누가 그녀에게 키스하고 있을까*I Wonder Who's Kissing Her Now*〉를 피아노로 연주하고 있다는 현실적인 세부 내용까지 덧붙이며, 자신도 강요를 받아 어쩔 수 없이 이런 난잡한 파티에 남아 있다고 설명했다.

여덟 개의 흥분한 구두 굽이 포치를 때려대고, 여덟 개의 걱정스러운 눈이 슈노버 부인을 마주 보았다. 그녀는 이 부인들을 전에 한 번 교회에서 마주쳤을 뿐이다. 그녀의 뒤에서는 테런스를 둘러싼 소동이 정점에 달했다. 두 남자애가 테런스를 붙잡으려 애썼고, 카펜터의 지팡이를 붙잡은 테런스는 휠체어에 들러붙어 버렸다. 서로 밀치고 밀리며 거친 몸싸움이 이어지다 휠체어가 뒤흔들리고 갑자기 한쪽으로 휙 들렸다가 엎어지면서 카펜터를 바닥으로 쏟아버렸다.

어머니들, 특히 카펜터의 어머니는 그 자리에 얼어붙었다. 여자애들은 비명을 지르고, 휠체어 주변의 남자애들은 후다닥 뒷걸음질 쳤다. 그런 다음 놀라운 일이 벌어졌다. 카펜터가 몸을 기이하게 한 번 뒤틀더니 휠체어를 붙잡고, 지나치게 튼튼한 두 팔로 버틴 채 몸을 서서히 끌어올린 뒤, 5년 만에 처음으로 두 발에 무게를 실으며 일어서는 것이 아닌가.

카펜터는 이 사실을 깨닫지 못했다. 그 순간 자기 생각은 안중에도 없었다. 모두가 숨죽이고 있는 가운데 그는 "내가 가만두나 봐라, 이 새끼"라고 소리 지르며 테런스 쪽으로 한 발짝, 또 한 발짝 절뚝절뚝 옮겼다. 무어 부인이 꺅하고 외마디 비명을 지르며 쓰러지자, 갑자기 흥분된 탄성이 여기저기서 터져 나왔다.

"카펜터 무어가 걷는다! 카펜터 무어가 걷는다!"

4

뒷골목에서 부엌으로, 부엌에서 뒷골목으로, 온종일 테런스에게 고난의 길이 이어졌다. 카펜터의 다리가 낫는 기적이 일어난 과정에 대해 어떻게든 혼나리라는 걸 알기에 테런스는 슈노버네 집 뒷문으로 빠져 나갔다. 10분 후, 골목에서 주기도문을 몇 번 허겁지겁 읊고 나서 부엌을 통해 그의 집으로 들어갔다. 요리사 헬렌이 외출복 차림으로 부엌에 있었다.

"카펜터 무어가 이제 걸을 수 있어요." 테런스는 시간을 벌기 위해 이렇게 알리고는 아리송한 말을 덧붙였다. "그럼 이제 어떻게 되는 건지 모르겠네. 저녁 준비됐어요?"

"오늘 저녁은 너만 먹으면 돼. 식탁에 차려놨어. 네 엄마는 네 이모 래펌 부인한테 아프다는 연락을 받고 가셨다. 너한테 편지 남겨놓고 가셨어."

틀림없는 행운 앞에 테런스의 심장이 다시 뛰기 시작했다. 조의 이모가 아프다는 거짓 이야기를 꾸며낸 바로 그날 그의 이모가 아프다니 묘한 일이었다.

테런스,
이렇게 갑자기 가버려서 미안하지만, 샬럿 이모가 아프다고 하니 전차 타고 록포트로 가봐야겠어. 심각하지는 않다지만 전보를 보낸 걸 보면 보통 일은 아닐 거야. 네가 점심을 먹으러 오지 않아서 걱정했는데, 나랑 같이 갈 조지 이모가 말하기를 네가 들러서 날달걀을 하나 먹었다더구나. 그럼 너한테 별일 없는 거겠지.

테런스는 끔찍한 진실을 깨닫고 편지에서 눈을 뗐다. 전보가 배달되긴 했다, 엉뚱한 집으로.

"얼른 저녁 먹어, 무어네 집에 데려다줄게." 헬렌이 말했다. "내가 문 잠그고 가야 돼."

"무어네 집에 가라고요?" 테런스는 기가 막혔다.

전화가 울리자 테런스는 당장 골목으로 뛰쳐나가고 싶었다.

"돌리 바틀릿이야." 헬렌이 말했다.

"왜 전화했대요?"

"내가 어떻게 아니."

테런스는 미심쩍어하며 전화기로 갔다.

"테런스, 우리 집에 저녁 먹으러 올래?"

"뭐?"

"엄마가 그랬으면 좋겠대."

다시는 헬렌을 '부엌 정비공'으로 놀리지 않겠다고 약속하는 대가로 약간의 일정 변경이 이루어졌다. 이제야 일이 잘 풀리려나 보다. 단 하루 동안 그는 오만불손과 위조죄를 범하고, 불구자와 맹인을 공격했다. 당연히 이번 생에 벌을 받겠지. 하지만 지금 당장은 아무래도 좋았다. 축복받은 한 시간 동안 무슨 일이 일어날지 누가 알겠는가.

스캔들 탐정단

1

5월의 무더운 오후, 버크너 부인은 과일 레모네이드 한 주전
자만 있으면 아이들이 가게에서 아이스크림으로 배를 채우지 못
하도록 막을 수 있을 거라 생각했다. 훗날 그녀 세대가 은퇴한
뒤 미국은 가정생활의 대혁명을 맞이하게 될 터였다. 하지만 20
년도 더 전인 이때 그녀는 부모와 자식 간의 관계가 예나 지금
이나 다를 바 없다고 믿었다.

서로 가까운 세대들도 있지만, 어떤 세대들 사이에는 메워지
지 않는 무한의 간극이 존재한다. 과일 레모네이드 주전자를 들
고서 널따란 뒤뜰을 지나고 있는 버크너 부인—품위 있는 여성
이자 어느 중서부 대도시의 사회 구성원—은 100년을 가로질러
가고 있는 셈이었다. 그녀의 증조할머니는 그녀의 생각을 이해
하겠지만, 지금 마구간 윗방에서 벌어지고 있는 일은 그녀도 증
조할머니도 도통 공감하지 못할 것이었다. 원래 마부의 침실이
었던 그 방에서 그녀의 아들과 친구는 범상치 않은 일을 벌이고
있었으니, 말하자면, 전례 없는 실험 중이었다. 아이디어들—수
년 후 처음 세상에 드러나 사람들을 경악시키지만, 결국엔 아주
흔해질 아이디어들—과 주변에 널린 재료들을 처음으로 시험
삼아 조합해 보고 있었다. 부인이 그들을 불렀을 때 그들은 20세
기 중반에야 부화될 알들을 아늑한 고요 속에 품고 있었다.

리플리 버크너는 사다리를 내려가 레모네이드를 받았다. 바질

듀크 리는 그 광경을 멍하니 내려다보다가 말했다. "정말 고맙습니다, 아주머니."

"거기 너무 덥지 않니?"

"아니요, 괜찮아요."

숨이 턱턱 막히는 날이었지만 그들은 더위를 거의 의식하지 못했고, 목이 마르다는 사실도 모른 채 큰 유리컵에 담긴 레모네이드를 한 잔씩 들이켰다. 그런 다음, 바닥을 톱으로 켜서 만든 뚜껑문 밑에다 숨겨놓은 물건을 얼른 꺼냈다. 요즘 그들의 관심이 온통 쏠려 있는, 빨간 모조 가죽 표지의 작문 노트였다. 레몬즙 잉크의 비밀을 간파한다면 첫 장에 적힌 글을 볼 수 있을 것이다. "스캔들 북, 스캔들 탐정단, 리플리 버크너 주니어와 바질 D. 리 지음."

이 노트에 그들은 시민들의 비윤리적인 일탈을 들리는 대로 기록해 두었다. 그중 일부는 반백의 노인들이 저지른 실책이었다. 도시의 전설이 되어버린 그 이야기들은 가족의 저녁 식사 자리에서 경솔하게 폭로된 후 작문 노트에 박제되었다.

나머지는 그들 또래 소년들과 소녀들이 저질렀다고 확인되었거나 그저 소문으로만 떠도는 더 자극적인 비행들이었다. 어른들이 읽으면 아연실색하거나 발끈할 내용도 있었고, 최신 소식 서너 건은 연루된 아이들의 부모를 공포와 절망에 빠트릴 만했다.

바로 지난해에 그들을 경악시켰지만 적을까 말까 망설였던 가벼운 스캔들 중 하나는 다음과 같았다. "엘우드 리밍이 스타 극장에서 벌레스크[1] 공연을 서너 번 봤다."

독특해서 그들 마음에 쏙 든 스캔들도 있었다. "H. P. 크램너

---

1 외설스러운 노래와 스트립쇼 등을 앞세운 통속적 희극.

는 동부에서 도둑질을 했고, 감옥에 갇힐까 봐 여기로 올 수밖에 없었다." 이제 H. P. 크램너는 도시에서 가장 나이 많고 '가장 유력한' 시민들 중 한 명이었다.

스캔들 북의 유일한 결점이라면, 언젠가 불에 가까워져 글자가 나타나기 전까지는 투명 잉크가 그 비밀을 지킬 것이기에 상상력을 동원해야만 즐길 수 있다는 것이었다. 어떤 면이 이미 사용되었는지 아닌지 알려면 자세히 들여다봐야 했다. R. B. 캐리 부인이 폐결핵에 걸렸고 그녀의 아들 월터 캐리가 폴링 스쿨에서 퇴학당했다는 울적한 사실을, 어느 부부의 꽤 무거운 죄 위에 겹쳐 써버린 전력이 있었다. 이런 작업의 목적은 공갈 협박이 아니었다. 스캔들의 주인공들이 바질과 리플리에게 '무언가 하려' 들 때를 대비한 비장의 카드였다. 스캔들 북을 갖고 있으니 권력을 쥔 느낌이었다. 예를 들어 바질은 단 한 번도 H. P. 크램너 씨에게 위협당한 적이 없지만, 그런 일이 있으리라는 암시를 받는다 해도 상관없었다. 크램너 씨의 과거 기록이 그를 지켜줄 것이므로.

사실, 현시점에 스캔들 북은 역사 속으로 사라지고 없다. 수년 후 청소부가 뚜껑문 밑에서 그 노트를 발견하고는 속이 텅 비어 있어서 어린 딸에게 준 것이다. 이렇게 해서 결국 엘우드 리밍과 H. P. 크램너의 비행은 링컨의 게티즈버그 연설을 깔끔하게 옮겨 쓴 글 밑에 파묻히고 말았다.

스캔들 북은 바질의 아이디어였다. 두 소년 중에 바질이 더 창의적이고 여러모로 더 유능했다. 초롱초롱한 눈망울에 갈색 머리의 열네 살 소년은 아직 체격이 조금 왜소했고, 학교에서는 똑똑하고 게을렀다. 좋아하는 소설 속 인물은 괴도 신사 아르센 뤼팽이었다. 최근 유럽에서 건너와 20세기의 지루한 첫 수십 년 동안 열렬히 추앙받은 낭만적이고 비범한 인물.

　바질처럼 반바지를 입고 다니는 리플리 버크너는 이 협력 관계에서 굉장한 행동력을 발휘하는 쪽이었다. 바질의 상상에 번개같이 반응해, 아무리 황당무계한 계획이라도 "해보자!"라고 즉석에서 답했다. 그들이 투수와 포수로 뛰었던 학교 야구부 3군이 불운한 4월 시즌을 보내고 해체된 후로 두 사람은 가슴속에서 들끓는 불가사의한 에너지를 분출할 방법을 찾는 데 오후 시간을 쏟아붓고 있었다. 뚜껑문 밑의 은닉처에는 챙이 축 처진 모자들과 화려한 색상의 스카프용 손수건들, 납을 박아 넣어 조작한 주사위들, 수갑 한쪽, 뒤창을 통해 골목으로 빠져나갈 때 타고 내려가기 위해 코바늘로 가느다랗게 뜬 줄사다리, 그리고 낡은 연극용 가발 두 개와 다양한 색깔의 인조털이 담긴 분장 도구 상자가 있었다. 어떤 불법적인 모험에 착수할지 결정이 나면 사용할 물건들이었다.

　그들은 레모네이드를 다 마신 후 홈런[1]에 불을 붙이고, 범죄, 프로야구, 섹스, 지역의 레퍼토리 극단[2]에 관해 두서없는 대화를 나누었다. 그때, 바로 옆 골목에서 발소리와 귀에 익은 목소리가 들려와 대화가 끊겼다.

　그들은 창밖을 내다보았다. 목소리의 주인은 이모진네 뒤뜰에서부터 블록 끝의 코니네 집까지 이어지는 골목을 지나가고 있는 마거릿 토런스, 이모진 비슬, 코니 데이비스였다. 꼬마 숙녀들은 각각 열세 살, 열두 살, 열세 살이었고, 자기들밖에 없는 줄 아는지 발걸음에 맞추어 조금 과감하게 노래를 바꿔 부르고 있었다. 킥킥거리며 소곤소곤 부르다가 마지막에는 힘차게 내질렀

1　1880년대 후반부터 1960년대까지 생산된 담배의 상표명.
2　한 극장에 전속되어 한 시즌에 몇 편의 연극을 공연하는 극단.

다. "오 내 싸아랑, 클레메엔타인."

바질과 리플리는 창밖으로 몸을 내밀다가 속옷 바람인 걸 기억하고는 창턱 뒤로 주저앉았다.

"다 들었어!" 두 소년은 동시에 소리 질렀다.

소녀들은 걸음을 멈추고 웃었다. 마거릿 토런스는 껌을 과장되게 쫙쫙 씹었다. 어떤 목적이 깃든 껌을. 바질은 곧장 이해했다.

"어디서 했어?" 그가 소녀들에게 캐물었다.

"이모진네 집에서."

그들은 비슬 부인의 담배를 피운 것이다. 그들의 경박한 분위기에 관심과 흥미가 돋은 두 소년은 대화를 더 길게 끌었다. 코니 데이비스는 무용 학교를 다닐 때 리플리의 여자친구였고, 마거릿 토런스는 얼마 전까지 바질의 삶에 한 자리를 차지했었다. 이모진 비슬은 유럽에서 1년을 보낸 후 이제 막 돌아왔다. 지난 한 달간은 바질도 리플리도 여자애들에게 아무 관심이 없었는데, 설레는 기분을 다시금 맛본 지금 세상의 중심이 밀실에서 바깥의 작은 패거리에게로 갑자기 옮겨가 버렸다.

"올라와." 그들이 제안했다.

"나와. 워튼스네 마당으로 가자."

"좋아."

스캔들 북과 변장 도구 상자를 치워두는 것도 깜빡 잊은 채 두 소년은 부리나케 밖으로 나가 자전거를 타고 골목을 달렸다.

워튼스네 자식들은 진작 다 컸지만, 동네 어린애들은 여전히 오후마다 약속이라도 한 듯 그 집 마당에 모여들었다. 그곳에는 여러 장점이 있었다. 널찍하고 양쪽이 이웃집 마당들로 트여 있는 데다, 스케이트나 자전거를 타고 거리에서 바로 들어갈 수 있었다. 낡은 시소 하나, 그네 하나, 플라잉 링 한 벌이 있었지만,

이것들이 설치되기 전에도 만남의 장소로 쓰였다. 왠지 어린애다운 면모가 있었기 때문이다. 그래서 아이들은 친구들의 집 대신 잘 알지도 못하는 사람들의 칙칙한 땅에 모여 불편한 계단에 옹기종기 앉아 있었다. 워튼스네 마당은 오래전부터 모두가 그런대로 만족할 만한 타협안이었다. 온종일 짙은 그늘이 져 있고, 이름을 알 수 없는 뭔가가 늘 만개해 있었으며, 참을성 있는 개들이 돌아다니고, 빙글빙글 돌아가는 바퀴 자국들과 질질 끄는 발자국들에 수도 없이 파여 군데군데 갈색 흙이 드러나 있었다. 60미터 떨어진 절벽 아래에는 '믹'[1]—이름을 물려받았을 뿐, 이제 그들 대부분은 스칸디나비아 혈통이었다—이 궁색한 가난 속에 무리 지어 살고 있었는데, 놀 거리가 시들해진 아이들이 몇 번 소리치기만 하면 그들이 언덕으로 우르르 몰려왔다. 아이들은 수적으로 우세하다 싶으면 그들과 맞짱을 떴고, 아니다 싶으면 가까운 집으로 달아났다.

5시였고, 저녁 식사 전의 그 온화하고 낭만적인 시간—그 후 잠깐 스쳐 지나가는 여름철 황혼만이 이 시간을 이길 수 있었다—을 즐기기 위해 몇몇 아이들이 모여 있었다. 바질과 리플리는 나무들 사이로 자전거를 건성건성 몰다가, 가끔 누군가의 어깨에 손을 얹고 한숨 돌리며 붉은 석양빛에 부신 눈을 가렸다. 청춘이 그렇듯 그 빛도 지금이야 너무 강해서 똑바로 쳐다볼 수 없지만 차분한 색조로 가라앉아 서서히 사라져갈 터였다.

바질은 이모진 비슬에게 달려가 자전거에 앉은 채 공연히 그녀 앞에 있었다. 그때 바질의 얼굴 무언가에 끌렸는지 이모진이 그를 올려다보았다. 그를 똑바로 쳐다보다가 슬그머니 미소 지

---

1 아일랜드인을 비하하여 부르는 말.

었다. 미인으로 자라 몇 년 후면 많은 무도회에서 여왕으로 뽑힐 아이였다. 지금은 큼직한 갈색 눈동자와 아름다운 모양의 큼직한 입술, 여윈 광대에 어린 짙은 홍조 때문에 땅의 요정[1]처럼 보였고, 아이가 아이다워 보이기를 원하는 사람들은 그 얼굴을 좋아하지 않았다. 잠깐이지만 바질은 미래를 내다보는 기분이었고, 이모진의 생기가 마력처럼 단숨에 그를 덮쳤다. 여자란 그와 정반대되는, 그의 모자란 부분을 채워주는 존재임을 난생처음 깨달으면서, 즐거움과 고통이 뒤섞인 포근한 냉기가 엄습해 왔다. 이 명확한 경험을 그는 즉각적으로 의식했다. 여름 오후 —보드라운 대기, 그늘진 산울타리와 소복이 핀 꽃들, 오렌지빛 햇살, 웃고 떠드는 소리, 길 건너편에서 뚱땅거리는 피아노—는 이모진에게로 갑자기 사라져버렸다. 이 모든 것을 떠난 향기는, 앉아서 방실거리며 그를 올려다보고 있는 이모진의 얼굴로 스며들었다.

지금 이 순간이 바질에게는 너무나 벅찼다. 혼자 힘으로 다 소화하기 전까지는 무용지물이기에 그 순간을 그냥 흘려보냈다. 바질은 이모진을 쳐다보지 않고 그 근처를 지나쳐 빠른 속도로 한 바퀴 빙 돌았다. 잠시 후 바질이 이모진에게 돌아가 집까지 같이 걸어갈까 하고 묻자, 아까의 그 순간을—그 순간이 정말 그녀에게 존재했다면 말이지만—까맣게 잊어버린 이모진은 의외라 생각했다. 바질은 자전거를 끌며 그녀와 나란히 거리를 걷기 시작했다.

"오늘 밤에 나올 수 있어?" 바질이 진지하게 물었다. "워튼스네 마당에 애들이 모여 있을 거야."

---

1 gnome. 옛이야기에 나오는, 뾰족한 모자를 쓴 작은 남자 모습의 요정.

"엄마한테 물어보고."

"내가 전화할게. 네가 안 나오면 나도 안 갈래."

"왜?" 이모진이 또 그에게 방실거리며 답을 재촉했다.

"가기 싫으니까."

"왜 싫어?"

"저기," 바질이 다급하게 말했다. "나보다 더 좋아하는 남자애 있어?"

"없어. 너랑 휴버트 블레어가 제일 좋아."

그 이름과 함께 언급됐다고 해서 질투심이 일지는 않았다. 휴버트 블레어라면 담담하게 받아들이는 수밖에 없었다. 다른 소년들이 그 어떤 소녀의 마음을 분석하더라도 결과는 마찬가지일 테니까.

"난 네가 제일 좋아." 바질은 열병에 걸려 헛소리를 지껄이듯 말했다.

위에서 분홍빛으로 어룽거리는 하늘의 무게를 견딜 수가 없었다. 이루 말할 수 없이 사랑스러운 대기를 뚫고 나아가는 동안, 얼어붙었던 피가 갑자기 녹아 몸 안에 따스한 샘물이 솟아나는 듯했고 바질은 자신의 인생 전체를 실어 그 물줄기를 이 소녀에게로 흘려보냈다.

그들은 이모진네 집의 한쪽에 달린, 옛날 마차 차고 문을 닮은 커다란 문 앞에 다다랐다.

"들어갈래, 바질?"

"아니." 그는 단숨에 답했다. 실수였지만 엎질러진 물이었다. 무형의 선물이 그에게서 달아나 버렸다. 그래도 그는 포기하지 않았다. "내 학교 반지 줄까?"

"응, 네가 주고 싶다면."

"오늘 밤에 줄게." 그는 살짝 떨리는 목소리로 덧붙였다. "그러니까, 교환하자는 거야."

"뭐랑?"

"무언가랑."

"그게 뭔데?" 이모진의 얼굴에 홍조가 번졌다. 그녀도 눈치챈 것이다.

"알면서 그래. 교환할 거야?"

이모진은 불안한 기색으로 주변을 두리번거렸다. 현관에 고여든 감미로운 정적 속에 바질은 숨을 죽였다.

"못 말리는 애구나." 그녀가 속삭였다. "그러든가…… 잘 가."

2

하루 중 최고의 시간인 지금, 바질은 지독하리만치 행복했다. 이번 여름에 어머니, 누이와 함께 호수로 놀러 갈 테고, 가을에는 기숙학교로 떠날 것이다. 그러고 나서는 예일대에 가서 유명한 운동선수가 되고, 그다음엔—이 두 가지 꿈이 따로 이루어지지 않고 시간순으로 딱딱 맞아 떨어진다면—괴도 신사가 되리라. 모든 일이 잘 풀리고 있었다. 생각만 해도 가슴 설레는 일이 너무 많아서 밤에 잠을 못 이룰 지경이었다.

지금 이모진 비슬에게 미쳐 있는 건 방해가 되기는커녕 또 다른 좋은 일이었다. 아직 사랑의 쓴맛은 알지 못한 채 그저 찬란하고 역동적인 흥분에 휩싸인 바질은 서슴없이 5월의 땅거미를 뚫고 워튼스네 마당으로 향했다.

바질은 그가 제일 좋아하는 옷들로 골라 입었다. 즈크로 만든 흰색 니커보커스, 희끗희끗한 노퍽 재킷, 벨몬트 칼라, 회색 니트 넥타이. 검은 머리가 축축하니 반짝이는 미소년 바질은, 친숙하지만 이제 마력이 깃든 잔디밭에 들어가 땅거미 속에서 들리는 목소리들에 합류했다. 근처에 사는 서너 명의 여자애들과 그 두 배에 가까운 남자애들이 있었다. 약간 더 나이 많은 아이들은 측면 베란다에서 집의 램프 불빛을 배경으로 자기들끼리 포근하게 모여 앉아, 이미 너무도 많은 것들이 이루어지고 있는 밤에 간간이 신비로운 웃음의 잔물결을 더하고 있었다.

그림자처럼 무리 지어 있는 아이들 사이로 움직이며 바질은 이모진이 아직 나오지 않았다는 걸 알았다. 마거릿 토런스를 발견한 그는 은근슬쩍 가볍게 말을 걸었다.

"내가 줬던 반지 아직도 갖고 있어?"

시즌을 마무리하는 코티용[1]을 출 때 바질이 마거릿을 파트너로 삼았다는 사실에서도 알 수 있듯, 무용 학교에 다니던 1년 내내 마거릿은 바질의 여자친구였다. 끝 무렵엔 관계가 시들해졌다. 그렇다 해도 바질의 질문은 무신경했다.

"어딘가에 있긴 있어." 마거릿은 건성으로 답했다. "왜? 돌려받고 싶어?"

"그런 셈이지."

"알겠어. 내가 달라고 했던 것도 아니고, 자기가 억지로 줘놓고는. 내일 돌려줄게."

"오늘 저녁에 주면 안 될까?" 뒷문으로 들어오는 조그만 형체가 보이자 바질의 심장이 날뛰었다. "웬만하면 오늘 저녁에 받고 싶은데."

"아, 알겠어, 바질."

마거릿이 거리 건너편의 집으로 뜀박질하자 바질은 그 뒤를

---

1 네 명이나 여덟 명이 한 조가 되어 추는 프랑스의 궁정 무용.

따라갔다. 토런스 부부가 포치에 있었고, 마거릿이 반지를 가지러 위층으로 올라간 사이 바질은 들뜬 마음과 조급함을 억누른 채, 아이에게는 아무런 의미도 없는 부모의 건강에 관한 질문들에 답했다. 그러다 별안간 바질의 몸이 딱딱하게 굳고, 그의 목소리가 사그라들고, 그의 멀건 시선은 길 건너편의 한 장면에 멎었다.

거리 저쪽 끝의 그늘에서 한 형체가 거의 날다시피 쌩하고 나타나더니 워튼스네 집 앞에 고인 램프 불빛 속으로 흘러들어 왔다. 그러고는 이곳저곳을 누비며 기하학적인 무늬를 연이어 만들어냈다. 스케이트와 보도의 마찰을 이용하여 불꽃을 번쩍 일으키는가 하면, 한 발을 우아하게 허공에 든 채 거짓말처럼 뒤로 미끄러지며 환상적인 곡선을 그렸다. 어둠 속에 있던 아이들이 삼삼오오 보도로 몰려나와 구경했다. 휴버트 블레어는 왜 그 많고 많은 밤 중에 하필이면 이날 밤을 골랐을까. 바질은 조용히 신음을 뱉었다.

"이번 여름에 호수로 놀러 간다며, 바질. 별장은 빌려 놨니?"

잠시 후 바질은 토런스 씨가 이 질문을 세 번째 하고 있다는 걸 깨달았다.

"아, 네, 아저씨." 바질은 답했다. "아니, 아니요. 클럽에서 묵을 거예요."

"멋지겠구나." 토런스 부인이 말했다.

거리 건너편의 가로등 밑에 서 있는 이모진과, 멋스러운 모자를 비뚜름하니 쓴 채 그녀 앞에서 작은 원을 그리며 빙빙 돌고 있는 휴버트 블레어가 보였다. 휴버트가 킬킬거리며 웃는 소리에 바질은 움찔 놀랐다. 마거릿이 곁에 다가와 그의 손에다 불쾌한 물건인 양 반지를 찔러넣어 주기 전까지는 마거릿을 까맣게 잊고 있었다. 바질은 마거릿의 부모님에게 억지스럽고 공허한 작별 인사를 중얼거린 뒤, 불안한 마음으로 힘없이 마거릿을 뒤따라 거리를 건넜다. 어둠 속에 멀찍이 떨어져 선 바질은 이모진이 아니라 휴버트 블레어에게 시선을 고정했다. 확실히 휴버트 블레어에게는 뭔가 독특한 구석이 있었다. 열다섯 살도 되지 않은 아이들에게 미의 기준은 코의 생김새이다. 부모들은 사랑스러운 눈이나 윤기 흐르는 머리칼, 멋진 피부색에 주목하겠지만, 사춘기 아이들은 코가 어떻게 생겼는지, 코가 얼굴의 어디에 붙어 있는지를 본다. 휴버트 블레어의 유연하고 날씬하며 탄탄한 몸통 위에는 전형적인 통통한 얼굴이 얹어져 있고, 이 얼굴에는 해리슨 피셔[1]가 그린 여자를 연상시키는 매력적인 들창코가 조각되어 있었다.

휴버트는 자신만만했다. 그의 개성은 의구심이나 분위기에 흔들리지 않았다. 그는 무용 학교에 다니지 않았지만—부모와 함께 겨우 1년 전 이 도시에 들어왔다—이미 전설 같은 존재가 되어 있었다. 사내아이들 대부분은 휴버트를 싫어하면서도 그의 뛰어난 운동 실력에 감탄했고, 소녀들은 그의 몸짓 하나하나에, 가벼운 농담에, 무심함에 속절없이 매료되었다. 바질은 예전에도 여러 번 이 사실을 실감했었고, 이제 맥 빠지는 촌극이 또 한 번 펼쳐지기 시작했다.

휴버트는 스케이트를 벗어 한 짝을 팔에 얹어 굴리다가 인도로 떨어뜨리기 전에 끈을 붙잡았다. 그러고는 이모진의 머리에서 리본을 낚아채 달아나면서 이모진의 겨드랑이 밑으로 잽싸게 빠져나갔다. 이모진은 넋이 나간 듯 웃음을 터뜨리며 마당을 뛰어다녔다. 휴버트는 두 발을 꼬고 나무에 팔꿈치를 기대는 척하다가 일부러 삐끗하더니 우아한 동작으로 몸을 바로 세웠다. 처음엔 어정쩡하게 구경만 하고 있던 남자아이들도 머릿속에 언뜻

---

1 여성을 낭만적이고 아름답게 표현한 그림으로 유명한 미국의 일러스트레이터.

떠오르는 묘기와 재주를 부리기 시작해 마당이 별안간 소란스러워지자, 포치에 있던 아이들이 목을 길게 빼고 내다보았다. 하지만 정작 휴버트는 자신이 일으킨 활기에 냉정히 등을 돌리고, 이모진의 모자를 벗겨서 자기 머리에다 요리조리 독특한 모양새로 얹기 시작했다. 이모진과 나머지 여자애들은 좋아서 어쩔 줄을 몰라 했다.

눈꼴사나운 광경을 더는 봐줄 수가 없어 바질은 아이들에게 다가가 최대한 무심한 척 말했다. "어이, 안녕, 휴버트."

휴버트는 "어이, 안녕, 우리, 우리 바질 삐질이"라고 답한 뒤 모자를 또 다르게 썼다. 바질은 참으려 했지만, 자신도 모르게 낄낄거리고 말았다.

"바질 삐질이! 안녕, 바질 삐질이!" 함성이 뜨락에 울려 퍼졌다. 괘씸하게도 그 속에 리플리의 목소리가 섞여 있었다.

"휴버트는 버터처럼 느끼하대요!" 바질은 냉큼 받아쳤다. 심통난 말투 때문에 위력이 떨어지긴 했지만, 고맙게도 몇몇 남자애들이 따라 해주었다.

바질은 침울해졌다. 짙은 어스름에 감싸인 이모진의 모습은 범접할 수 없는 새로운 마력을 띠기 시작했다. 낭만적인 소년 바질의 상상 속에서 이미 이모진은 대단한 사람이었다. 지금은 그에게 냉랭한 그녀가 미웠지만, 이날 오후 무턱대고 써버린 한 푼어치의 황홀경을 되찾으리라는 헛된 기대를 품은 채 심술궂게 그녀 주변을 얼쩡거릴 수밖에 없었다.

바질은 마거릿을 끌어들일 요량으로 활기차게 말을 걸어봤지만, 반응이 신통찮았다. 벌써 아이를 집으로 부르는 어른의 목소리가 어둠 속에 울렸다. 바질은 다급해졌다. 여름 저녁의 행복한 시간이 거의 끝나가고 있었다. 행인들에게 길을 터주느라 아이들이 흩어지는 틈을 타서 바질은 이모진을 바득바득 한쪽으로 데려갔다.

"그거 가져왔어." 바질은 속삭였다. "받아. 집까지 데려다줄까?"

이모진은 그를 보는 둥 마는 둥 하며 무심코 반지를 손에 쥐었다.

"뭐? 아, 휴버트가 데려다주기로 했어." 바질의 얼굴을 보고 황홀경에서 깨어난 이모진은 짐짓 화를 냈다. "내가 여기 오자마자 네가 마거릿 토런스랑 가는 걸 봤어."

"아니야. 그냥 반지 받으러 간 거야."

"그래, 같이 갔잖아! 내가 봤어!"

이모진의 시선은 휴버트 블레어에게로 돌아갔다. 그는 롤러스케이트를 다시 신고서 발꿈치를 든 채 리드미컬하게 콩콩 뛰거나 빙글빙글 돌고 있었다. 아프리카 부족민에게 서서히 최면을 거는 주술사처럼. 바질은 해명하고 따지며 계속 떠들어댔지만, 이모진은 떠나버렸다. 바질은 힘없이 그녀를 따라갔다. 아이들을 부르는 목소리가 어둠을 가르고, 떨떠름한 대답들이 사방에서 이어졌다.

"알겠어요, 엄마!"

"금방 갈게요, 엄마."

"엄마, 5분만 더 있다 가면 안 돼요?"

"가야겠어." 이모진이 큰 소리로 말했다. "9시가 다 됐잖아."

바질에게 손을 흔들고 멍하니 미소 지으며 이모진은 거리를 따라 걸음을 옮기기 시작했다. 휴버트는 이모진 곁에서 껑충껑충 묘기를 부리는가 하면 그녀 주위를 빙글빙글 돌다가 앞서 나가 매혹적인 작은 무늬를 그려내기도 했다.

1분이 지나서야 바질은 다른 여자애가 그에게 말을 걸고 있다는 걸 알아챘다.

"뭐?" 그는 멍하니 물었다.

"휴버트 블레어는 우리 동네에서 제일 괜찮은 남자애고, 넌 제일 건방져." 마거릿 토런스가 확신에 찬 목소리로 다시 말했다.

바질은 생각지도 못했던 말에 상처받아 마거릿을 빤히 쳐다보았다. 마거릿은 코를 찡긋해 보이고는 길 건너편에서 끈질기게 그녀를 부르는 소리에 답했다. 바질은 마거릿의 뒷모습을 우두커니 눈으로 좇다가 모퉁이로 사라지는 이모진과 휴버트를 지켜보았다. 습하고 흐린 하늘에서 천둥이 낮게 우르릉거리더니, 잠시 후 램프 불빛에 물든 이파리들 사이로 빗방울 하나가 뚝 떨어져 그의 발 언저리에 튀었다.

그날 하루가 빗속에 막을 내릴 참이었다.

3

이내 비가 내리기 시작했고, 바질은 물에 빠진 생쥐 꼴로 여덟 블록 떨어진 집까지 달려야 했다. 하지만 날씨의 변화로 마음이 들썩인 그는 몇 발짝마다 한 번씩 펄쩍 뛰어올라 비를 꿀꺽 삼키며 "야아아!" 하고 크게 외쳤다. 그 자신이 이 밤의 생생하고 맹렬한 소란의 일부가 되기라도 한 것처럼. 이모진은 사라졌다. 낮 동안 인도에 쌓여 있던 흙먼지처럼 씻겨 나갔다. 화창한 날에는 이모진의 아름다움이 다시금 생각나겠지만, 이 폭풍우 속에서는 오롯이 그 혼자였다. 그의 안에서 비상한 힘이 솟구치는 느낌이었다. 한 번의 힘찬 점프로 하늘 높이 날아가 버린대도 이상할 것이 없었다. 그는 신비롭고 길들지 않은, 한 마리 외톨이 늑대였다. 극악무도하고 자유로운, 밤의 도적이었다. 하지만 막상 집에 도착하자 휴버트 블레어에 대한 적대감이 막연하게, 거의 무감각하게 피어나기 시작했다.

잠옷으로 갈아입고 가운을 걸친 뒤 부엌으로 내려갔더니 마침 아무도 손대지 않은 초콜릿 케이크가 하나 있었다. 바질은 케이크를 네 등분으로 나눠 한 조각 먹고, 우유 한 병을 거의 다 비웠다. 마냥 들떴던 기분이 약간 가라앉자 그는 리플리 버크너에게 전화를 걸었다.

"나한테 계획이 하나 있어."

"뭔데?"

"S. D.가 H. B.를 손봐 주는 거지."

리플리는 그 뜻을 곧장 이해했다. 그날 저녁 휴버트는 경솔하게도 이모진뿐만 아니라 다른 여자애들의 마음까지 빼앗아 버린 것이다.

"빌 캠프도 필요해." 바질이 말했다.

"알았어."

"내일 쉬는 시간에 봐……. 잘 자!"

4

나흘 후 조지 P. 블레어 부부가 저녁 식사를 마쳐갈 즈음 휴버트에게 전화가 왔다. 휴버트가 자리를 비운 틈에 블레어 부인은 하루 종일 마음에 걸렸던 일을 남편에게 털어놓았다.

"조지, 어린애들인지 어른인지 모를 그 남자들이 어젯밤에 또 왔어."

블레어 씨는 얼굴을 찌푸렸다.

"당신이 봤어?"

"힐다가 봤대. 한 명을 거의 잡을 뻔했다지 뭐야. 지난 화요일에 '첫 경고, S. D.'라고 적힌 쪽지가 남겨져 있었다고 내가 일러

줬거든. 그래서 힐다가 대비를 하고 있었던 거야. 이번에는 뒷문 초인종이 울려서 힐다가 설거지를 하다가 곧장 나갔대. 손에 세제가 묻어 있지만 않았어도 한 명을 잡았을 거야. 쪽지를 건네는 사람을 힐다가 붙잡았는데 손이 미끄러워서 그만 놓쳐버렸거든."

"어떻게 생겼대?"

"힐다 말로는 아주 작은 남자였다는데, 아무래도 가면을 쓴 어린애 같대. 움직임이 사내아이처럼 잽싸고, 반바지를 입은 모양이야. 쪽지 내용은 저번이랑 같았어. '두 번째 경고, S. D.'"

"아직 안 버렸으면 식사 후에 보여 줘."

휴버트가 통화를 끝내고 돌아왔다. "이모진 비슬이에요. 자기 집에 놀러 오라는데요. 오늘 밤에 애들이 거기서 모일 거래요."

"휴버트." 그의 아버지가 물었다. "이니셜이 S. D.인 아이를 알아?"

"몰라요."

"잘 생각해 본 거야?"

"생각해 봤어요. 샘 데이비스라는 애가 있기는 한데 1년 동안 못 봤어요."

"어떤 아이인데?"

"아, 조금 거칠어요. 44학군 학교에 같이 다녔어요."

"너한테 안 좋은 감정이라도 있었어?"

"아닐걸요."

"짐작 가는 사람은 없고? 아는 사람 중에 너한테 앙심을 품을 만한 사람?"

"모르겠어요, 아빠. 없는 것 같아요."

"영 찝찝하단 말이야." 블레어 씨가 신중하게 말했다. "물론 그냥 애들 장난일 수도 있지만, 어쩌면…….”

그는 입을 다물었다. 나중에 그는 쪽지를 살펴보았다. 글은 붉은 잉크로 쓰여 있고, 한쪽 구석에 해골 뒤로 뼛조각 두 개가 X자로 교차한 문양이 있었지만 도장을 찍은 거라 어떤 실마리도 얻을 수 없었다. 그사이 휴버트는 어머니에게 키스하고 모자를 삐뚜름히 멋들어지게 쓴 뒤, 평소처럼 뒷골목으로 질러갈 요량으로 부엌을 지나 뒤쪽 현관으로 나갔다. 달이 휘영청 밝은 밤이었고, 휴버트는 계단 위에 잠깐 멈춰서 신발 끈을 묶었다. 방금 받은 전화가 미끼라는 걸 알았다면, 이모진 비슬의 집에서 온 전화가 아니라는 걸 알았다면, 심지어 여자애의 목소리도 아니었다는 걸 알았다면, 그리고 문 바로 밖의 골목길에 수상쩍고 기괴한 형체들이 몰래 숨어 있다는 걸 알았다면, 휴버트는 주머니에 손을 찔러넣은 채 그토록 우아하고 나긋나긋하게 계단을 뛰어 내려오지도, 겉으로는 전혀 위험해 보이지 않는 밤거리를 향해 〈회색곰*Grizzly Bear*〉의 첫 소절을 휘파람으로 불지도 않았을 것이다.

그의 휘파람은 골목길에 갖가지 감정을 불러일으켰다. 바질이 전화를 걸어 과감하게 가성으로 여자 목소리를 흉내 내는 작전은 성공을 거두었지만, 너무 이른 감이 있었다. 스캔들 탐정단은 허둥지둥 서두르다 미처 준비를 마치지 못했다. 그들은 서로 떨어져 있었다. 늙은 남부 농장주처럼 변장한 바질은 블레어네 대문 바로 밖에 있었다. 발칸풍의 기다란 콧수염을 철사로 코끝 연골에 연결한 빌 캠프는 울타리 밑으로 몸을 숙인 채 점점 다가오고 있었다. 랍비처럼 풍성한 수염을 단 리플리 버크너는 걸리적거리는 밧줄을 힘겹게 돌돌 감으며 아직 30미터나 떨어져 있었다. 밧줄은 그들 계획에 꼭 필요한 도구였다. 휴버트 블레어를 어떻게 손봐 줄지 그들은 오랜 고민 끝에 결정했다. 녀석을 꽁꽁 묶고 재갈을 물린 다음 자기네 집 쓰레기통에 처박아 두기로 했다.

처음엔 이 아이디어가 소름 끼쳤다. 녀석의 옷이 망가질 테고, 지독히 불결한 데다, 녀석이 질식할지도 몰랐다. 사실, 혐오스러운 모든 것을 상징하는 쓰레기통으로 결정한 이유는 그에 비해 다른 모든 아이디어가 따분해 보였기 때문이다. 그들은 반대할 근거들을 하나씩 제거해 나갔다. 옷은 세탁하면 그만이고, 어차피 녀석이 있어야 할 곳은 쓰레기통이며, 뚜껑을 열어두면 질식할 리 없다. 이를 확인하기 위해 점검차 찾아간 버크너네 쓰레기통을 들여다보며, 음식물 찌꺼기와 달걀 껍데기 사이에 묻혀 있는 휴버트를 머릿속에 그리자 황홀해졌다. 하지만 바질과 리플리는 그 대목을 단호히 머릿속에서 지우고, 휴버트를 골목으로 꾀어 제압하는 데 집중했다.

휴버트의 흥겨운 휘파람 소리에 허를 찔린 세 소년은 서로 신호도 주고받지 못한 채 우두커니 서 있었다. 그러다 바질은 정신이 퍼뜩 들었다. 재갈을 물리기로 한 리플리가 가까이 없을 때 휴버트를 덮쳤다간 녀석이 비명을 지를 테고, 그러면 아까 그를 붙잡을 뻔했던 거구의 요리사에게 들통날 것이 뻔했다. 이런 생각을 하니 망설여졌다. 바로 그 순간 휴버트가 대문을 열고 골목으로 나왔다.

두 사람은 다섯 발 정도 떨어진 거리에서 서로를 빤히 쳐다보았고, 불현듯 바질은 놀라운 사실을 깨달았다. 자신이 휴버트 블레어를 좋아한다는 사실을. 다른 친구들만큼이나 휴버트 블레어도 좋았다. 휴버트 블레어를 덮쳐서 멋들어진 모자까지 같이 쓰레기통에 처넣고 싶은 생각은 추호도 없었다. 오히려, 싸워서라도 그런 일을 막고 싶었다. 이런 사정으로 신경이 곤두서고 마음이 불편해진 바질은 몸을 돌려 쏜살같이 골목을 빠져나가 거리를 내달렸다. 휴버트는 갑자기 허깨비처럼 나타난 사람을 보고 순간 움찔했지만, 그가 달아나자 용기가 솟구쳐 뒤를 쫓았다. 크게 뒤처진 채 45미터 정도 달리다, 이만하면 됐다 싶어 관두기로 했다. 골목으로 돌아가 조금 서둘러 반대쪽 끝을 향해 출발하는데, 수염이 텁수룩하고 체구가 작은 또 한 명의 낯선 자와 맞닥뜨렸다. 바질보다 더 단순한 기질의 빌 캠프에게 양심의 가책 따위는 없었다. 휴버트를 쓰레기통에 처넣기로 결정했으니, 휴버트에게 악감정이 전혀 없다 해도 뇌에 새겨진 계획을 그대로 따를 뿐이었다. 빌은 자연인—다시 말해, 사냥꾼—이었고, 사냥감의 성격을 띤 대상이 나타나기만 하면 항복을 받아낼 때까지 무작정 추적했다.

하지만 바질의 영문 모를 도주를 목격한 빌은 휴버트의 아버지가 지금 바로 뒤에 있는 모양이라고 지레짐작하고는 역시 생각을 바꾸어 골목길을 내달렸다. 곧 그와 마주친 리플리 버크너는 이유를 묻지도 않고 냅다 같이 도망쳤다. 이번에도 휴버트는 얼떨결에 그들을 조금 뒤쫓다가 완전히 마음을 접고, 있는 힘껏 집으로 달려갔다.

그사이 바질은 휴버트가 쫓아오지 않는다는 걸 알고 어둠 속에 몸을 숨긴 채 골목으로 돌아갔다. 겁을 먹지는 않았다. 할 수 있는 일이 없을 뿐이었다. 골목길은 텅 비어 있었다. 빌도 리플리도 보이지 않았다. 블레어 씨가 나와서 뒷문을 열고 바깥을 이리저리 살핀 후 다시 집으로 들어가는 모습이 보였다. 바질은 더 가까이 다가갔다. 부엌에서 떠들썩한 수다가 이어지고 있었다. 휴버트의 기고만장한 큰 목소리, 블레어 부인의 겁먹은 목소리, 두 스웨덴인 가정부들의 시원한 웃음소리. 그때 블레어 씨가 누군가와 통화하는 목소리가 열린 창문으로 새어 나왔다.

"경찰서장님 부탁합니다……. 서장님, 저는 조지 P. 블레어라고 합니다만…… 서장님, 여기 불량배 패거리가 돌아다니는데……."

바질은 남부풍의 구레나룻을 뜯으며 달음박질쳐 달아났다.

5

이제 막 열세 살이 된 이모진 비슬은 밤의 방문객에 익숙지 않았다. 그녀가 어머니의 책상에 흩어져 있는 한 달치 고지서들을 살피며 따분하고 쓸쓸한 저녁을 보내고 있을 때, 휴버트 블레어와 그의 아버지가 현관으로 들어오는 소리가 들렸다.

"내가 직접 데려와야겠다 싶더라고요." 블레어 씨가 그녀의 어머니에게 말하고 있었다. "오늘 밤 우리 동네에 불량배들이 돌아다니고 있는 것 같아서 말입니다."

블레어 부인을 방문한 적 없는 비슬 부인은 예고 없이 들이닥친 이 손님들이 당황스러웠다. 블레어 부인이 남편을 앞세워 무례하게 접근하려는 건 아닌가 하는 야박한 생각까지 들었다.

"그렇군요!" 비슬 부인은 탄성을 질렀다. "이모진이 휴버트를 보면 좋아할 거예요, 분명……. 이모진!"

"그 불량배들이 휴버트를 노리고 숨어 있었던 모양이에요." 블레어 씨가 말을 이었다. "하지만 우리 애가 워낙에 담이 커서 놈들을 쫓아내 버렸답니다. 그래도 아이 혼자 보내기는 뭣해서 말이지요."

"그럼요." 블레어 부인은 맞장구를 쳤다. 하지만 애초에 왜 휴버트가 왔어야 했는지 짐작도 가지 않았다. 비록 휴버트가 나무랄 데 없는 아이이긴 해도, 이모진과 휴버트는 지난 사흘간 오후마다 실컷 만났다. 짜증이 난 비슬 부인은 꽤 냉랭한 목소리로 블레어 씨에게 집 안으로 들어오라 청했다.

그들은 아직 현관에 있었고, 블레어 씨가 뭔가 이상한 기미를 눈치채기 시작했을 때 초인종이 또 울렸다. 문을 열자 바질 리가 벌건 얼굴로 숨을 헐떡이며 문턱에 서 있었다.

"안녕하세요, 아주머니? 안녕, 이모진!" 바질은 공연히 쾌활한 목소리로 외쳤다. "파티는 어디서 해?"

아무 상관 없는 제삼자에게도 다소 거칠고 부자연스럽게 들릴 만한 그 인사말에, 이미 당혹감에 빠져 있던 사람들은 어안이 벙벙해졌다.

"파티는 없어." 이모진은 의아한 듯 말했다.

"뭐?" 바질은 과도하게 경악한 표정으로 입을 떡 벌리고는 살짝 떨리는 목소리로 물었다. "그러니까, 네가 나한테 전화해서 파티에 초대하지 않았단 말이야?"

"어머, 무슨 소리야, 바질!"

휴버트가 불쑥 찾아와 신이 나 있던 이모진은 바질이 훼방을 놓으려 핑곗거리를 만들어낸 거라 생각했다. 그곳에 모인 사람들 중 유일하게 진실에 근접한 이모진도 바질의 절박한 동기를 오해하고 있었다. 바질이 이러는 이유는 질투가 아닌 지독한 공포 때문이었다.

"나한테는 전화했지, 이모진?" 휴버트는 자신만만하게 물었다.

"어머, 아니야, 휴버트! 난 아무한테도 전화 안 했어."

저마다 어리둥절한 항의의 말을 쏟아내는 가운데 초인종이 또 울렸고, 리플리 버크너 주니어와 윌리엄 S. 캠프가 밤거리에서 쏟아지듯 안으로 들어왔다. 바질처럼 그들도 조금 흐트러진 모습으로 숨을 헐떡였고, 역시 무례하고 거만하게 어디서 파티를 하느냐고 다그치며, 이모진이 방금 전화로 그들을 초대했다고 이상하리만치 강하게 우겼다.

휴버트가 웃음을 터뜨리자 다른 사람들도 웃기 시작하면서 긴장된 분위기가 풀렸다. 이모진은 휴버트를 믿었기에 그들 모두를 믿기 시작했다. 휴버트는 기대치 않았던 청중이 생기자 더는 참지 못하고 자신의 놀라운 모험담을 쏟아냈다.

"우리를 노리고 매복한 갱단이 있는 것 같아!" 그가 목소리를 높였다. "내가 밖으로 나왔을 때 골목길에 남자들 몇 명이 숨어 있더라고. 희끗희끗한 구레나룻을 기른 덩치 큰 남자가 있었는데 나를 보더니 도망치는 거야. 골목길을 가다가 몇 명 더 만났어. 외국인인지 뭔지 모르겠지만 내가 쫓아가니까 달아나 버리더라. 잡으려고 했는데 놈들이 무지 겁먹었나 봐. **내가 못 따라잡을 정도로 번개처럼 튀어버리더라니까.**"

휴버트와 그의 아버지는 이야기에 정신이 팔린 나머지, 듣고 있는 세 아이의 얼굴이 자줏빛으로 변해가는 것도 눈치채지 못하고, 어쨌든 파티를 하자는 비슬 씨의 정중한 제안에 아이들이 왁자지껄하게 웃는 소리도 무시했다.

"경고장도 얘기해야지, 휴버트." 블레어 씨가 옆에서 거들었다. "휴버트는 세 장의 경고장을 받았단다. 너희도 받았어?"

"네." 바질이 냉큼 답했다. "일주일 전에 경고장 같은 종이를 받았어요."

블레어 씨가 걱정스러운 눈으로 바질을 바라보는 순간, 정확히 의심이랄 수는 없는 막연한 불안감에 휩싸였다. 인조털 몇 가닥이 아직 붙어 있는 바질의 눈썹이 희한해서, 무의식적으로 그날 저녁의 기이한 사건이 떠오른 모양이었다. 그는 약간 당황하며 고개를 절레절레 저었다. 그러고 나서 휴버트의 용감하고 차분했던 대처를 다시금 평온하게 곱씹기 시작했다.

한편, 사건의 진상을 다 털어놓아 이야깃거리가 떨어진 휴버트는 조심조심 상상력의 영역으로 넘어가고 있었다.

"내가 이렇게 말했지. '네가 경고장을 보냈구나.' 그랬더니 그 놈이 왼손으로 공격하잖아. 나는 휙 피한 다음 오른손으로 주먹을 날렸지. 그게 정통으로 맞았나 봐. 놈이 비명을 지르고 달아났거든. 말도 마, 어찌나 잘 뛰던지! 너희도 봤어야 하는데. 빌, 너만큼이나 빠르더라니까."

"그 사람 덩치가 컸어?" 바질은 시끄럽게 콧바람을 불며 물었다.

"그럼! 우리 아빠만 했어."

"다른 사람들도 컸어?"

"그럼! 엄청 컸어. 나는 보자마자 고함질렀지. '썩 꺼져, 이 악당들아, 나한테 혼나기 싫으면!' 녀석들은 싸우려고 폼을 잡다가 내가 오른손으로 한 놈을 공격했더니 냅다 튀어버리더라."

"휴버트 말로는 놈들이 이탈리아인들 같다는구나." 블레어 씨가 끼어들었다. "그렇지, 휴버트?"

"좀 웃기게 생겼더라고." 휴버트가 말했다. "한 놈은 이탈리아인 같았어."

비슬 부인은 그들을 다이닝 룸으로 데려갔다. 케이크 하나와 포도 주스가 저녁 식사로 차려져 있었다. 이모진은 휴버트의 옆자리에 앉았다.

"이제 나한테도 얘기해 줘, 휴버트." 이모진은 관심을 보이며 두 손을 깍지 꼈다.

휴버트는 모험담을 처음부터 다시 들려주었다. 이번에는 한 공모자의 허리띠에서 칼이 등장했다. 휴버트와 악당들의 대결은 더 길어지고, 더 불어나고, 한층 더 맹렬해졌다. 휴버트는 놈들이 자신을 건드렸다간 어떤 수모를 당하게 될지 말해 주었다. 놈들은 칼을 뽑아 들기 시작하다가 생각을 고쳐먹고 튀어버렸다.

이야기가 한창 진행되는 중에 이모진의 맞은편에서 코웃음을 치는 듯한 이상한 소리가 들렸다. 하지만 그녀가 건너다봤을 때 바질은 그저 순진무구한 눈빛으로 커피 케이크에 젤리를 펴 바르고 있었다. 잠시 후 그 소리가 또 들렸고, 이번에는 바질의 얼굴에 명백히 어린 악의를 잡아내고야 말았다.

"너라면 어떻게 했을까, 바질?" 이모진은 매몰차게 말했다. "보나 마나 도망쳤겠지!"

바질은 커피 케이크를 입속에 집어넣자마자 사레가 들렸다. 빌 캠프와 리플리 버크너는 이 우연한 사고가 정말 우스웠다. 휴버트의 이야기가 계속되는 동안 식탁에서 벌어지는 이런저런 일들이 점점 더 재미있게 느껴졌다. 이제 골목길에는 악당들이 우글거렸고, 휴버트가 압도적으로 불리한 상황에서 싸우는 대목에 이르자 이모진은 자기도 모르게 몸이 비비 꼬였다. 자신이 이야기를 따분해하고 있다는 사실은 눈곱만큼도 깨닫지 못하고 있었다. 오히려, 휴버트가 새로운 사건을 떠올리며 다시 이야기를 시작할 때마다 이모진은 바질을 흘겨보았다. 그가 점점 더 얄미워졌다.

서재로 자리를 옮기자 이모진은 피아노 앞에 홀로 앉았고, 남자아이들은 소파에 휴버트 주위로 모여 앉았다. 하염없이 듣기만 하는 데 아무런 불만도 없는지, 이모진은 그저 유감스러울 따름이었다. 그들은 간간이 이상한 소리를 작게 내기도 했지만, 이야기가 늘어지기만 하면 계속해 달라고 졸랐다.

"계속해, 휴버트. 누가 빌 캠프만큼 빨리 달렸다고?"

30분 후 모두가 자리에서 일어나자 이모진은 가슴을 쓸어내렸다.

"처음부터 끝까지 참 이상한 사건이야." 블레어 씨가 말했다. "아무래도 마음에 걸려. 내일 형사한테 조사해 달라고 해야겠어. 왜 놈들이 휴버트를 노렸을까? 휴버트한테 무슨 짓을 할까?"

누구 하나 의견을 내는 사람이 없었다. 휴버트마저 침묵했다. 자신에게 닥칠지도 모를 미래를 생각하며 공손한 경외감에 빠져 있었다. 아까 휴버트의 이야기가 끊긴 사이, 대화는 살인과 유령 같은 부차적인 문제들로 넘어갔고, 소년들은 마구 지껄여대다 큰 공포에 사로잡히고 말았다. 저마다 정도는 달라도, 근처에 유괴범 일당이 우글거린다고 정말로 믿게 되었다.

"마음에 걸려서 안 되겠어." 블레어 씨가 또 말했다. "너희를 집까지 데려다주마."

바질은 이 제안에 안도했다. 이날 저녁의 일은 아주 성공적으로 마무리되었지만, 복수의 여신들이 깨어나 활개를 칠지도 모를 일이었다. 오늘 밤은 혼자 거리를 걷고 싶지 않았다.

복도에서 어머니가 다소 지친 기색으로 블레어 씨에게 작별 인사를 하는 틈을 타서 이모진은 휴버트를 다시 서재로 불러들였다. 불운한 사태를 바로 예감한 바질은 귀를 쫑긋 세웠다. 속삭임과 잠깐의 실랑이에 이어, 경망스럽고도 오해의 여지가 없는 소리가 들렸다. 입가를 축 늘어뜨린 채 바질은 문밖으로 나갔다. 그는 잔꾀를 부려 일을 꾸몄지만, 인생은 숨겨 두었던 비장의 수를 막판에 썼다.

잠시 후 그들은 다 함께 출발했다. 서로에게 찰싹 들러붙어 한 덩어리로 모퉁이를 돌며 조심스럽게 앞뒤를 살폈다. 바질과 리플리와 빌은 불길한 골목 어귀를, 거대하고 시커먼 나무들 주변을, 무언가를 감춘 울타리 뒤를 경계 어린 눈초리로 들여다보았다. 뭘 보게 될지 알 수 없었다. 그날 밤 숨어서 휴버트 블레어를 기다리고 있던 그 기괴한 털보 무법자들을 보게 되지는 않을지.

6

일주일 후 바질과 리플리는 휴버트와 그의 어머니가 바다로 피서를 떠났다는 소식을 들었다. 바질은 못내 아쉬웠다. 또래들이 홀딱 반해 버린 휴버트의 우아한 버릇을 조금 배워두고 싶었던 것이다. 그러면 돌아오는 가을, 기숙학교에 다니면서 유용하게 써먹을 수 있을 텐데. 사라진 휴버트에게 경의를 바치는 의미로 바질은 나무에 기대다가 삐끗하는 척하고 스케이트를 팔에 굴리는 연습을 했다. 휴버트처럼 모자를 삐뚜름히 멋스럽게 썼다.

그것도 잠시뿐이었다. 바질은 아이들이 언제나 그의 말에 귀기울이고 대답도 꼬박꼬박 해주겠지만, 휴버트를 보았던 시선으로 그를 봐줄 일은 영영 없으리라는 사실을 마침내 알아차렸다. 그래서 그는 어머니의 심기를 건드렸던 시끄러운 웃음소리를 버리고 모자를 다시 똑바로 썼다.

하지만 내면의 변화는 더욱 깊었다. 바질은 괴도 신사의 활약상을 읽으며 여전히 숨죽여 감탄했지만, 그런 사람이 되고 싶은 마음은 이제 사라졌다. 그날 밤 블레어네 집 대문 밖에서 부도덕한 짓을 저질렀다는 생각에 문득 쓸쓸해진 순간이 있었다. 삶의 재료들로 어떤 조합을 만들어내든 법의 테두리를 벗어나서는 안된다는 사실을 깨달았다. 그리고 한 주가 더 지나자 이모진을 잃은 것이 더 이상 슬프지 않았다. 그녀를 만나도 예전부터 알았던 익숙한 어린 소녀로 보일 뿐이었다. 그날 오후의 황홀했던 순간은 덧없는 봄이 남긴 감정의 찌꺼기, 조산早産 같은 것이었다.

바질은 자기 때문에 블레어 부인이 겁을 집어먹고 바다로 떠났다는 사실을, 자기 때문에 특별 경찰관이 여러 날 밤 평온한 구역을 순찰했다는 사실을 몰랐다. 다만, 석 달의 기나긴 봄에 품었던 막연하고 들뜬 열망이 그럭저럭 충족되었다는 사실만은 알았다. 그 열망은 지난주 인화점에 도달했다. 확 타올라 폭발하고 재만 남았다. 바질은 무한한 가능성을 지닌 여름을 향해 미련 없이 고개를 돌렸다.

박람회에서의 하룻밤

1

다리로 쉽게 건널 수 있는 가느다란 강줄기 하나가 두 도시를 가르고 있었다. 도시들의 끝자락이 강둑 너머로 굽이지다 서로 만나 뒤섞이는 지점에서는 양쪽의 질투 어린 시선 속에 매년 가을 주州 박람회가 열렸다. 이 유리한 위치 덕분에, 그리고 고장에서 나는 농산물의 명성 덕분에 미국 최고의 박람회 중 하나로 손꼽혔다. 곡물, 가축, 농기계가 대규모로 전시되고, 경마와 자동차 경주에 더해 최근에는 실제로 땅에서 뜨는 비행기까지 볼거리로 등장했다. 떠들썩한 미드웨이[1]에서는 코니아일랜드에서 볼 법한 오싹한 놀이 기구들이 허공을 빙빙 돌았고, 끙끙 앓는 신음과 찰랑거리는 쇠붙이 소리가 어우러진 후치쿠치[2] 쇼도 열렸다. 엄숙함과 가벼움 사이의 타협점으로서, 매일 밤 중앙 광장에서는 게티즈버그 전투 재현극의 대미를 장식하는 웅장한 불꽃놀이가 펼쳐졌다.

9월의 어느 무더운 날 오후 늦게, 열다섯 살의 두 소년은 음식과 탄산수로 어지간히 배를 채우고 여덟 시간 동안 쉴 새 없이 움직여 노곤한 몸을 이끌며 페니 아케이드[3]에서 나왔다. 검은 머

---

1 박람회나 사육제 등에서 양쪽에 오락장이 늘어서 있는 통로.
2 1893년 시카고 박람회 기간과 그 이후에 폭발적인 인기를 끈, 벨리댄스와 비슷한 선정적이고 도발적인 춤.
3 1페니짜리 오락 시설이 즐비한 오락장.

리에 눈빛이 진지한 미소년은 지난해의 고대사 교재에 그가 거창하게 새겨넣은 바에 따르면, '우주, 세계, 서반구, 북아메리카, 미국, 미네소타주, 세인트폴, 홀리 애비뉴의 바질 듀크 리'였다. 옆에 있는 친구보다 살짝 작았지만, 반바지 때문에 눈에 띄어 더 커 보였다. 반면 리플리는 일주일 전부터 반바지를 떼고 긴 바지를 입기 시작했다. 아주 단순하고도 자연스러운 이 사건이 수년간 이어져 온 끈끈한 우정에 균열을 일으키고 있었다.

그동안은 상상력이 풍부한 바질이 대장 노릇을 해왔는데, 약 60센티미터의 파란 서지[4]로 인해 위치가 역전되자 바질은 얼떨떨하고 당혹스러울 뿐이었다. 실제로 리플리 버크너는 바질과 함께 놀러 다니는 일에 눈에 띄게 무관심해졌다. 긴 바지 덕분에 어린 시절의 제약과 열등함으로부터 벗어날 수 있게 됐다고 믿는 모양이었다. 그리고 반바지를 떼지 못한 꼬마와 함께 다니면 자신의 변신이 이제 갓 이루어졌다는 사실이 떠올라 달갑지 않을 터였다. 그는 이를 인정하지 않았지만, 오후 내내 바질에게 툭하면 신경질을 부리고 바질을 얕잡아보며 거만하게 웃었다. 바질은 이 새로운 변화를 예민하게 감지했다. 8월의 가족회의에서는 그가 동부의 기숙학교에 다닐 예정이지만 긴 바지를 입기에는 아직 키가 작다는 결론이 내려졌다. 바질은 보란 듯이 두 주 만에 거의 4센티미터나 자랐다. 한 치 앞을 알 수 없는 아이라는 그의 평판에 걸맞은 또 하나의 사건이었지만, 어쨌든 어머니를 설득할 수 있으리라는 희망이 생겼다.

갑갑한 천막에서 나와 붉게 타오르는 저녁놀을 맞은 두 소년은 멈춰 서서, 권태와 막연한 열망이 뒤섞인 표정으로 혼잡한 도

4 짜임이 튼튼한 모직물.

로를 이쪽저쪽 힐끔거렸다. 집에 돌아가는 시간을 최대한 늦추고 싶었지만, 지금 당장은 더 보고 싶은 것이 없을 만큼 구경이라면 물리도록 했다. 새로운 놀 거리로 새로운 분위기를 즐기고 싶었다. 그들 근처에 주차장으로 쓰이는 소박한 마당이 하나 있었다. 우물쭈물 미적거리던 그들은 소형 자동차 한 대에 시선을 빼앗겼다. 빨간색이었고, 땅에 닿을 만치 아주 낮은 차대는 빠른 움직임과 빠른 삶을 약속하는 듯했다. 그 후 5년 동안 수백만 미국 소년들의 야망을 대변하게 될 블라츠 와일드캣[1]이었다. 차 안에는 앳된 얼굴을 한 금발의 화사한 여자가 경사진 좌석 때문인지 세상을 초월한 듯 기진맥진한 자세로 앉아 있었다.

두 소년은 여자를 말똥말똥 쳐다보았다. 그녀는 딱 한 번 차운 눈빛으로 그들을 힐끔거리고는 다시 블라츠 와일드캣 좌석에 기대어 도도하게 하늘을 올려다보았다. 두 소년은 시선을 주고받았지만, 꼼짝 않고 그대로 서 있었다. 그들은 여자를 지켜보다가 시선을 들킬 것 같은 느낌이 들자 고개를 떨군 채 차를 물끄러미 바라보았다.

몇 분 후, 짙은 분홍색 얼굴에 머리칼도 분홍색이고, 노란 정장에 모자를 쓰고, 노란 장갑을 낀 젊은 남자가 나타나 차에 올라탔다. 무시무시한 폭발음이 잇달았다. 그러다가 열린 배기 밸브에서 일정한 간격으로 텁-텁-텁, 북을 두드리듯 신나고 건방진 소리가 들리더니, 자동차와 여자와 스피드 팩스턴이라는 이름의 젊은 남자는 미끄러지듯 떠나갔다.

바질과 리플리는 몸을 돌려 생각에 잠긴 채 미드웨이 쪽으로 어슬렁어슬렁 돌아갔다. 스피드 팩스턴이 조금 형편없는 인간—

---

1 제1차 세계대전 전후에 미국에서 생산된 스포츠카, 스터츠 베어캣(Stutz Bearcat)을 참고한 듯하다.

맥주 양조업자의 난폭한 응석받이 아들—이라는 건 알지만, 그가 부러웠다. 그런 자동차에 앳된 얼굴의 신비로운 여자를 태우고 석양 속으로, 밤의 고요와 신비 속으로 달려갈 수 있다니. 사격장에서 나오는 그들 또래의 키 큰 아이가 눈에 띄었을 때 무작정 소리를 지르기 시작한 건 아마도 이 부러움 때문이었을 것이다.

"오, 엘우드! 야! 잠깐만!"

엘우드 리밍은 뒤돌아보더니 기다렸다. 그는 마을의 착한 소년들 사이에 끼어 있는 방탕아였다. 맥주를 마시고, 운전기사에게 운전을 배웠으며, 벌써부터 골초가 되어 비쩍 말랐다. 바질과 리플리가 열성적으로 인사를 건네자, 엘우드는 산전수전 다 겪은 사람처럼 딱딱하고 어른스러운 표정으로 눈을 반쯤 감은 채 그들을 맞았다.

"안녕, 리플리. 악수나 하자, 리플리. 안녕, 바질, 어이. 악수나 하자."

"뭐 해, 엘우드?" 리플리가 물었다.

"아무것도. 너희는 뭐 하고 있어?"

"아무것도."

엘우드 리밍은 눈을 더 가늘게 뜨고 뭔가 생각하는가 싶더니 이가 딸깍거리도록 입을 힘차게 악다물었다.

"그럼 여자애들 좀 낚아볼까?" 그가 제안했다. "오늘 오후에 여기서 예쁘장한 애들 몇 명 봤거든."

리플리와 바질은 긴장된 숨을 은밀히 몰아쉬었다. 1년 전 스타 극장에 벌레스크 쇼를 보러 가서 그들을 충격에 빠뜨렸던 엘우드가 지금 그들에게 자신의 속도감 넘치는 삶으로 들어오라며 문을 열어주고 있었다.

리플리는 이제 갓 된 어른의 의무라고 느꼈는지 진지하게 반응하며 열성적으로 답했다. "난 좋아." 그러고는 바질을 쳐다보았다.

"나도 좋아." 바질은 우물거렸다.

리플리는 웃었다. 조롱보다는 조바심이 담긴 웃음이었다. "먼저 어른이 좀 돼라, 바질." 리플리는 동의를 구하며 엘우드를 쳐다보았다. "남자가 될 때까지 얌전히 있지 그러냐."

"닥쳐!" 바질은 쏘아붙였다. "그런 넌 언제부터 그랬다고? 고작 일주일밖에 안 됐으면서!"

하지만 바질은 이 둘과 자신 사이에 틈이 벌어져 있음을 깨달았고, 그들과 나란히 걸으면서도 스스로가 들러리처럼 느껴졌다.

엘우드 리밍은 예리하고 노련한 개척자의 표정을 하고 앞장서 걸으며 오른쪽부터 왼쪽으로 쭉 훑어보았다. 짝을 지어 돌아다니는 여자들 여럿이 엘우드의 성숙한 시선에 격려의 미소를 보냈지만, 엘우드는 성에 차지 않는 듯 그들을 마다했다. 너무 뚱뚱하거나, 너무 못생겼거나, 너무 뻣뻣하다면서. 그때 문득 그들보다 조금 앞서서 어슬렁어슬렁 걸어가고 있는 두 여자가 눈에 띄자 세 소년은 걸음을 재촉했다. 엘우드는 자신만만했고, 리플리는 바짝 긴장해서는 자신만만한 척했으며, 바질은 갑자기 신바람이 났다.

그들은 여자들을 따라잡았다. 간이 콩알만 해져버린 바질이 고개를 돌리는데 엘우드의 목소리가 들렸다.

"아가씨들, 안녕! 오늘 저녁 재미있게 보내고들 있어?"

이 여자들이 경찰을 부르면 어떡하지? 그의 어머니와 리플리의 어머니가 갑자기 저 모퉁이를 돌아 나오면 어쩌란 말인가?

"너도 안녕!"

"어디 가?"

"모르겠어."

"그럼 우리랑 같이 가자."

그러고 나서 다들 한데 모였고, 바질은 그들이 자기 또래의 여자애들이라는 걸 알고는 마음이 놓였다. 예쁘장한 소녀들이었다. 피부가 맑고, 입술은 붉고, 머리를 어른스럽게 말아 올렸다. 바질은 그중 한 명이 첫눈에 쏙 들어왔다. 목소리가 더 차분하고 수줍음을 많이 탔다. 엘우드가 더 털털한 여자애를 끼고 먼저 가버려서 바질과 리플리가 그녀와 함께 뒤따라가게 되자 바질은 속으로 쾌재를 불렀다.

저녁의 첫 불빛들이 희미하게 켜지기 시작했다. 오후의 인파는 약간 줄어들었고, 인적이 끊긴 길에는 팝콘과 땅콩, 당밀과 먼지와 요리용 프랑크푸르트 소시지, 그리고 동물들과 건초가 남긴 구수한 여운 등 온갖 냄새가 짙게 배어 있었다. 대관람차는 조명을 휘황찬란하게 밝힌 채 황혼 속을 여유롭게 돌았다. 머리 위에서는 롤러코스터의 텅 빈 칸들이 덜커덩거렸다. 무더위는 날아가 버리고, 북부 가을 특유의 상쾌하고 활기찬 흥취가 대기 중에 맴돌았다.

그들은 걸었다. 바질은 어떻게든 소녀에게 말을 걸 수 있을 것 같았지만, 앞에서 엘우드 리밍이 과시하고 있는 진지하고 은밀한 태도는 도무지 따라갈 수 없었다. 엘우드는 우연히 취향과 마음이 꼭 맞는 사람을 발견하기라도 한 것처럼 굴었다. 그래서 무거운 침묵을 깨기 위해—리플리는 이따금 실없는 웃음을 터뜨릴 뿐 아무런 도움도 되지 않았으므로—바질은 그들이 지나치는 광경에 관심 있는 척 이러쿵저러쿵 떠들어댔다.

"다리 여섯 개 달린 송아지가 있는데, 봤어?"

"아니, 못 봤어."

"저기가 오토바이를 타는 데야. 가봤어?"

"아니, 안 가봤어."

"저기 좀 봐! 풍선에 바람을 넣기 시작하네. 몇 시에 불꽃놀이를 시작할까?"

"불꽃놀이 구경한 적 있어?"

"아니, 내일 밤에 보려고. 넌 봤어?"

"응, 매일 밤. 오빠가 여기서 일하거든. 불꽃을 쏘아 올려."

"아!"

그녀의 오빠는 그녀가 낯선 사람들에게 낚였다는 사실을 알면 걱정할까? 바질은 궁금해졌다. 더 궁금한 점이 있었다. 그녀도 그처럼 바보가 된 기분일까? 이제 시간이 꽤 늦었을 텐데, 그는 7시 반까지 집에 돌아가겠다고 약속했다. 약속을 어기면 그 벌로 내일 밤 외출하지 못한다. 바질은 엘우드 옆으로 가서 물었다.

"야, 엘우드, 우리 지금 어디 가는 거야?"

엘우드는 바질을 쳐다보며 한쪽 눈을 찡긋했다. "올드 밀[1] 탈 거야."

"아!"

바질이 다시 뒤로 돌아갔더니, 그가 잠깐 자리를 비운 사이 리플리와 여자애가 팔짱을 끼고 있었다. 질투심이 치솟은 바질은 다시 한번 소녀를 감상하듯 찬찬히 살펴보았다. 생각했던 것보다 더 예뻤다. 위에서 반짝반짝 빛나기 시작한 조명이 그녀의 까맣고 그윽한 눈동자를 깨운 듯, 이제 거기에는 짜릿한 모험에 대한 기대가 깃들어 있었다. 점점 더 서늘해지는 밤에 대한 기대도.

1 보트를 타고 어두운 터널을 통과하는 놀이 기구.

바질은 그녀의 다른 쪽 팔을 잡을까 고민했지만 이미 늦었다. 그녀와 리플리는 무엇 때문인지, 아니 별것도 아닌 일로 공연히 함께 웃고 있었다. 그녀가 리플리에게 왜 계속 웃느냐고 물었고 리플리는 그 답으로 또 웃었다. 그러더니 둘이서 자지러지게, 뜬 금없이 웃음을 터뜨렸다.

바질은 역겹다는 듯 리플리를 노려보며 왈칵 성을 냈다. "그런 멍청한 웃음소리는 처음 들어본다."

"그래?" 리플리 버크너는 낄낄거렸다. "그러냐, 꼬맹이?"

리플리가 배를 움켜잡고 웃어대자 여자애도 동참했다. '꼬맹 이'라는 단어가 차가운 물줄기처럼 바질의 귀를 따끔하게 쏘았 다. 들뜬 기분에 무언가를 잊고 있었던 것이다. 불구자가 달리기 시작하고 나서야 자신의 절름발을 기억해 내듯이.

"넌 네가 엄청 큰 줄 알지!" 바질은 소리를 빽 질렀다. "그 바 지 어디서 났어? 어디서 났냐니까?" 그는 애써 씩씩하게 따진 후 "네 아빠 바지잖아"라고 덧붙이려다, 자기 아버지처럼 리플리의 아버지도 죽었다는 사실이 기억났다.

앞서간 한 쌍은 올드 밀 입구에 도착해서 그들을 기다리고 있 었다. 한산한 시간이었고, 대여섯 척의 배들이 인조 강의 가벼운 물결에 흔들리며 나무 강변에 부딪혔다. 엘우드는 자기 짝과 함 께 앞자리에 타자마자 한 팔로 그녀를 감싸 안았다. 바질은 다른 소녀를 도와 뒷자리에 앉혔지만, 리플리가 그들 사이에 끼어 앉 자 맥없이 아무런 저항도 하지 못했다.

배는 떠오르자마자 길고 컴컴한 동굴 속으로 들어갔다. 저 멀 리 앞쪽 어딘가에서 다른 배에 탄 무리가 노래를 부르고 있었다. 그 소리가 아득하고 낭만적으로 들리다가 점점 더 가까워지고 더 신비로워지더니 물길의 방향이 정반대로 바뀌고, 보이지 않는 베일이 사이에 드리워진 듯 두 척의 배는 아슬아슬하게 서로를 비껴갔다.

세 소년은 고함을 질러댔다. 바질은 크고 다양한 목소리로 리플리를 능가해 소녀에게 잘 보이려 애썼지만, 잠시 후에는 배가 나무 강변에 끊임없이 쿵쿵 부딪히는 소리와 바질 자신의 목소리밖에 들리지 않았다. 그리고 바질은 보지 않고도 알 수 있었다. 리플리가 소녀의 어깨에 팔을 둘렀다는 사실을.

그들은 시뻘건 빛—히죽이는 악마들과 붉게 타오르는 종이 불길로 연출한 지옥—속으로 들어갔고 바질은 엘우드와 여자애가 뺨을 맞대고 있는 것을 보았다. 다시 주위가 컴컴해지더니 물이 가볍게 찰랑거리고, 노래하는 사람들의 배가 옆을 지나가면서 가까워졌다 멀어졌다 했다. 잠시 동안 바질은 이 다른 배에 관심 있는 척 그들을 소리쳐 부르며, 서로 가깝다고 한마디 했다. 그러다 배를 흔들 수도 있다는 걸 알고는 이 한심한 재미에 빠져 있었다. 그러자 엘우드 리밍이 버럭 호통을 쳤다.

"야! 왜 이래?"

마침내 입구로 나왔고 두 커플은 서로 떨어졌다. 바질은 비참한 기분이 되어 물가로 뛰어내렸다.

"입장권 더 줘요." 리플리가 외쳤다. "한 번 더 탈래요."

"난 됐어." 바질은 무심한 척 공들여 연기했다. "집에 가야 돼."

리플리는 그를 놀리며 의기양양하게 웃기 시작했다. 소녀도 웃었다.

"그래, 잘 가라, 꼬맹아." 리플리는 유쾌하게 소리쳤다.

"닥쳐! 안녕, 엘우드."

"잘 가, 바질."

벌써 배는 출발하고 있었다. 이번에도 소녀들의 어깨에는 팔이 둘러져 있었다.

"잘 가라, 꼬맹아!"

"잘 있어라, 황소야!" 바질은 목소리를 곤두세웠다. "바지 어디서 났냐? 어디서 났냐니까?"

하지만 배는 이미 시커먼 굴속으로 사라져버리고, 리플리의 조롱 어린 웃음소리만 메아리칠 뿐이었다.

2

오랜 전통처럼 사내아이들은 어른이 된다는 개념에 집착한다. 어리다는 이유로 가해지는 제약을 이따금 푸념하면서 말이다. 반면에 소년으로 지내는 것이 마냥 좋은 시절도 오랜 기간 존재하는데, 그 만족감은 말이 아닌 행동으로 표현된다. 바질은 조금만 더 나이가 많았으면 좋겠다는 생각이 들 때도 더러 있었지만, 그뿐이었다. 그에게 긴 바지는 그다지 중요한 문제가 아니었다. 긴 바지가 갖고 싶긴 했지만, 의상으로 따지자면 풋볼 유니폼이나 경찰 제복, 심지어 밤에 뉴욕 거리를 누비는 괴도 신사들의 실크해트와 긴 망토만큼의 낭만도 없었다.

하지만 다음 날 깨어났을 때 긴 바지는 바질의 인생에서 가장 중요한 필수품이 되어 있었다. 긴 바지가 없으니 또래들에게 따돌림당하고, 지금까지 졸개나 마찬가지였던 아이에게 비웃음을 사지 않았던가. 어젯밤 몇몇 계집애들이 리플리를 더 마음에 들어 했다는 사실 자체는 전혀 중요하지 않았지만, 승부욕 강한 바질은 불리한 조건에서 싸워야 하는 것이 분했다. 기숙학교에서도 비슷한 상황이 벌어지리라는 예감이 들었고, 그것만은 참을 수 없었다. 아침 식사 시간에 바질은 몹시 흥분한 상태로 어머니에게 다가갔다.

"어머, 바질." 어머니는 깜짝 놀라며 나무랐다. "그 얘기가 나왔을 땐 별로 신경 안 쓰는 눈치더니."

"긴 바지를 입어야겠어요." 바질은 선언하듯 말했다. "긴 바지 없이 기숙학교에 다니느니 차라리 죽을래요."

"바보 같은 소리 하지 마."

"정말이에요, 차라리 죽을래요. 긴 바지를 못 입는데 기숙학교를 가봐야 무슨 소용인지 모르겠어요."

바질이 어쩌나 감정에 복받쳤는지 그의 어머니는 아들이 죽어가는 모습이 눈에 보이는 것만 같아 심란해지기 시작했다.

"바보 같은 소리 그만하고 와서 아침이나 먹어. 오늘 아침에 바턴 리스에 가서 몇 장 사면 되잖아."

바질은 마음이 누그러졌지만, 절박한 욕구에 여전히 애가 타서 이리저리 서성였다.

"긴 바지를 안 입은 남자는 아무 쓸모가 없어." 그는 격한 말투로 단언한 후 이 문장이 마음에 들어 더 늘려 보았다. "긴 바지를 안 입은 남자는 그냥 완전히 쓸모가 없어. 긴 바지를 안 입고 기숙학교에 다니느니 차라리 죽는 게……."

"바질, 그런 말 하지 말라니까. 바지 때문에 놀림받았나 보구나."

"아무도 안 놀렸어요." 바질은 발끈하며 부정했다. "아무도요."

아침 식사 후 하녀가 바질을 전화기로 불렀다.

"리플리야." 조심스러운 목소리였다. 바질은 그러냐고 차갑게 대꾸했다. "어젯밤 일 때문에 화난 거 아니지?"

"나? 전혀. 내가 화났다고 누가 그래?"

"아무도 안 그랬어. 저기, 있잖아, 오늘 밤에 다 같이 불꽃놀이 구경하기로 했잖아."

"그래." 바질의 목소리는 여전히 차가웠다.

"저기, 엘우드랑 붙어 다녔던 여자애가 자기보다 훨씬 더 예쁜 동생이 있대. 오늘 밤에 나올 수 있다니까 너는 걔랑 다니면 돼. 8시쯤 만날 거야. 불꽃놀이가 9시부터 시작하니까."

"그전까지 뭘 할 건데?"

"어, 올드 밀 또 타려고. 어젯밤에 세 번 더 탔어."

잠깐 침묵이 흘렀다. 바질은 어머니 방의 문이 닫혀 있는지 확인했다.

"너 걔한테 키스했어?" 바질은 송화기에 대고 다그쳐 물었다.

"당연히 했지!" 전화선으로 멍청한 웃음의 망령이 흘러들었다. "저기, 엘우드가 자동차 끌고 나올 수 있을 것 같대. 7시에 너 데리러 갈게."

"알았어." 바질은 퉁명스레 답하고는 덧붙였다. "오늘 아침에 긴 바지 살 거야."

"그래?" 귀신 같은 웃음소리가 또 들렸다. "어쨌든 7시까지 준비해."

바질은 10시에 바턴 리스 양장점에서 삼촌을 만났다. 가족에게 폐를 끼치고 돈을 쓰게 만드는 것이 조금 미안했다. 삼촌의 조언에 따라 두 벌의 정장을 최종적으로 선택했다. 일상복으로 입을 두툼한 진갈색 한 벌과 예복으로 입을 감색 한 벌. 몇 군데 수선할 곳이 있기는 했지만, 그날 오후에 한 벌을 꼭 배달해 주겠다고 했다.

그렇게 큰 돈을 쓴 것이 순간 후회스러워진 바질은 교통비를 아낄 심산으로 시내에서 집까지 걸어갔다. 크레스트 애비뉴를 지나가다 밴 셸링어 가족 저택 앞에 있는 높은 소화전을 뛰어넘어 볼까 싶어 걸음을 멈추었다. 긴 바지를 입으면 그렇게 할 수 있을까? 그럴 수 있는 날이 앞으로 오기나 할까? 일종의 작별 의식으로 두세 번 뛰어넘어야 할 것 같은 기분이었다. 이런 생각에 골똘할 때, 밴 셸링어네 리무진이 사유 차도로 들어와 현관문 앞에 멈춰 섰다.

"오, 바질." 누군가가 그를 불렀다.

도시에서 두 번째로 큰 저택의 화강암 주랑현관에서 거의 흰색에 가까운 숱진 곱슬머리에 반쯤 파묻힌 풋풋하고 여린 얼굴이 그를 돌아보았다.

"안녕, 글래디스."

"잠깐 와봐, 바질."

바질은 순순히 그녀의 말에 따랐다. 글래디스 밴 셸링어는 바질보다 한 살 어렸다. 애지중지 키워진 얌전한 소녀로, 집안 전통에 따라 동부에서 결혼하게 될 터였다. 그녀는 가정교사가 있었고, 몇몇 특정 소녀들하고만 그녀의 집이나 그들의 집에서 놀았으며, 중서부 도시의 아이들이 누리는 일상적인 자유가 허용되지 않았다. 다른 아이들이 오후마다 모여서 노는 워튼스네 마당 같은 곳에는 절대 모습을 드러내지 않았다.

"바질, 물어볼 게 있는데, 오늘 밤에 주 박람회에 갈 거야?"

"응, 그래, 갈 거야."

"그럼 우리랑 같이 특별석에서 불꽃놀이 구경할래?"

바질은 잠깐 고민에 빠졌다. 제안을 받아들이고 싶었지만, 이상하게도 거절해야 할 것만 같았다. 냉정한 논리로 따지자면 전혀 흥미가 돋지 않는 어떤 일을 위해 즐거움을 포기하는 꼴이었다. "안 돼. 정말 미안해."

글래디스의 얼굴에 불만스러운 표정이 살짝 스쳤다. "그래? 그럼 조만간 놀러 와, 바질. 몇 주 후면 난 학교 때문에 동부로 떠나거든."

바질은 애석함을 떨치지 못한 채 거리를 걸었다. 글래디스 밴 셀링어는 그와는 물론 그 누구와도 사귄 적이 없지만, 같은 시기에 기숙학교로 떠난다는 사실 때문에 그녀가 친근하게 느껴졌다. 마치 두 사람이 동부로의 화려한 모험에 선택받은 것 같았다. 그녀는 부유하고 그는 그저 형편이 어렵지 않은 수준에 불과하다는 현실을 뛰어넘어 고귀한 운명에 함께 선택된 것 같았다. 오늘 밤 그녀의 특별석에 나란히 앉을 수 없다니 아쉬웠다.

3시쯤 바질은 방에서 『진홍색 스웨터 *The Crimson Sweater*』[1]를 읽다가 초인종이 울릴 때마다 귀를 쫑긋 세우기 시작했다. 계단 위로 가서 아래를 내려다보며 소리쳤다. "힐다, 나한테 뭐 왔어요?" 그리고 4시가 되자, 중요한 일에 무심하고 무감각해서 느릿느릿 문으로 갔다가 돌아오는 힐다가 못마땅해진 바질은 아래층으로 내려가 자신이 직접 해결하기로 했다. 하지만 아무런 소식이 없었다. 바턴 리스에 전화를 걸었더니 바쁜 직원은 이렇게 말했다. "갈 거예요. 꼭 갈 거니까 걱정 말아요." 하지만 바질은 그 말이 미덥지 않았고, 베란다로 나가 바턴 리스의 배달 마차를 기다렸다.

5시에 그의 어머니가 집에 왔다. "생각보다 수선할 데가 많나 봐." 어머니는 그를 안심시켰다. "내일 아침엔 받을 수 있겠지."

"내일 아침이라뇨!" 바질은 기가 막힌 듯 소리를 질렀다. "오늘 밤에 꼭 입어야 한단 말이에요."

"뭐, 실망하기엔 아직 일러, 바질. 가게들은 5시 반에 문을 닫으니까."

바질은 홀리 애비뉴를 이쪽저쪽 초조하게 한 번 훑어본 다음,

---

1 랠프 헨리 바버가 1906년에 발표한 아동 소설.

모자를 쓰고 모퉁이에 있는 전차를 향해 달리기 시작했다. 잠시후 문득 생각난 것이 있어 똑같은 속도로 되돌아갔다.

"옷이 오거든 잘 받아주세요." 모든 걸 빈틈없이 생각하는 남자답게, 그는 어머니에게 당부했다.

"알았어." 어머니는 덤덤하게 약속했다. "그럴게."

생각보다 늦었다. 기다리다 전차를 타고 바턴 리스에 도착했더니 끔찍하게도 문이 잠겨 있고 블라인드가 내려져 있었다. 바질은 마지막으로 나오는 직원을 붙잡고서, 오늘 밤 정장을 꼭 입어야 한다고 열심히 설명했다. 그 직원은 그 문제에 대해 아무것도 알지 못했다……. "혹시 슈바처 씨인가요?"라고 직원이 물었다.

아니, 바질은 슈바처 씨가 아니었다. 옷을 배달해 주겠다고 약속했던 사람을 해고하라며 직원에게 어설프게 따진 후 바질은 허탈하게 집으로 돌아갔다. 정장 없이는 박람회에 갈 생각이 없었다. 아예 나가지 않고 집 안에 처박혀 있으리라. 운 좋은 녀석들이나 불야성의 거리에서 모험을 즐기라지. 어리고 경망스러우며 신비로운 소녀들이 올드 밀의 황홀한 어둠 속을 녀석들과 함께 미끄러져 가겠지. 그런데 옷가게의 멍청하고 이기적이고 불성실한 직원 때문에 그는 그곳에 있지 못하리라. 하루 이틀이면 박람회는 완전히 끝날 테고, 살아 있는 모든 소녀들 중에서도 가장 붙잡기 어렵고 가장 매력적인 그 소녀들, 그중에서도 제일 낫다는 그 동생은 그의 삶에서 사라져버리고 말 터였다. 바질이 키스를 해보지도 못한 그들은 블라츠 와일드캣을 타고 달빛 속으로 달려가리라. 아니, 그는 평생토록―바질 때문에 그 직원은 일자리를 잃게 되겠지만. "당신 때문에 내가 어떻게 됐는지 봐요."―돌이킬 수 없는 그 시간을 회상하며 끝없이 후회하리라. 우리 대부분이 그렇듯, 바질은 지금처럼 미래에도 이런 욕망들에 사로잡히리라는 사실을 인지하지 못했다.

그는 집에 도착했다. 옷은 도착하지 않았다. 우울하게 집 안을 어정거리다 6시 반이 되자 어머니와 저녁을 먹기로 했지만, 팔 꿈치를 식탁에 얹은 채 묵묵히 앉아 있기만 했다.

"입맛이 없니, 바질?"

"아니, 됐어요." 그는 어머니가 무슨 음식을 권하기라도 한 것처럼 아무 생각 없이 답했다.

"학교로 떠나려면 두 주나 더 있어야 하잖아. 그런데 왜……."

"아, 그것 때문에 못 먹는 게 아니에요. 오후 내내 머리가 좀 아팠거든요."

식사가 끝날 무렵 바질은 에인절 케이크 몇 조각을 멍하니 바라보다가 몽유병 환자처럼 세 조각을 먹었다.

7시, 일이 제대로 풀리기만 했다면 낭만 가득한 설레는 밤의 예고가 되었을 소리가 들렸다.

엘우드의 차가 집 밖에 섰고, 잠시 후 리플리 버크너가 초인종을 울렸다. 바질은 침울하게 일어났다.

"내가 나갈게요." 그는 힐다에게 이렇게 말하고는, 어머니에게는 원망이 살짝 섞인 차가운 투로 말했다. "잠깐 나갔다 올게요. 오늘 밤에 박람회 못 간다고 말해 줘야 해서요."

"못 가긴 왜 못 가, 바질. 유치하게 굴지 마. 고작 그런 이유 때문에……."

바질은 어머니의 말이 귀에 들어오지도 않았다. 문을 열고, 계단에 서 있는 리플리를 마주 보았다. 그 너머에는 엘우드의 리무진이, 낡은 고급 차가 추수기 보름달을 배경으로 검은 윤곽만을 드러낸 채 가볍게 떨고 있었다.

따가닥- 따가닥- 따가닥! 거리 저쪽에서 바턴 리스의 배달 마차가 달려왔다. 따가닥-따가닥! 한 남자가 마차에서 펄쩍 뛰어 내리더니 쇳덩어리를 닻처럼 인도로 털썩 떨어뜨리고는 기다란 네모 상자를 들고서 허둥지둥 저쪽으로 갔다가 다시 몸을 돌려 그들 쪽으로 다가왔다.

"잠깐만 기다려." 바질은 사납게 소리쳤다. "안 늦을 거야. 서재 에서 옷 갈아입고 올게. 야, 네가 내 친구라면 기다려줘." 그는 포 치로 나갔다. "야, 엘우드, 이제 나도 긴 바지가…… 옷 갈아입어 야 돼. 잠깐 기다려줄 수 있지?"

엘우드가 운전기사에게 말할 때 어둠 속에서 담뱃불이 번쩍였 다. 떨리던 자동차는 한숨을 뿜으며 얌전해졌고, 하늘엔 갑자기 별들이 총총했다.

3

다시 찾아온 박람회. 하지만 오후의 박람회와는 달랐다. 낮의 소녀가 밤에 표출하는 눈부신 모습의 그녀와 다르듯이. 판지 부 스들과 석고 궁전들의 알맹이는 사라지고 형태만 남았다. 불빛 에 부각된 이 형태들은 본모습보다 더 신비롭고 매혹적으로 보 였고, 그물처럼 이리저리 얽힌 축소판 브로드웨이들을 한가로이 거니는 사람들도 마찬가지였다. 그 창백한 얼굴들이 홀로 혹은 여럿이서 어스름을 밝혔다.

소녀들이 약속 장소로 서둘러 가보니, 밀의 신전이 드리운 짙 은 그림자 속에 소녀들이 있었다. 그들의 형체가 한곳으로 모여 들자마자 바질은 뭔가 잘못됐다는 걸 알아차렸다. 점점 더 커지 는 불안감 속에 소녀들의 얼굴을 하나하나 힐끔거리다, 그들이 자기소개를 할 때 오싹한 진실을 깨달았다. 그 여동생이라는 아 이는 땅딸막하고 우중충한 것이, 정말이지 끔찍했다. 칙칙한 안

색을 싸구려 분홍빛 파우더로 가리고, 볼품없는 입술을 쉴 새 없이 오물거리며 매력적인 모양으로 만들려 애썼다.

충격으로 멍해져 있는데, 리플리의 짝이 말하는 목소리가 들렸다. "너랑 갈지 말지 모르겠어. 오늘 오후에 만난 애랑 데이트 비슷한 걸 했단 말이야."

그녀가 안절부절못하며 거리를 훑어보는 사이, 깜짝 놀라고 당황한 리플리는 그녀의 팔을 붙잡으려 했다.

"이러지 마." 그는 소녀를 몰아붙였다. "내가 먼저 너랑 데이트 했잖아."

"네가 올지 안 올지 내가 어떻게 알았겠어." 그녀는 신경질을 부리며 말했다.

엘우드와 두 자매도 리플리를 거들었다.

"대관람차는 탈 수 있을지도 모르겠어." 그녀는 마지못해 말했다. "하지만 올드 밀은 안 돼. 그 애가 화내면 어떡해."

이 말 한 방에 리플리의 자신감은 휘청거렸다. 그의 입은 축 처진 채 벌어지고, 그의 손은 끈덕지게 그녀의 팔을 건드렸다. 바질은 애써 정중하게 자신의 짝을 힐끔거리다 나머지 아이들을 원망 가득한 표정으로 노려보았다. 마음에 드는 짝을 꿰찬 엘우드만이 만족스러워하고 있었다.

"대관람차 타러 가자." 엘우드가 조바심을 내며 말했다. "밤새도록 여기 서 있을 거야?"

까탈스러운 올리브는 매표소에서 또 미적거리며 얼굴을 찌푸린 채 주변을 두리번거렸다. 리플리의 경쟁자가 나타나리라는 희망을 아직 버리지 못한 듯했다.

하지만 탑승 칸들이 휙 내려와 멈춰 서자 그녀는 어쩔 수 없이 올라탔고, 세 쌍의 남녀는 고민을 안고서 천천히 허공으로 올라갔다.

가상의 하늘 곡선을 따라 올라가면서 바질은 다른 사람과 함께였다면, 아니 차라리 혼자였다면 얼마나 즐거웠을까 하고 생각했다. 저 아래 박람회장은 새로운 모습으로 반짝거리고 있었다. 빛의 끝자락에 접한 벨벳처럼 보드라운 어둠에는 마지막 잔광도 스며들지 못했다. 하지만 그는 자기보다 못한 사람에게 상처를 줄 순 없었다. 잠시 후 옆에 앉은 소녀에게로 고개를 돌렸다.

"세인트폴에 살아? 아니면 미니애폴리스?" 바질은 정중하게 물었다.

"세인트폴. 7학군 학교에 다녀." 느닷없이 그녀가 다가앉더니 부추기듯 말했다. "넌 그렇게 둔한 애는 아닌 것 같아."

바질이 그녀의 어깨에 팔을 둘러보니 따스했다. 또다시 바퀴의 맨 꼭대기에 다다라 머리 위로 하늘이 펼쳐졌다. 그러고는 저 멀리서 증기 오르간 소리가 별안간 터져 나오더니 관람차는 천천히 내려가기 시작했다. 바질은 조심스레 시선을 돌린 채로 그녀를 바짝 끌어당겼고, 다시 어둠 속으로 올라갈 때 고개를 숙여 그녀의 뺨에 키스했다.

그 의미심장한 접촉에 마음이 흔들렸지만, 곁눈질로 그녀의 얼굴을 흘끔 보았다. 고맙게도 밑에서 종소리가 울리며 기계가 천천히 멈추기 시작했다. 밖에서 세 커플이 다시 뭉치자마자 올리브가 환성을 질렀다.

"저기 있어! 오늘 오후에 만나서 데이트했던 빌 존스."

그들 또래의 남자애가 작은 등나무 지팡이를 군악대 지휘자처럼 능수능란하게 빙빙 돌리며 서커스단 조랑말처럼 걸어왔다. 용의주도하게 가명을 썼지만, 세 소년은 친구이자 동년배인 그 아이를 알아보았다. 다름 아닌 마성의 휴버트 블레어였다.

그가 더 가까이 다가오더니 상냥한 미소로 그들 모두에게 인사를 건넸다. 그러고는 모자를 벗어서 빙빙 돌리다가 떨어뜨리고 공중에서 낚아채서는 머리에 삐뚜름하게 썼다.

"너 정말 못됐어." 휴버트가 올리브에게 말했다. "오늘 저녁에 여기서 15분이나 기다렸다고."

휴버트가 지팡이로 때리는 척하자, 올리브는 즐겁게 낄낄거렸다. 열네 살의 소녀라면 누구나, 그리고 조금 미숙한 성인 여자들도 휴버트 블레어의 목소리에 속절없이 넘어갔다. 또 휴버트는 운동 신경이 좋아 끊임없이 우아하게 몸을 움직였다. 그의 코는 매력적이면서도 자극적이었고, 그의 웃음소리는 사람의 마음을 녹였으며, 눈치 빠르게 남의 비위를 맞추는 재주도 있었다. 그가 주머니에서 토피[1]를 한 조각 꺼내어 이마에 얹었다가 흔들어서 입속으로 쏙 집어넣었을 때, 그날 밤 리플리가 올리브를 더 볼 수 없는 운명이라는 걸 모를 사람은 아무도 없었다.

모두가 넋을 잃고 시선을 딴 곳으로 돌리지 못하는 틈을 타서, 바질은 한 가닥 희망으로 눈을 반짝이며 괴도 신사처럼 교활하게 네 발짝 후다닥 뒷걸음질 쳤다. 어느 천막의 갈라진 틈을 꿈틀꿈틀 지나가, 수확기와 트랙터가 진열된 인적 없는 전시장으로 들어갔다. 남에게 들킬 위험 없이 안전한 곳에 들어와 긴장이 풀린 바질은 자기가 곧 떠맡게 될 일을 새까맣게 모르고 있는 리플리를 생각하며 어둠 속에서 배꼽을 잡고 신나게 웃어 젖혔다.

4

10분 후, 박람회장의 외진 구역에서 한 아이가 최근에 산 등나

---

1 설탕, 버터, 물을 함께 끓여 만든 캔디.

무 지팡이를 휘두르며 불꽃놀이 관람 장소를 향해 씩씩하고 신중하게 걸어갔다. 몇몇 소녀가 그에게 관심 어린 눈길을 보냈지만 그는 거만하게 지나쳤다. 이 순간—삶의 부산함 속에 거의 잃을 뻔했던 순간—만큼은 사람들이 지긋지긋했고, 긴 바지를 입은 것이 즐거울 따름이었다. 옥외 관람석을 구매한 그는 인파를 따라 경마장을 돌면서 자기 자리를 찾았다. 연방군 부대들이 게티즈버그 전투를 준비하며 대포를 옮기는 모습을 구경하려고 걸음을 멈추는데, 뒤의 특별석에서 글래디스 밴 셸링어가 그를 불렀다.

"오, 바질, 이리 와서 우리랑 같이 앉을래?"

바질은 방향을 바꾸어 특별관람석으로 향했다. 밴 셸링어 부부와 의례적인 인사말을 주고받은 뒤, '앨리스 라일리의 아들'이라는 호의적인 소개말과 함께 다른 몇몇 사람들과도 인사를 나누었다. 그리고 앞줄의 글래디스 옆에 자리를 잡았다.

"오, 바질." 글래디스는 홍조 띤 얼굴로 속삭였다. "재미있지 않아?"

재미있지 그럼. 바질은 자기 안에서 고결함이 거대한 파도처럼 솟구치는 것을 느꼈다. 그 평범해 빠진 여자애들이 뭐가 그리 좋았는지 지금으로서는 도무지 이해할 수 없었다.

"바질, 동부로 가면 재미있겠지? 어쩌면 같은 기차를 타고 갈지도 모르겠다."

"나도 빨리 가고 싶어." 바질은 진지하게 맞장구쳤다. "긴 바지도 입었고 말이야. 기숙학교로 떠나려면 어쩔 수 없잖아."

특별석에 앉은 부인들 중 한 명이 바질에게로 고개를 기울여 말했다. "네 엄마를 잘 안단다. 그리고 네 친구도 알아. 난 리플리 버크너의 이모거든."

"아, 그러시군요!"

"리플리도 참 착하죠." 밴 셸링어 부인이 활짝 웃으며 말했다.

그때, 자신의 이름을 듣기라도 한 것처럼 별안간 리플리 버크너가 나타났다. 이제 텅 비고 밝은 조명이 켜진 경주로를 따라 짧으면서도 기괴한 행렬이 들어왔다. 거칠고 방탕한 인생을 연기하는 난쟁이들의 벌레스크 같았다. 행렬의 선두에 선 사람은 휴버트 블레어와 올리브였다. 올리브가 감탄하여 자지러지게 웃어대는 소리에 맞추어 휴버트는 군악대 지휘자처럼 지팡이를 빙빙 돌리며 의기양양하게 걸었다. 그 뒤를 따르는 엘우드 리밍과 그의 애인은 서로의 품에 찰싹 안겨 있어 제대로 걷지도 못했다. 그리고 맨 뒤의 볼품없는 한 쌍은 리플리 버크너와, 올리브에게 질세라 괴성을 질러대는 바질의 옛 짝이었다. 바질은 리플리의 복잡 미묘한 표정을 물끄러미 지켜보았다. 행렬의 전반적인 분위기에 동참하여 실없이 깔깔대다가도, 과연 이 저녁을 잘 보내고 있는 건가 하는 의구심이 드는 듯 언짢은 기색이 언뜻 스치기도 했다. 이 행렬은 많은 사람들의 눈길을 끌었다. 그래서인지 리플리는 1미터 정도 떨어진 특별석을 지나면서도 그에게만 유독 꽂힌 시선을 알아차리지 못했다. 그가 꽤 멀어졌을 때 특별석에서는 호기심 어린 탄식이 확 퍼지더니 조심스러운 숙덕거림이 이어졌다.

"정말 이상한 여자애들이야." 글래디스가 말했다. "제일 앞에 있던 남자애가 휴버트 블레어였지?"

"응." 바질은 뒤에서 들려오는 대화의 한 파편에 귀를 기울이고 있었다.

"내일 아침이면 그 아이 엄마도 이 일을 알게 될 거야."

리플리가 눈에 보이는 동안에는 괴로울 만치 안타까웠지만,

이제 바질은 아까보다 더 강한 고결함에 다시금 휩쓸렸다. 이 일을 계기로 리플리의 어머니가 아들을 기숙학교에 보내주지 않으리라는 사실만 빼면 이 일은 정말로 행복한 추억이 되었을 것이다. 몇 분 후에는 그 사실도 참을 수 있을 것 같았다. 그렇다고 바질이 비열한 아이는 아니었다. 남자라는 종이 불운한 자를 향해 품는 자연스러운 잔인함이 아직 위선의 탈을 쓰지 않았을 뿐이다.

화려한 장관과 함께 〈딕시*Dixie*〉[1]와 〈별이 빛나는 깃발*The Star-Spangled Banner*〉[2]의 선율이 번갈아 연주되면서 게티즈버그 전투는 막을 내렸다. 차들이 대기 중인 바깥에서 바질은 충동적으로 리플리의 이모에게 다가갔다.

"제 생각에는 리플리의 어머니한테 알리는 건, 뭐랄까, 실수가 아닐까 싶어요. 걔가 사람들한테 폐를 끼친 것도 아니잖아요. 걔는……."

저녁의 사건으로 심기가 불편해진 그녀는 아랫사람 바라보듯 차가운 시선을 바질에게 던지며 짧게 답했다. "내가 알아서 하마."

바질은 얼굴을 찡그리고는 몸을 돌려 밴 셸링어 가족의 리무진에 올라탔다.

작은 좌석에 글래디스와 나란히 앉은 바질은 갑자기 그녀에게 사랑을 느꼈다. 이따금 그의 손이 그녀의 손을 살며시 스쳤고, 둘 모두 기숙학교로 떠난다는 따스한 유대감이 그들을 단단히 묶어주는 것 같았다.

---

1 1859년에 대니얼 디케이터 에밋이 발표한 노래로, 남북전쟁 당시 남부 동맹군의 행진곡으로 사용되었다. '딕시'는 미국 동남부의 여러 주들을 지칭하는 단어이다.

2 「맥헨리 요새의 방어전(Defence of Fort McHenry)」이라는 시에 멜로디를 붙인 곡으로, 남북전쟁을 거쳐 미 해군에서 먼저 사용되다가 1931년에 미국 국가(國歌)로 지정되었다.

"내일 우리 집에 놀러 올래?" 글래디스가 조르듯 말했다. "엄마가 외출할 건데, 집에 부르고 싶은 사람 불러도 된대."

"좋아."

리무진이 바질의 집을 향해 서서히 속도를 늦추자 글래디스는 순식간에 그에게로 몸을 기울였다. "바질⋯⋯."

그는 기다렸다. 글래디스의 따스한 숨결이 뺨에 닿았다. 바질은 그녀가 서두르기를 바랐다. 차가 멈추면, 뒷좌석에서 졸고 있는 글래디스의 부모님이 그녀의 말을 들을지도 몰랐다. 그 순간 바질의 눈에 글래디스는 아름다워 보였다. 약간은 따분한 감도 있지만, 우아한 섬세함, 호화롭기 그지없는 삶으로 만회가 되고도 남았다.

"바질⋯⋯ 바질, 내일 올 때 휴버트 블레어도 데려올래?"

운전기사가 문을 열어주자 밴 셸링어 부부는 움찔 놀라며 잠에서 깨어났다. 바질은 차가 모퉁이를 돌아 사라질 때까지 우두커니 서서 생각에 잠긴 채 그 뒤를 눈으로 좇았다.

풋내기

1

모두가 잠든 밤, 브로드웨이의 어느 숨겨진 식당. 면면이 화려하고 비밀스러운 상류 인사들과 외교관들과 암흑가 사람들이 모여 있었다. 몇 분 전만 해도 스파클링 와인 병이 정신없이 돌아다니고 한 여자가 테이블 위에서 흥겹게 춤을 추고 있었지만, 지금은 적막하니 숨소리 하나 들리지 않았다. 모든 이들의 시선은, 연미복과 오페라해트로 말쑥하게 차려입고 가면을 쓴 채 문가에 태연히 서 있는 한 남자에게 쏠려 있었다.

"움직이지 마시오." 점잖고 교양 넘치면서도 강인한 울림이 있는 목소리로 사나이가 말했다. "내 손에 있는 이 물건이 발사될 수도 있으니."

그의 시선이 이 테이블에서 저 테이블로 배회했다. 얼굴이 납빛으로 창백하게 질린 고위급 악당, 헤덜리라는 이름의 어느 외국 열강의 점잖은 스파이를 지나친 다음, 검은 눈동자에 슬픔을 머금은 채 테이블에 홀로 앉아 있는 검은 머리의 여자를 조금 더 오래, 어쩌면 조금 더 부드럽게 바라보았다.

"내 목적도 이루었겠다, 이제 내 정체를 알려드리지." 모든 이들의 눈이 기대감에 반짝거렸다. 검은 눈동자의 여자가 살짝 가슴을 들썩이자 은은한 향수 냄새가 갑자기 피어올랐다. "내가 바로 그 잡힐 듯 잡히지 않는 괴도 신사 바질 리, 일명 섀도Shadow라오."

머리에 멋지게 들어맞는 오페라해트를 벗으며 사나이는 짐짓 정중하게 허리를 꺾어 인사했다. 그런 다음 전광석화와 같이 몸을 돌려 밤공기 속으로 사라졌다.

* * *

"뉴욕에는 한 달에 한 번만 갈 수 있어." 루이스 크럼이 말하고 있었다. "선생님도 같이 가야 돼."

바질 리의 멀건 눈이 인디애나주 시골의 헛간들과 옥외 광고판들에서 브로드웨이 리미티드[1] 열차의 내부로 천천히 돌아왔다. 휙휙 지나가며 혼을 쏙 빼놓던 전신주들이 희미해지고, 맞은편 좌석의 흰색 덮개를 배경으로 루이스 크럼의 미련스러운 얼굴이 선명해졌다.

"뉴욕에 도착하자마자 달아나 버리면 그만이지." 바질이 말했다.

"잘도 그러겠다!"

"두고 봐."

"한번 해봐, 어떻게 되나."

"어떻게 되나, 라니 무슨 뜻이야, 루이스? 뭐가 어떻게 되는데?"

이 순간 바질은 아주 밝고 짙은 파란색 눈에 따분함과 짜증을 담은 채 그의 동행을 응시하고 있었다. 두 사람은 열다섯 살로 동갑이고 아버지들끼리 평생 친구였다는—그야말로 시시한—사실 말고는 아무런 공통점이 없었다. 똑같은 중서부 도시에서

---

1 펜실베이니아 철도가 1912년부터 1995년까지 뉴욕시와 시카고 사이에 운영했던 여객 열차.

똑같은 동부 학교로 향하는 중이기도 했다. 바질은 1학년으로, 루이스는 2학년으로.

하지만 예사롭지 않게도, 선배인 루이스는 우울했고 신참인 바질은 행복했다. 루이스는 학교가 싫었다. 다정하고 활발한 어머니의 격려에만 의존해 자라온 그는 어머니로부터 점점 더 멀어지고 있다고 느껴질수록 더욱 깊은 고통과 향수병으로 곤두박질쳤다. 반면 기숙학교 생활에 대한 수많은 이야기를 열심히 귀에 담아온 바질은 집이 그립기는커녕 기분 좋은 친밀감과 편안함을 느꼈다. 어젯밤 밀워키에서 아무 이유 없이 루이스의 빗을 기차 밖으로 던진 것도 그런 구식 장난이 왠지 어울릴 것 같아서였다. 루이스로서는 아무것도 모르고 들떠 있는 바질이 눈꼴사나워 저도 모르게 자꾸 바질의 흥을 깨려 했다. 그래서 결국 두 사람은 서로의 신경을 긁어대고 있었다.

"어떻게 될지 말해 줄게." 루이스가 불길한 예언을 하듯 말했다. "넌 담배 피우다 들켜서 외출 금지 당할 거야."

"아니, 그럴 일 없어. 난 담배 안 피울 거거든. 풋볼 훈련하느라 바빠서."

"풋볼! 그래, 풋볼 좋지!"

"솔직히 말해 봐, 루이스. 좋아하는 게 있기는 해?"

"풋볼이 뭐가 좋아. 괜히 나가서 눈이나 얻어맞지." 어머니가 그의 소심함을 분별력으로 찬양했었기에 루이스는 당당하게 말했다.

바질이 친절을 베푼답시고 던진 대답 때문에 두 사람은 평생의 원수가 되고 말았다.

"풋볼을 하면 훨씬 더 인기가 많아질 거야." 그는 아랫사람을 다독이듯 제안했다.

루이스는 자신이 인기 없는 학생이라고 생각하지 않았다. 그렇게 생각한 적은 단 한 번도 없었다. 그래서 어처구니가 없었다.

"두고 봐!" 루이스는 바락바락 악을 썼다. "뭣도 모르고 설치다가 큰코다칠 테니까."

"진정해." 바질은 처음 마련한 긴 바지에 칼날처럼 세운 주름을 차분히 잡아당기며 말했다. "진정하라고."

"네가 학교에서 제일 지독한 풋내기라는 걸 전부 다 알게 될 거다!"

"진정하라니까." 바질은 다시 한번 말했지만, 아까처럼 자신만만한 투는 아니었다. "제발 좀 진정해."

"학교 신문에 너 나온 거 봤어……."

바질은 더 이상 침착할 수 없었다.

"입 다물어." 그는 험악하게 말했다. "안 그랬다간 네 칫솔까지 기차 밖으로 던져버릴 테니까."

이 극악무도한 협박이 통했다. 루이스는 좌석에 몸을 묻으며 콧방귀를 뀌고 투덜거렸지만 확실히 더 조용해졌다. 방금 그는 바질의 가장 큰 치부를 건드렸다. 바질이 전에 다니던 학교에서 남학생들이 정기적으로 간행하는 신문의 개인 소식란에 이런 글이 실렸다.

애송이 바질한테 독을 먹이든가 어떻게든 해서 그 자식 입을 다물려 주기만 한다면 전 학생들과 제가 고맙게 생각하겠습니다.

두 소년은 마주 앉아 말없이 서로에게 씩씩거리고 있었다. 그러다가 바질은 이 과거의 유물을 다시 땅속에 묻기로 굳게 다짐했다. 이제 다 지나간 일이었다. 그땐 조금 철없이 굴었을지 몰라도 이제 새로운 인생이 기다리고 있었다. 잠시 후에는 그 기억도 기차도 루이스의 음울한 존재감도 사라지고, 동부의 숨결이 아득한 그리움을 품은 채 다시금 세차게 밀려들었다. 상상 속 세계에서 어떤 사람이 그를 불렀다. 한 남자가 그의 곁에 서서, 스웨터를 입은 그의 어깨에 손을 얹고 있었다.

"리!"

"네, 코치님."

"이제 모든 게 너한테 달렸다. 알았나?"

"네, 코치님."

"좋아." 코치가 말했다. "들어가서 다 쓸어버려."

바질은 아직 덜 다져진 몸에서 스웨터를 벗어 던지고는 필드로 달려나갔다. 경기는 2분 남았고 점수는 상대 팀에게 3점 뒤졌지만, 불량아 댄 해스킨스와 그의 졸개 위즐 웜스의 농간으로 1년 내내 경기를 뛰지 못한 어린 리가 등장하자 세인트레지스의 응원석은 흥분의 도가니에 빠졌다.

"33-12-16-22!" 아주 작은 체구의 쿼터백 미짓[1] 브라운이 고함을 질렀다.

그것은 신호였는데…….

"아, 미치겠네!" 바질은 방금 있었던 불쾌한 일은 잊은 채 소리내어 말했다. "오늘 안에 도착했으면 좋겠어."

1 'Midget'은 난쟁이, 꼬마라는 뜻이다.

2

이스트체스터, 세인트레지스 스쿨
19××년 11월 18일

어머니께.

오늘은 별로 할 말이 없지만, 용돈에 대해 말씀드려야 할 것 같아서 편지를 써요. 다른 아이들은 전부 나보다 용돈을 많이 받아요. 구두끈도 그렇고, 사야 할 자잘한 물건들이 많거든요. 학교는 여전히 아주 좋고 재미있게 지내고 있지만, 풋볼 시즌이 끝나서 할 일이 별로 없어요. 이번 주에는 뉴욕에 가서 공연을 보려고요. 뭘 볼지는 아직 안 정했는데, 〈퀘이커 걸 *The Quaker Girl*〉이나 〈리틀 보이 블루 *Little Boy Blue*〉를 볼까 해요. 둘 다 아주 재미있다니까요. 베이컨 교장 선생님은 아주 좋은 분이시고, 마을에 좋은 의사 선생님도 있어요. 대수학을 공부해야 해서 이제 그만 줄일게요.

사랑하는 아들,
바질 D. 리 드림.

바질이 편지를 봉투에 집어넣을 때, 주름이 쪼글쪼글한 작은 남자애가 한적한 자습실로 들어오더니 바질 앞에 서서는 그를 빤히 쳐다보았다.

"안녕." 바질은 얼굴을 찡그리며 말했다.

"널 찾아다녔어." 작은 남자애는 힐난하는 투로 느릿느릿 말했다. "온 데를 다 뒤지고 다녔다고. 네 방에도 가보고 체육관에도 가보고. 그랬더니 네가 여기로 내뺐을 거라더라."

"무슨 일인데 그래?" 바질이 따지듯 물었다.

"진정하세요, 독재자님."

바질은 벌떡 일어났다. 조그만 아이는 한 걸음 물러섰다.

"그래, 때려봐!" 그는 긴장된 목소리로 재잘거렸다. "때려, 때려 보라니까. 난 네 반 토막밖에 안 되잖아, 이 독재자야."

바질은 움찔했다. "한 번만 더 그렇게 불러봐, 나한테 맞고 싶으면."

"아니, 넌 못 해. 브릭 웨일스가 그러는데, 네가 우리한테 손을 대기만 하면……."

"내가 언제 너희한테 손을 댔다고 그래?"

"저번에 네가 우리 쫓아왔을 때 브릭 웨일스가……."

"됐어, 나한테 무슨 볼일이야?" 바질은 체념하여 소리쳤다.

"교장 선생님이 너 찾으셔. 나더러 불러오랬는데, 네가 여기 숨어 있다고 누가 그러더라."

바질은 편지를 주머니에 집어넣고 걸어 나갔다. 조그만 아이와 그의 독설이 문밖까지 따라 나왔다. 바질은 남자 학교 특유의 퀴 퀴한 캐러멜 냄새가 풍기는 후텁지근하고 기나긴 복도를 가로질러 계단을 오른 다음, 평범하지만 위압적인 문을 똑똑 두드렸다.

베이컨 교장은 책상에 앉아 있었다. 쉰 살의 붉은 머리 미남이자 성공회 성직자인 그는 모든 교장들의 운명이 그러하듯 푸른 곰팡이처럼 끼어버린 애매모호한 냉소주의로 인해, 초임 시절 학생들에게 품었던 진정한 관심이 이제 시들시들해져 있었다. 바질에게 앉으라고 청하기 전 얼마간의 사전 준비가 있었다. 검은 끈에 묶인 금테 안경을 불쑥 들어 올려 진짜 바질이 맞는지 확인한 다음, 책상 위의 수많은 서류들을 훌훌 넘겼다. 무언가를 찾는 것이 아니라, 트럼프 카드를 초조하게 섞는 듯한 동작이었다.

"오늘 아침에 자네 어머니 편지를 받았네, 음 바질." 성이 아닌 이름으로 불리자 바질은 흠칫 놀랐다. 지금까지 학교에서 '독재자' 아니면 '리'라고만 불렸다. "자네 성적이 불만족스러우신 모양이야. 꽤, 음, 무리하셔서 자넬 여기 보내셨을 테니 기대도 크시겠지……."

바질은 창피해 죽을 지경이었다. 나쁜 성적 때문이 아니라, 풍족하지 못한 형편이 이렇게 노골적으로 밝혀지는 것이 수치스러웠다. 부잣집 아이들이 다니는 이 학교에서 그는 가장 가난한 학생들 중 한 명이었다.

베이컨 교장 안에 잠들어 있던 감각이 바질의 불편한 마음을 감지하기라도 했는지 그는 서류들을 한 번 더 훌훌 넘기다가 새 메모를 작성하기 시작했다.

"지금 자넬 부른 건 이 용건 때문은 아니고. 토요일에 뉴욕에서 어떤 공연을 보고 싶다고 지난주에 외출 허가를 신청했더군. 데이비스 선생 말로는 내일 개학 후 거의 처음으로 자네 외출 금지령이 풀린다던데."

"네, 교장 선생님."

"좋은 기록은 아니야. 그래도 사정만 되면 자네를 뉴욕으로 보내줄 텐데 말이야. 안됐네만 이번 토요일에 시간이 되는 교사가 없군."

바질은 입이 떡 벌어졌다. "아니, 저기, 교장 선생님, 제가 알기로는 두 팀이 가기로 되어 있다던데요. 그중 한 팀이랑 같이 가면 안 될까요?"

베이컨 교장은 아주 재빠르게 서류를 훑었다.

"안됐네만, 한 팀은 조금 나이가 많은 학생들이고, 다른 팀은 몇 주 전에 준비를 마쳤어."

"던 선생님이랑 〈퀘이커 걸〉 보러 가는 팀은요?"

"바로 그 팀을 말한 거야. 추가 인원이 없을 줄 알고 입장표를 한꺼번에 구해 놨다는군."

바질은 문득 진상을 깨달았다. 그의 눈빛을 본 베이컨 교장은 허겁지겁 말을 이었다.

"한 가지 방법이 있기는 한데. 교사가 비용을 나눠 쓸 수 있도록 한 팀에 여러 명이 있어야 하지. 자네가 두 학생을 더 찾아 팀을 꾸려서 5시까지 이름을 알려주면 루니 선생을 붙여주겠네."

"고맙습니다."

베이컨 교장은 선뜻 답하지 못했다. 수년간 겹겹이 쌓인 냉소주의의 껍질 밑에서 그의 본능이 움직였다. 이 학생의 특이한 사례를 들여다보고, 그가 다른 학생들에게 미운털이 톡톡히 박힌 이유를 찾아내기 위함이었다. 학생들과 교사들은 바질에게 이상하리만치 큰 반감을 품고 있는 듯했고, 남학생들의 온갖 범죄를 상대해 본 베이컨 교장도 혼자 힘으로든 믿음직한 고학년 학생들의 도움을 통해서든 그 근본적인 원인을 파악할 수 없었다. 아마도 한 가지 이유 때문이 아니라 여러 문제가 합쳐진 결과일 터였다. 뭐라 꼭 집어 말할 수 없는 성격 문제일 가능성이 가장 컸다. 하지만 바질을 처음 봤을 때 대단히 매력적인 아이라고 느꼈던 기억이 있었다.

베이컨 교장은 한숨을 쉬었다. 가끔 이런 문제는 저절로 풀리기도 한다. 어설프게 서두르는 것은 그의 방식이 아니었다. "다음 달에는 좀 더 나은 성적표를 보내보자고, 바질."

"네, 교장 선생님."

바질은 부리나케 휴게실로 달려 내려갔다. 수요일이었고 대부분의 학생들은 이미 이스트체스터 마을로 나갔지만, 아직 외출 금지령이 풀리지 않은 바질은 뒤따라 갈 수 없었다. 당구대와 피아노 주위에 흩어져 있는 학생들을 보고는, 같이 갈 아이를 구하는 일이 쉽지 않으리라는 걸 깨달았다. 자신이 학교에서 가장 인기 없는 아이라는 사실을 잘 알고 있었기 때문이다.

거의 처음부터 그랬다. 학교에 다니기 시작한 지 2주도 채 안 된 어느 날, 작은 몸집의 아이들이 누군가에게 강요당한 듯 별안간 그의 주위로 우르르 모여들더니 그에게 독재자라 욕하기 시작했다. 그다음 주에는 두 번 싸웠는데, 두 번 모두 구경꾼들이 유창한 말솜씨로 격렬하게 상대편을 두둔하고 나섰다. 얼마 지나지 않아, 누구나 그러듯이 바질도 무작정 다른 아이들을 밀치며 식당으로 들어가는데, 풋볼부 주장인 카버가 돌아보더니 바질의 뒷덜미를 붙잡고는 호되게 꾸짖었다. 피아노를 치고 있는 무리에게 별생각 없이 다가갔을 땐 "꺼져, 딴 데 가서 놀아"라는 말을 들었다.

한 달 후 바질은 자신이 얼마나 인기 없는 아이인지를 뼈저리게 느끼기 시작했다. 충격이었다. 하루는 유난히 심하게 굴욕적인 일을 당한 뒤 방으로 올라가 울었다. 한동안은 아이들을 피해 다녀봤지만 별로 도움이 되지 않았다. 여기저기로 슬그머니 빠져나가 사악한 일을 꾸민다는 비난만 따랐다. 곤혹스럽고 비참해진 그는 이토록 미움받는 이유가 얼굴에 숨어 있으려나 싶어 거울을 들여다보았다. 눈빛이 문제일까, 미소가 잘못됐을까.

이제는 자신이 초반에 저질렀던 이런저런 실수들을 알 것 같았다. 자랑을 많이 하고, 풋볼 경기를 뛸 때 소심한 플레이를 하고, 다른 사람들의 실수를 대놓고 지적하고, 수업 시간에는 비범한 상식을 과시했다. 하지만 그는 더 잘하려고 애썼을 뿐, 자신의 실수를 이해하지 못했기에 속죄 또한 할 수 없었다. 만회하기엔 이미 늦었다. 완전히 망해 버렸다.

실로 그는 희생양이자 바로 눈앞의 악당, 도처의 악의와 짜증을 몽땅 흡수하는 스펀지였다. 한 패거리에서 가장 겁먹은 자가 나머지 사람들의 두려움을 전부 흡수하여 그들을 대신해 두려워하는 것처럼 보이는 것과 같은 이치이다. 바질이 9월에 세인트 레지스로 올 때 품었던 극도의 자신감은 산산조각 부서져 버렸음을 모두가 빤히 알았지만, 그의 상황은 조금도 나아지지 않았다. 몇 달 전만 해도 감히 그에게 목청을 높이지 못했을 아이들이 이제는 마음껏 그를 비웃었다.

이번 뉴욕으로의 외출은 그에게 너무나도 중요했다. 비참한 일상으로부터의 탈출구이자, 목마르게 기다려왔던 로맨스의 낙원을 잠깐이나마 들여다볼 수 있는 기회가 될 터였다. 벌칙―이를테면, 참담한 현실에서 상상의 세계로 도피하고자 소등 후에 책을 읽다가 발각되는 일이 끊이지 않았다―을 받느라 외출이 한 주 한 주 연기되면서 그 갈망은 급기야 애달픈 허기짐으로 더욱 깊어지고 말았다. 무슨 일이 있어도 가야 했고, 동행으로 삼을 만한 아이들의 짧은 명단을 곱씹어 보았다. 가능성 있는 후보는 팻 개스퍼, 트레드웨이, 벅스 브라운이었다. 그들의 방으로 냉큼 가보니 그들 모두 수요일 오후 외출 허가를 받아 이스트체스터 마을로 나가고 없었다.

바질은 망설이지 않았다. 5시까지는 아직 시간이 남았고, 그들을 찾아가는 것이 유일한 방법이었다. 교칙을 위반하는 것이 처음도 아니었다. 저번의 시도는 재앙과도 같은 실패로 끝이 났고 외출 금지 기간은 더 늘어났다. 바질은 자신의 방으로 돌아가 두툼한 스웨터―오버코트를 입었다간 의도가 단박에 드러날 터였다―위에 재킷을 걸치고, 안쪽 주머니에 모자를 숨겼다. 그런 다음 아래층으로 내려가 일부러 무심한 척 휘파람을 불며 잔디밭을 가로질러 체육관으로 향했다. 도착해서는 창을 들여다보듯이 잠시 서 있었다. 처음엔 산책로와 가까운 창문을, 다음엔 건물 모퉁이 부근의 창문을. 그러다가 재빠르게, 하지만 너무 빠르지는 않게 라일락 숲으로 들어갔다. 곧이어 모퉁이를 휙 돌아, 어느 창문에서도 보이지 않는 기나긴 잔디밭을 지나고, 철조망의 철사들을 벌려 그 사이로 기어나가 이웃 사유지로 들어섰다. 이 순간만큼은 그도 자유의 몸이었다. 11월의 바람이 쌀쌀해 모자를 쓰고, 마을 중심가까지 1킬로미터가 조금 안 되는 길을 걷기 시작했다.

이스트체스터는 작은 신발 공장이 들어서 있는 교외의 농경 공동체였다. 학생들은 공장 노동자를 위해 만들어진 오락 시설들―영화관, 도그라는 이름의 푸드 트럭, 그리고 보스터니언 캔디 키친―을 애용했다. 바질은 먼저 도그에 갔다가 후보 중 한 명을 곧장 발견했다. 툭하면 발작적으로 흥분해서 모두가 필사적으로 피해 다니는 히스테릭한 아이, 벅스 브라운이었다. 수년 후 그는 훌륭한 변호사가 되었지만, 세인트레지스 재학 시절에는 과민한 신경을 누그러뜨리려 하루 종일 이상한 소리를 내고 다녀 전형적인 미치광이로 통했다.

벅스는 그에게 아무런 편견도 가지지 않은 연하의 남자애들과 어울렸고, 바질이 들어갔을 때 여러 명과 함께 있었다.

"후-이!" 벅스가 외쳤다. "이-이-이!" 그는 입 위에다 손을 통통 튀겨 "와우-와우-와우" 하는 소리를 냈다. "독재자 리 납셨다! 독재자 리! 독재자-독재자-독재자-독재자-독재자 리!"

"잠깐만, 벅스." 바질은 뉴욕에 같이 가자고 설득하기도 전에 벅스가 실성할까 봐 조금 두려워 간절하게 말했다. "저기, 벅스,

내 말 좀 들어봐. 그러지 말고, 벅스, 잠깐만. 토요일 오후에 뉴욕에 갈래?"

"휘-이-이!" 벅스의 외침이 바질을 참담하게 만들었다. "휘-이-이!"

"참 나, 벅스, 그냥 말해. 갈래? 괜찮으면 같이 가자."

"병원 가야 돼." 갑자기 차분해진 벅스가 말했다. "내가 얼마나 미쳤는지 의사 선생이 보고 싶으시단다."

"다른 날 보라고 하면 안 돼?" 바질은 웃음기 없이 말했다.

"휘-이-이!" 벅스가 외쳤다.

"그럼 어쩔 수 없지." 바질은 서둘러 말했다. "팻 개스퍼 못 봤어?"

벅스는 새된 소리를 내느라 정신없었지만, 다른 누군가가 팻을 봤다고 했다. 바질은 보스터니언 캔디 키친으로 향했다.

싸구려 설탕 덩어리들의 성대한 향연이 펼쳐지는 곳이었다. 어른들의 손바닥에 끈적끈적한 땀을 돋우려 작정한 진하고 느글거리는 향이 그 부근까지 숨 막힐 듯 감돌았고, 입구에 도착한 손님들은 그 냄새가 불러일으키는 죄책감에 선뜻 들어가지 못했다. 가게 안에서는, 손으로 뜬 검은 레이스처럼 감각적인 무늬를 이루며 날아다니는 파리들 아래 사내아이들이 한 줄로 앉아 바나나 아이스크림, 메이플 시럽을 묻힌 견과, 초콜릿 마시멜로 너트 선디로 과한 저녁 식사를 즐기는 중이었다. 바질은 가장자리 테이블에 앉아 있는 팻 개스퍼를 발견했다.

팻 개스퍼는 가장 가능성이 낮은 동시에 가장 욕심나는 후보였다. 팻은 좋은 녀석이었다. 가을 내내 바질에게 친절하게 대하고 정중하게 말을 걸어줄 만큼 상냥했다. 바질은 팻이 누구에게나 그렇다는 걸 알았지만, 그래도 예전 친구들처럼 팻도 그에게 호감을 느끼고 있을지 몰랐고, 어떻게든 시도를 해볼 수밖에 없었다. 하지만 역시 주제넘은 기대였다. 테이블로 다가갔을 때 다른 두 아이가 딱딱하게 굳은 얼굴로 돌아보자 바질의 기대는 한 풀 꺾였다.

"저기, 팻……." 바질은 이렇게 말하고는 머뭇거렸다. 그러다가 돌연 말을 쏟아내기 시작했다. "외출 금지령이 아직 안 풀렸는데 널 찾으려고 도망쳐 나왔어. 교장 선생님이 그러셨거든, 두 아이를 더 모으면 토요일에 뉴욕에 보내주겠다고. 벅스 브라운한테 물어봤는데 못 간대서 너한테 물어보려고 왔어."

바질은 창피해 미칠 것 같아 말을 뚝 끊고 기다렸다. 팻과 함께 있던 두 아이가 갑자기 요란스레 웃음을 터뜨렸다. "벅스가 완전히 정신 나간 건 아니네!"

팻 개스퍼는 우물쭈물했다. 토요일에 뉴욕에 갈 수 없었고, 평소라면 기분 나쁘지 않게 거절했을 것이다. 그는 바질에게 아무런 악감정이 없었다. 사실, 누구에게도 악감정이 없었다. 하지만 사내아이들은 지배적인 의견에 잘 저항하지 못한다. 팻은 다른 두 아이의 경멸 어린 웃음에 흔들렸다.

"가기 싫어." 팻은 냉랭하게 말했다. "왜 **나한테** 물어?"

그러고는 수치스럽다는 듯 조소를 작게 흘린 다음 아이스크림으로 고개를 숙였다.

"그냥 물어보고 싶었어."

바질은 이렇게 말하고는 얼른 몸을 돌려 카운터로 가서 공허하고 생소한 목소리로 스트로베리 선디를 주문했다. 뒤쪽 테이블에서 간간이 날아드는 숙덕거리고 낄낄거리는 소리를 들으며 그는 기계적으로 먹었다. 여전히 멍한 채로 계산도 치르지 않고 밖으로 나가려다 점원에게 불려가자 더 심하게 빈정거리는 웃음소리가 들렸다. 순간 테이블로 돌아가서 그중 한 아이의 얼굴을 때려줄까 고민했지만, 그런다고 득이 될 건 아무것도 없었다. 그들은 진실을 말할 테니까. 뉴욕으로 같이 갈 사람을 구하지 못해 바질이 주먹을 휘둘렀다고. 무력한 격분에 휩싸여 주먹을 불끈 쥔 채 그는 가게를 나섰다.

나가자마자 세 번째 후보와 마주쳤다. 트레드웨이. 트레드웨이는 그해 늦게 세인트레지스에 들어와 바로 지난주에 바질의 룸메이트가 되었다. 가을 동안 바질이 당한 수모를 보지 못한 트레드웨이 앞에서는 자연스럽게 행동할 수 있었고, 둘의 관계는 친밀하다고는 못 해도 적어도 평온했다.

"어이, 트레드웨이." 바질은 보스터니언에서의 일 때문에 여전히 초조한 상태로 외쳤다. "토요일 오후에 뉴욕에 가서 공연 볼래?"

바질은 걸음을 뚝 멈추었다. 트레드웨이는 바질과 한 번 치고받은 적 있는 철천지원수 브릭 웨일스와 함께 있었다. 바질은 두 사람을 차례로 쳐다보았다. 트레드웨이의 얼굴에는 짜증이 묻어 있고, 브릭 웨일스는 꿈꾸는 듯 멍한 표정이었다. 바질은 어떻게 된 일인지 알아차렸다. 학교생활을 시작한 트레드웨이가 자기 룸메이트의 처지를 이제 막 깨달은 것이다. 팻 개스퍼처럼 트레드웨이도 친밀한 부탁을 받아들여 바질과 가까운 사이라는 걸 스스로 인정하느니 그들의 우호적인 관계를 단칼에 끝내버리는 길을 택했다.

"절대 안 돼." 트레드웨이는 짧게 답했다. "그럼 실례." 두 사람은 바질을 지나쳐 캔디 키친으로 들어갔다. 큰 소리 한 번 나지 않아 오히려 더욱 씁쓸하게 느껴지는 이 모욕을 9월에 당했다면 아마 바질은 견디지 못했을 것이다. 하지만 그 후로 냉담함의 외피를 몸에 두르게 되었고, 이 사실이 그의 매력을 끌어올려 주진 못했지만 여린 마음에 상처받는 일은 줄어들었다. 참담함과 절망과 자기 연민 속에 바질은 발길을 돌렸다. 심하게 일그러진 얼굴이 풀릴 때까지 걷다가, 멀리 빙 도는 길을 택해 학교로 돌아가기 시작했다.

나왔던 방법 그대로 다시 들어갈 생각으로 그는 학교 옆 사유지에 다다랐다. 울타리를 비집고 들어가는 도중에, 인도를 따라 다가오는 발소리가 들리자 우뚝 멈춰 섰다. 선생님들이 가까이 있을까 두려웠다. 그들의 목소리가 점점 더 가까워지고 커졌다. 바질은 저도 모르게 홀린 듯 꼼짝도 않고 들었다.

"……그러니까, 그 한심한 멍청이가 벅스 브라운을 꾀려다가 안 돼서 팻 개스퍼한테 같이 가자고 했더니 팻이 이렇게 말하더라고. '나한테 뭘 바라는 거야?' 누가 그 자식이랑 같이 가려고 하겠어, 쌤통이지 뭐."

루이스 크럼의 음침하면서도 의기양양한 목소리였다.

3

바질이 자신의 방으로 올라가 보니 침대에 소포가 하나 놓여 있었다. 그 내용물이 뭔지는 이미 알고 있었다. 오래전부터 목이 빠지게 기다려 온 물건이었지만, 너무 우울한 기분이라 심드렁하게 소포를 풀었다. 해리슨 피셔의 여인 초상화를 '광택지에, 다른 인쇄 글이나 광고 없이, 액자용으로' 찍어 낸 여덟 장의 컬러 복제화였다. 여인들의 이름은 도라, 마거릿, 배벳, 루실, 그레천, 로즈, 캐서린, 미나였다. 바질은 그중 두 명—마거릿과 로즈—을 보고는 천천히 찢어서 쓰레기통에 버렸다. 한 배에서 난 새끼들 중 열등한 놈들을 처리하듯이. 나머지 여섯 명의 여인들은 방 여기저기에 드문드문 핀으로 꽂아놓았다. 그런 다음 침대에 드러누워 여인들을 물끄러미 바라보았다.

도라와 루실과 캐서린은 금발, 그레천은 금발과 흑발의 중간, 배벳과 미나는 흑발이었다. 몇 분 후 바질은 자신의 시선이 도라와 배벳에게 제일 많이 향한다는 사실을 깨달았다. 그다음은 그레천이었다. 비록 로맨틱하지 못한 더치 캡[1]이 신비로운 분위기를 방해하긴 하지만 말이다. 가무잡잡한 피부에 작은 체구, 그리고 머리에 꼭 끼는 모자를 쓴 보랏빛 눈동자의 미녀 배벳이 가장 매력적이었다. 결국 바질의 시선은 그녀에게 머물렀다.

"배벳." 그는 혼자 속삭였다. "아름다운 배벳."

축음기로 들었던 〈빌야Vilja〉나 〈난 막심으로 가네I'm going to Maxime's〉처럼 구슬프고 유혹적인 그 단어의 음향에 마음이 말랑말랑해지자 바질은 몸을 뒤집어 베개에 대고 흐느껴 울었다. 머리 너머로 침대 난간을 붙잡은 채 흑흑 온몸으로 울며 더듬더듬 말했다. 그 녀석들이 얼마나 싫은지, 누가 싫은지. 십여 명의 이름을 나열한 다음, 그가 위대하고 힘 있는 사람이 되면 그들을 어떻게 처리할 것인지 말했다. 예전에는 이런 순간이 찾아들 때마다 팻 개스퍼의 친절함에 상을 내렸었지만, 이젠 그도 나머지 녀석들과 매한가지였다. 바질은 그를 기습하여 주먹으로 사정없이 패거나, 맹인이 되어 길거리에서 구걸하는 그를 지나치며 실컷 비웃어주었다.

트레드웨이가 들어오는 소리에 바질은 정신을 차렸지만, 움직이지도 말을 하지도 않고 그저 귀만 쫑긋 세우고 있었다. 트레드웨이는 방을 이리저리 돌아다니더니 잠시 후 벽장과 옷장 서랍을 열기 시작했다. 심상치 않은 소리가 들리자 바질은 눈물로 범

---

1 테의 양쪽에 삼각 천의 접단이 붙은 여성용 레이스 모자.

벅된 얼굴을 팔로 가린 채 몸을 뒤집었다. 트레드웨이가 셔츠를 한 아름 안고 있었다.

"뭐 하는 거야?" 바질이 다그쳤다.

그의 룸메이트는 그를 차갑게 쳐다보며 말했다. "웨일스 방으로 옮길 거야."

"오!"

트레드웨이는 계속 짐을 쌌다. 여행 가방을 가득 채운 다음 하나 더 채우고, 페넌트[2] 몇 개를 떼어내고, 트렁크를 복도로 끌고 나갔다. 바질은 트레드웨이가 세면도구를 수건에 싼 후 휑해진 방을 마지막으로 둘러보며 혹시 잊은 물건은 없나 점검하는 모습을 지켜보았다.

"잘 있어라." 트레드웨이는 아무 표정 없이 바질에게 말했다.

"잘 가라."

트레드웨이가 나갔다. 바질은 다시 몸을 뒤집어 베개에 얼굴을 묻고 목이 메도록 울었다.

"오, 가여운 배벳!" 그는 쉰 목소리로 울부짖었다. "가여운 배벳! 가여운 배벳!"

날씬하고 도발적인 배벳이 벽에서 요염하게 그를 내려다보고 있었다.

4

바질이 얼마나 힘들고 얼마나 비참한 기분일지 감지한 베이컨 교장은 결국 그가 뉴욕에 갈 수 있도록 손을 써주었다. 풋볼 코치이자 역사 교사인 루니 선생과 함께! 루니 선생은 스무 살에

---

2 학교나 스포츠 팀 등의 마크가 그려진 가늘고 긴 삼각기.

경찰이 될까 아니면 뉴잉글랜드의 어느 작은 대학을 고학으로 다닐까 잠깐 고민했다. 사실 루니 선생은 다루기 힘든 사람이었고 베이컨 교장은 크리스마스에 그를 해고할 계획이었다. 루니 선생은 지난 시즌 풋볼 경기에서 흐리멍덩하고 미덥지 못한 기량을 보여준 바질을 경멸했는데, 그런 바질을 뉴욕에 데려가 주겠다고 승낙한 데는 나름의 이유가 있었다.

바질은 기차에서 루니 선생의 옆자리에 얌전히 앉아, 그의 거구 너머로 웨스트체스터 카운티의 휴경지와 롱아일랜드 해협을 힐끔거렸다. 루니 선생은 신문을 다 읽고 반듯하게 접은 뒤 뚱하니 입을 다물었다. 그는 아침을 거하게 먹었고, 촉박한 시간 때문에 운동으로 배를 꺼트리지 못하고 왔다. 바질이 풋내 나는 아이라는 사실을 기억한 그는 바질이 뭔가 철없는 짓을 저지르기만 하면 한껏 추궁할 생각이었다. 책잡을 건더기가 없는 이 침묵이 짜증스러웠다.

"리." 그는 바질을 위하는 척 건성으로 연기하며 갑자기 말을 걸었다. "이제 네 주제 좀 파악하지 그래?"

"네, 선생님?" 아침부터 잔뜩 들떠 거의 황홀경에 빠져 있던 바질은 흠칫 놀라며 물었다.

"네 주제를 알라고." 루니 선생이 다소 격한 투로 말했다. "애들한테 계속 따돌림당하고 싶어?"

"아니, 아니요." 바질은 기분이 가라앉았다. 딱 하루만이라도 그딴 일들은 잊을 수 없을까?

"계속 그렇게 뭣도 모르고 설치면 안 돼. 역사 수업 시간에 두어 번은 네 목을 부러뜨리고 싶었다니까." 바질은 적절한 대답이 생각나지 않았다. "그리고 풋볼 경기를 뛸 때 말이야." 루니 선생은 말을 이었다. "넌 배짱이 없어. 마음만 먹으면 웬만한 애들보다 나을 텐데. 폼프렛 스쿨 2군이랑 붙었던 날처럼. 그런데 넌 또 겁을 집어먹었지."

"2군에 지원하지 말걸 그랬어요." 바질이 말했다. "체중이 너무 가볍잖아요. 계속 3군에 남아 있었어야 했어요."

"넌 소심하게 굴었고, 그래서 폐만 끼쳤어. 네 주제를 알아야 한다니까. 수업 시간에는 맨날 딴생각만 하고 말이야. 대학 가려면 공부를 해야지."

"저는 5학년[1] 학생 중에 제일 어려요." 바질은 충동적으로 말했다.

"넌 네가 정말 똑똑한 줄 알지?" 루니 선생은 바질을 매섭게 노려보았다. 그러다 무슨 생각이 떠올랐는지 태도를 바꾸었고, 두 사람은 잠시 침묵 속에 앉아 있었다. 기차가 뉴욕 부근에 빽빽이 모여 있는 공동체들 사이를 달리기 시작하자, 루니 선생은 한참을 고민한 듯 좀 더 온화한 목소리로 다시 입을 열기 시작했다.

"리, 널 믿으니까 하는 말인데."

"네, 선생님."

"넌 점심 먹고 공연 보러 가도록 해. 난 따로 볼일이 있거든. 일을 마치고 극장에 갈 수 있으면 갈게. 여의치 않으면 밖에서 만나자."

바질은 가슴이 두근거렸다. "네, 선생님."

"학교에는 이 일을 알리지 않는 게 좋겠어. 그러니까, 내가 따로 내 볼일을 본 거 말이야."

"네, 선생님."

---

1 fifth form. 'form'은 영국의 공립학교와 다른 몇몇 나라의 사립 중등학교에서 사용하던 학년 체계이다. 'fifth form'은 우리나라의 고등학교 1학년에 해당한다.

"이번만은 입 좀 함부로 놀리지 마, 내가 두고 볼 테니까." 루니 선생은 장난스레 말하고는 훈계하듯 엄하게 덧붙였다. "그리고 술은 안 돼, 알지?"

"아, 그럼요, 선생님." 바질은 화들짝 놀랐다. 술을 입에 대본 적도 없을뿐더러 그런 생각조차 품은 적이 없었다. 상상 속 카페에서 실체 없는 무알코올 샴페인을 마신 적은 있지만.

루니 선생의 조언에 따라 바질은 기차역 근처의 맨해튼 호텔로 점심을 먹으러 가서, 클럽 샌드위치, 프렌치프라이, 초콜릿 파르페를 주문했다. 근처 테이블들에 태평하고 무심하고 심드렁하게 앉아 있는 뉴욕 사람들을 곁눈질로 힐끔거리며 머릿속으로 낭만적인 이야기를 지어냈다. 중서부 출신인 그의 동료 시민이 될지도 모를 이들에게 손해가 될 것은 하나도 없었다. 집짝 같던 학교가 떨어져 나갔다. 아득히 멀리서 희미하게 들려오지만 무시하면 그만인 아우성에 지나지 않았다. 바질은 아침에 받아서 주머니에 넣어둔 편지를 뜯는 일도 미루고 있었다. 학교로 온 편지였기 때문이다.

초콜릿 파르페를 하나 더 먹고 싶었지만, 바쁜 종업원에게 폐를 끼치기가 꺼려져 편지를 뜯어서 앞에다 펼쳐놓았다. 어머니에게서 온 편지였다.

바질에게.

전보를 보내면 네가 놀랄까 봐 급하게 편지를 쓴다. 할아버지가 온천 치료를 하러 외국으로 나가시는데 너랑 나도 같이 갔으면 하시는구나. 남은 몇 달은 그르노블이나 몽트뢰의 학교에 다니면서 언어를 배우면 될 거야. 그러면 우리랑 가까이 있을 수도 있고. 어디까지나, 네가 원한다면 말이야. 네가 세인트레지스 스쿨을 얼마나 좋아하는지, 풋볼이랑 야구를 얼마나 좋아하는지 잘 알아. 물론 거기에선 그런 걸 전혀 할 수 없지. 하지만 다르게 생각하면, 좋은 변화가 되기도 할 거야. 비록 예일대 입학은 1년 더 미뤄야 하겠지만. 그러니까, 언제나 그러듯이, 네가 원하는 대로 하렴. 네가 이 편지를 받는 대로 우리는 집을 떠나서 뉴욕의 월도프 애스토리아 호텔로 갈 거야. 그럼 며칠이라도 같이 지낼 수 있겠지. 네가 떠나지 않겠다고 해도 말이야. 잘 생각해 봐, 아들아.

사랑을 담아,
엄마가.

바질은 당장 월도프 호텔로 가서 어머니가 올 때까지 그곳에 안전하게 갇혀 있을까, 하는 막연한 생각으로 의자에서 일어났다. 그러다 감정을 주체하지 못하고 소리를 질렀다. 낮고 굵은 목소리로 우렁차고 거침없이 종업원을 불렀다. 세인트레지스하고는 이제 끝이야! 세인트레지스는 이제 안녕! 바질은 행복해서 숨이 막힐 지경이었다.

"아아!" 그는 외쳤다. "와! 아아! 와아!" 베이컨 교장도 루니 선생도 브릭 웨일스도 팻 개스퍼도 이젠 안녕이다. 벅스 브라운도 외출 금지령도 독재자라는 별명도 안녕. 이젠 더 이상 그들을 미워하지 않아도 된다. 그들은 그가 슬며시 떠나갈, 손을 흔들며 스쳐 지나갈 부동의 세계에 있는 무력한 그림자들일 뿐이니까. "안녕!" 바질은 그들이 가여웠다. "잘들 있어라!"

눈물이 찔끔 날 정도로 환희에 차 있던 그는 42번가의 소음에 겨우 정신을 차렸다. 도처에 도사리고 있는 소매치기에게 당하지 않도록 지갑에 손을 얹은 채 브로드웨이 쪽으로 조심조심 움직였다. 이 얼마나 멋진 날인가! 루니 선생에게 '난 영영 안 돌아가요!'라고 말할까. 아니, 일단 돌아가서, 그들이 우울하고 따분한 학교생활을 이어가는 동안 자신은 뭘 하게 될지 알려주는 편이 낫겠다.

바질은 극장을 찾아서 낮 공연 특유의, 화장 분처럼 여성스러운 분위기가 감도는 로비로 들어갔다. 극장표를 꺼내던 그는 몇 발 떨어진 곳에 있는 조각 같은 옆얼굴에 시선을 사로잡혔다. 턱이 단단하고 회색 눈동자에 주저함의 빛이 전혀 없는 스무 살 정도의 체격 좋은 금발 청년이었다. 바질은 머리를 이리저리 굴리다 마침내 한 이름을 기억해 냈다. 그냥 이름이 아니라 전설, 감히 다가갈 수 없는 존재였다. 이 얼마나 멋진 날인가! 직접 보는 건 이번이 처음이지만, 수없이 많은 사진들에서 봤던 바로 그 테드 페이가 확실했다. 지난가을 하버드와 프린스턴을 거의 혼자 힘으로 무찌른 예일대 풋볼부 주장. 바질은 가슴이 아려왔다. 테드는 고개를 돌렸고, 그 주변을 빙빙 도는 인파 속에 영웅은 사라져버렸다. 하지만 앞으로 몇 시간 동안 테드 페이도 이곳에 있으리라.

바스락바스락, 소곤소곤 하는 소리와 함께 달콤한 향이 풍기는 어두컴컴한 극장 안에서 바질은 프로그램북을 읽어보았다. 그가 특히나 보고 싶었던 공연이었고, 실제로 막이 오르기 전까지는 프로그램북 자체에 기묘한 신성함까지 느껴졌다. 마치 프로그램북의 순수한 원형인 것처럼. 하지만 막이 오르자, 그것은 바닥에 아무렇게나 떨어뜨려도 되는 쓰레기가 되어버렸다.

제1막. 뉴욕 부근의 작은 마을, 빌리지 그린.

눈부실 만큼 너무 밝은 무대가 단번에 눈에 들어오지 않았고, 이야기가 처음부터 너무 빨리 진행되는 바람에 뭔가 놓친 것 같은 기분이 들었다. 다음 주, 그러니까 내일 어머니가 오면 다시 데려와 달라고 해야지.

한 시간이 지났다. 이 시점엔 아주 슬펐다. 유쾌함 속의 슬픔이지만, 어쨌든 슬펐다. 여인과 남자. 그들은 왜 아직도 함께하지 못하고 있단 말인가? 오, 비극적인 실수들과 오해들. 너무 슬펐다. 서로의 눈을 들여다보면 알 수 있을 텐데.

조명과 음향, 결단과 기대와 일촉즉발의 위기가 한껏 고조되며 1막이 끝났다. 바질은 밖으로 나가 테드 페이를 찾아보았다. 극장 뒤쪽의 플러시천이 붙은 벽에 약간 침울한 기색으로 기대어 있는 그를 본 것도 같았지만, 확신할 수 없었다. 바질은 담배를 사서 한 개비에 불을 붙였다가 한 모금 빨자마자 요란한 음악 소리가 들리는 것 같아 허겁지겁 안으로 들어갔다.

제2막. 호텔 애스터의 로비.

그랬다, 과연 여인은 노래처럼 〈밤의 아름다운 장미Beautiful Rose of the Night〉였다. 이 왈츠곡이 흐르면 그녀는 하늘을 나는 듯 기분이 붕 떠서 가슴 저리도록 아름다워졌다가 마지막 몇 소절에 현실로 다시 미끄러져 내려왔다. 허공을 비스듬히 날아 땅으로 떨어지는 이파리처럼. 뉴욕의 상류 생활! 그 화려함에 휩쓸려, 호박빛 테두리가 둘러진 창으로 스며드는 밝은 아침 햇살 속으로 사라진들, 무도회장의 문이 열리고 닫힐 때 아득히 들려오는 황홀한 음악 속으로 사라진들 누가 그녀를 탓하리? 반짝이는 도시에서 모두의 사랑을 독차지하는 여인이여.

30분이 지났다. 여인의 진정한 사랑이 그녀를 닮은 장미를 건네자 여인은 그 꽃을 매몰차게 그의 발로 던져버렸다. 그러고는 웃음을 터뜨리며 다른 남자에게로 휙 몸을 돌리더니 춤을 추었다. 미친 듯이 마구 몸을 흔들었다. 잠깐! 가느다란 호른들 사이로 피어오르는 저 가냘픈 고음들, 큼직한 현악기들에서 곡선을 그리듯 흘러나오는 저음들. 또 시작이다. 통렬하고 아린 선율이 마치 뜨겁게 터져 나오는 감정처럼 무대를 휩쓸고, 그녀는 또다시 바람에 속절없이 흔들리는 이파리가 되어버렸다.

　　장미여, 장미여, 밤의 장미여.
　　봄달이 밝게 뜨면 그대는 아름다워지리—

　몇 분 후, 묘하게 아득하고 우쭐해진 기분으로 바질은 사람들과 함께 천천히 밖으로 나갔다. 제일 먼저 그의 눈에 띈 것은, 거의 잊고 있었는데 기묘하게 변신해서 망령처럼 나타난 루니 선생이었다.
　정말이지 루니 선생은 꼴이 말이 아니었다. 우선, 정오에 바질과 헤어질 때 쓰고 있던 모자가 훨씬 더 작은 다른 모자로 바뀌어 있었다. 둘째, 다소 천박한 면이 있는 그의 얼굴이 부드러운 순백색으로 변해 있었으며, 알 수 없는 이유로 흥건히 젖은 오버코트 위에다 넥타이를 매고 셔츠까지 입고 있었다. 고작 네 시간 만에 이런 꼴이 되고 만 건, 밖에서 뛰어다녀야 직성이 풀리는 불같은 영혼이 그동안 갑갑한 남자 학교에 갇혀 있었기 때문이리라. 루니 선생은 밝은 햇살 아래 몸을 혹독하게 굴릴 운명을 타고났고, 어쩌면 절반은 의식적으로 그 불가피한 운명을 향해 가고 있는지도 몰랐다.

"리." 루니 선생이 힘없는 목소리로 말했다. "네 주제를 알아. 내가 네 주제를 알려주겠어."

로비에서 가르침을 받을지도 모를 불길한 가능성을 피하기 위해 바질은 불안한 기색으로 화제를 바꾸었다.

"공연 안 보실래요?" 바질은 루니 선생의 행색이 공연 관람객에 어울리기라도 한 것처럼 아첨하듯 물었다. "정말 재미있어요."

루니 선생이 모자를 벗자, 흠뻑 젖은 채 뒤엉겨 붙은 머리칼이 드러났다. 순간 그의 뇌 한구석에서는 현실 감각이 힘겹게 생겨나고 있었다.

"학교로 돌아가야지." 그가 침울하고 자신 없는 목소리로 말했다.

"아직 안 끝났어요." 바질은 아연실색해서 항의했다. "마지막 막까지 볼 거예요."

몸을 휘청이며 바질을 바라본 루니 선생은 자신이 이 소년의 손아귀에 붙잡혔음을 어렴풋이 깨달았다.

"그럼 어쩔 수 없지." 그는 허락했다. "나는 가서 뭐라도 좀 먹어야겠다. 이 옆에서 기다리마."

루니 선생은 몸을 휙 돌려 십여 발짝 비틀거리다가, 극장에 붙어 있는 어느 술집으로 휘청휘청 꺾어 들어갔다. 머리가 꽤 복잡해진 바질은 다시 극장 안으로 들어갔다.

제3막. 밴 애스터 씨 저택의 옥상 정원. 밤.

30분이 지났다. 결국 모든 문제가 잘 해결될 참이었다. 희극 배우는 눈물 뒤에 반갑고도 적절한 웃음을 터뜨리며 최고의 연기를 선보이고 있었고, 청명한 하늘은 더할 나위 없는 행복을 약속했다. 사랑스럽고 애달픈 듀엣곡이 흐르더니, 비할 데 없이 아름다운 그 기나긴 순간은 느닷없이 끝나 버렸다.

바질은 로비로 나가, 사람들이 지나가는 동안 생각에 잠긴 채 서 있었다. 어머니의 편지와 공연 덕분에 괴로움과 복수심이 말끔히 사라졌다. 예전의 자신으로 돌아온 그는 옳은 일을 하고 싶었다. 루니 선생을 학교로 데려가는 게 옳은 일일까? 바질은 술집을 향해 걸어갔다. 느릿느릿 도착해서는 여닫이문을 조심조심 열어 술집 안을 살짝 들여다보았다. 카운터에서 술을 마시고 있는 사람들 중에 루니 선생이 없다는 사실만 확인했다. 바질은 거리를 조금 걷다가 다시 돌아가 술집을 한 번 더 들여다보았다. 촌스러운 중서부 소년답게 술집을 두려워하는 바질에게는 그 문들이 마치 그를 물어뜯을 이빨처럼 느껴졌다. 세 번째 시도 만에 드디어 루니 선생을 찾아냈다. 그는 안쪽 테이블에 곤히 잠들어 있었다.

바질은 다시 밖으로 나가 이리저리 서성이며 고민했다. 루니 선생에게 30분만 주자. 그 시간이 지나도록 안 나오면 혼자 학교로 돌아가리라. 어쨌거나 루니 선생은 풋볼 시즌 후로 쭉 그를 노려 왔고, 바질은 그저 이 모든 일에서 손을 뗄 작정이었다. 하루 이틀이면 학교도 떠날 테니.

여러 번 방향을 틀어 거리를 서성이던 바질은 극장 옆의 골목길을 힐끔거리다가 '무대 출입구' 표지판을 보았다. 거기로 나오는 배우들을 구경할 수 있을 터였다.

바질은 기다렸다. 여자들이 옆으로 줄지어 지나갔지만, 연예인들을 숭배하며 얼굴 하나하나 기억하던 시절이 아니었으므로 바질은 이 칙칙한 여자들을 의상 담당쯤으로 여겼다. 그때 갑자기

한 아가씨가 남자와 함께 나왔고, 바질은 그들의 눈에 띌까 두려운 듯 몸을 돌려 몇 발짝 뛰어가다가, 심장발작이 일어난 것처럼 숨을 헐떡이며 다시 돌아갔다. 왜냐하면 눈부시도록 아름다운 열아홉 살의 아가씨는 바로 그 배우였고, 그녀 곁에 있는 청년은 테드 페이였기 때문이다.

그들은 팔짱을 끼고서 그를 지나쳤고, 바질은 유혹을 이기지 못해 그들을 따라갔다. 그녀가 테드 페이에게로 몸을 기울인 채 걸어가니 그들 사이에 친밀한 분위기가 매혹적으로 풍겼다. 그들은 브로드웨이를 건넌 다음 니커보커 호텔로 들어갔고, 스무 걸음 뒤에서 따라가던 바질은 그들이 오후 티타임이 준비된 어느 기다란 방으로 들어가는 모습을 놓치지 않았다. 그들은 2인용 테이블에 앉아 종업원에게 대충 주문한 다음, 마침내 단둘이 남게 되자 서로에게 열정적으로 몸을 기울였다. 바질은 테드 페이가 그녀의 장갑 낀 손을 잡고 있는 것을 보았다.

그 방과 복도 사이에는 울타리처럼 세워놓은 전나무 화분들밖에 없었다. 바질은 이 화분들을 쭉 따라가다 그들의 테이블을 거의 등지고 있는 소파로 가서 앉았다.

그녀의 목소리는 나지막이 우물거렸고, 연기할 때보다 흐릿했다. 그리고 아주 슬펐다. "물론이지, 테드." 그들의 대화가 한참이나 이어지는 동안 그녀는 "물론이지." 혹은 "하지만 난 그래, 테드"라는 말을 몇 번이나 되풀이했다. 테드 페이의 목소리는 너무 낮아서 바질에게 들리지 않았다.

"……다음 달이래. 그 사람은 더 이상 기다려주지 않을 거야……. 어떤 면에서는 그래, 테드. 설명하기 어렵지만, 그 사람이 어머니랑 나한테 너무 잘해줬는걸……. 나 자신을 속일 순 없어. 그건 누구나 쉽게 할 수 있는 역할이었고, 그 사람한테 그 역할을 받은 여자는 누구든 무조건 성공했을 거야……. 그 사람은 말도 못 하게 생각이 깊어. 나한테 모든 걸 해줬다고."

테드 페이의 격한 감정에 바질의 귀가 쫑긋 세워졌다. 이제 테드 페이의 목소리도 들렸다.

"그런데 넌 나를 사랑한다고 말하지."

"하지만 그 사람한테 결혼을 약속한 건 1년도 더 전의 일인걸."

"그 남자한테 사실대로 말해, 나를 사랑한다고. 널 놔달라고 해."

"이건 뮤지컬 코미디가 아니야, 테드."

"그거 정말 못 봐주겠던데." 그는 쏘아붙였다.

"미안해, 테드, 하지만 자기가 자꾸 이러니까 내가 미칠 것 같잖아. 자기 때문에 너무 힘들어."

"어쨌든 난 뉴헤이븐을 떠날 거야."

"아니, 안 돼. 자기는 뉴헤이븐에 남을 거고, 내년 봄에 야구를 할 거야. 모든 남학생들이 자기를 이상형으로 생각하고 있어! 그런데 만약 자기가……."

테드 페이는 짧은 웃음을 뱉었다. "이상형? 누가 할 소리."

"왜? 난 벨츠먼한테 내 책임을 다하고 있어. 자기도 나처럼 결단을 내려야 해. 우리가 서로를 가질 수 없다는 걸 인정하라고."

"제리! 그런 넌 어쩌고 있는지 생각해 봐! 난 평생 그 왈츠를 들을 때마다……."

바질은 일어나서 복도와 로비를 부리나케 지나 호텔 밖으로 나갔다. 그는 격렬한 감정적 혼란에 휩싸였다. 그가 들은 말을 전부 이해한 건 아니지만, 이 두 사람의 은밀한 사생활을 얼핏 들여다보고 나니 누구에게나 삶은 힘겨운 싸움이며, 멀리서 보면 가끔은 화려해 보일지라도 항상 난해하고 놀라울 정도로 단순하며 조금은 슬프다는 걸 그의 미숙한 경험으로도 알 것 같았다.

그들은 계속 그렇게 살아갈 것이다. 테드 페이는 예일대로 돌아가 책상 서랍에 그녀의 사진을 붙여놓고 내년 봄에 만루 홈런을 칠 것이며, 8시 30분에 막이 오르면 그녀는 이날 오후 누렸던 따스하고 풋풋한 무언가가 그녀의 삶에서 사라졌음을 깨닫게 되리라.

날은 어두워졌고 브로드웨이는 활활 타오르는 산불 같았다. 바질은 가장 밝은 불빛을 향해 느릿느릿 걸었다. 광휘가 교차하며 만들어진 거대한 면들을 올려다보며 막연한 호감과 애착을 느꼈다. 앞으로 이 빛을 실컷 보면서, 그의 들썩이는 마음으로 이 나라의 더 위대한 들썩임을 열망하리라. 학교에서 빠져나올 수 있을 때마다 이곳에 오리라.

하지만 모든 것이 변했다. 유럽으로 갈 테니까. 불현듯 그는 자신이 유럽에 가지 않으리라는 걸 깨달았다. 그저 몇 달의 고통을 덜겠다고 그의 운명을 스스로 닦아가는 일을 포기할 수는 없었다. 중등학교, 대학교, 뉴욕의 세계를 차례로 정복하는 것. 어린 시절부터 청소년기까지 쭉 품어온 이 진정한 꿈을 몇몇 아이들의 조롱 때문에 단념하고 수치스럽게 내빼려 했다니! 그는 물 밖으로 나오는 개처럼 몸을 부르르 떨다가 루니 선생이 생각났다.

몇 분 후 바질은 술집으로 걸어 들어가 바텐더의 어리둥절한 눈빛을 지나쳐, 루니 선생이 아직 잠들어 있는 테이블로 갔다. 바질은 살며시, 그러다 강하게 루니 선생을 흔들었다. 루니 선생은 몸을 꿈쩍이더니 바질을 알아보았다.

"네 주제를 알아야 된다니까." 루니 선생은 졸린 듯 나른한 목소리로 중얼거렸다. "네 주제를 알아, 그리고 날 좀 내버려둬."

"제 주제를 알아요. 정말로 잘 알아요, 루니 선생님. 저랑 같이 화장실 가서 씻고, 전차에서 다시 주무세요, 선생님. 자, 가요, 루니 선생님."

5

길고도 힘든 시간이었다. 12월에 바질은 또 외출 금지를 당했고 3월까지는 학교에 갇혀 있어야 했다. 과도하게 너그러운 어머니 덕분에 근면함이 몸에 배어 있지 않아 세월의 힘에 기대는 것 말고 다른 해결책이 없었지만, 그래도 그는 새로운 시작과 실패를 수없이 거듭하며 도전을 멈추지 않았다.

크리스마스가 지난 후 메이플우드라는 신입생과 친해졌지만, 유치한 말다툼을 했다. 학교가 문을 닫고 자연스레 생겨나는 야만성을 실내 스포츠로 어중간히 달래는 겨울 학기 동안에는 그가 실제로 저질렀거나 저질렀다고 추정되는 잘못 때문에 심한 냉대와 모욕을 당하며 대부분의 시간을 홀로 지냈다. 그래도 테드 페이가 있었고, 축음기로 듣는 〈밤의 아름다운 장미〉가 있었고—"난 평생 그 왈츠를 들을 때마다"—잊지 못할 뉴욕의 불빛이 있었으며, 돌아오는 가을의 풋볼 시즌에 대한 기대와 예일대라는 매혹적인 신기루와 대기 중에 감도는 봄의 희망이 있었다.

팻 개스퍼와 몇몇 아이들은 이제 그에게 잘해주었다. 한번은 우연히 팻과 함께 시내에서 기숙사까지 함께 걸어가며 여배우들에 관해 기나긴 이야기를 나누었다. 바질은 나중에 그 대화를 또 들먹이는 실수를 저지르지 않았다. 작은 아이들은 갑자기 그에게 호감을 표하기 시작했고, 지금까지 그를 싫어했던 한 교사는 어느 날 교실로 걸어가는 그의 어깨에 손을 얹었다. 결국엔 그들도 모든 걸 잊을 것이다—아마도 여름 동안. 9월에 새로운 풋내기들이 들어올 테니까. 내년에는 새롭게 시작할 수 있다.

2월의 어느 오후, 농구 시합 중에 굉장한 사건이 벌어졌다. 바질과 브릭 웨일스는 2군의 포워드였고, 치열한 연습 경기가 벌어지는 체육관에는 찰싹찰싹 서로 몸을 부딪는 날카로운 소리와 새된 고함이 쩌렁쩌렁 울려댔다.

"여기, 여기!"

"빌! 빌!"

바질이 공을 드리블하고 있을 때, 상대 팀 수비수에게서 자유롭던 브릭 웨일스가 공을 달라며 외쳤다. "여기, 여기! 리! 어이! 리–이!"

리–이!

얼굴이 상기된 바질은 형편없는 패스를 하고 말았다. 브릭이 날 별명으로 부르다니. 즉석에서 만들어낸 변변찮은 별명이었지만, 삭막하게 성을 그대로 부르지도 않았고 조롱하는 말도 아니었다. 브릭 웨일스는 자신이 뭔가 특별한 일을 했다는 걸, 지독하고 이기적이고 신경 쇠약에 걸린 불행한 인간이 될 뻔했던 아이를 구제했다는 사실을 의식하지 못한 채 계속 코트를 뛰어다녔다. 사람이 그렇게 무방비로 활짝 열리는 희귀한 순간을 알아차리기는 쉽지 않으며, 그 가볍기 그지없는 손길 하나에 누군가 시들기도 하고 치유받기도 한다. 한 찰나만 늦어도 현세에서는 그 순간에 영영 닿을 수 없다. 아무리 효과 좋은 약을 써도 그 순간을 되돌릴 수 없고, 아무리 모진 말로도 그 순간을 없앨 수 없다.

리–이! 발음하기 쉽지는 않았다. 하지만 그날 밤 바질은 그 별명을 침대로 고이 모셔가 그 별명을 생각하고, 그 별명을 꼭 껴안은 채 편안히 잠들었다.

걔는 자기가 대단한 줄 알아

1

6월에 대학 입학 자격 시험을 치른 후 바질 듀크 리는 세인트 레지스 스쿨의 다른 학생들 다섯 명과 함께 기차를 타고 서부로 향했다. 두 명은 피츠버그에서 내리고, 한 명은 세인트루이스를 향해 남쪽으로 비스듬히 가로질러 가고, 둘은 시카고에 남기로 했다. 그때부터 바질은 혼자였다. 인생에서 처음으로 고요함을 열망했던 그는 이제야 고요한 순간을 실컷 맛보고 있었다. 끝으로 갈수록 나아지긴 했지만, 학교에서 불행한 1년을 보낸 터였다.

바질은 20세기의 열두 번째 해에 유행하고 있는 아주 납작한 중산모를 썼고, 몸이 쉴 새 없이 자라는 통에 파란 정장이 덜름했다. 그의 안에서는, 그의 몸을 거의 의식하지 못한 채 뿌연 인상과 감정 사이를 헤매고 다니는 실체 없는 영혼과, 아이에서 어른으로 성장하는 과정에서 정신없이 밀려드는 사건들을 통제하려 필사적으로 애쓰는 승부욕 과한 인간이 번갈아 나타나고 있었다. 모든 것이 노력 여하에 달려 있다—현재 미국의 교육 원칙—고 믿는 바질은 현실과 동떨어진 야망을 품으며 끊임없이 너무 많은 걸 기대했다. 인기 많고 반짝반짝 빛이 나고 항상 행복한, 위대한 운동선수가 되는 것이 그의 꿈이었다. 15년을 응석받이 아들로 지낸 벌인지 학교에서 '풋내기' 취급을 받은 후 그는 쓸데없이 생각이 많은 내성적인 성격으로 변했고, 그 탓에 남들을 관찰하며 지혜를 쌓을 수 있는 기회를 놓치고 있었다. 제대로 세상을 마주하려면 자신이 힘겹게 싸우고 있었음을 먼저 깨달아야 한다.

바질은 그날 오후를 시카고에서 보내며, 암흑가 사람들을 피해 거리를 걸어 다녔다. 『한밤중에*In the Dead of the Night*』라는 추리 소설을 사고, 5시에 기차역의 휴대품 보관소에서 여행 가방을 찾은 다음 시카고, 밀워키 앤드 세인트폴[1] 열차에 올라탔다. 타자마자, 역시 학교에서 고향 집으로 돌아가는 중인 또래를 만났다.

마거릿 토런스는 열네 살이었다. 어렸을 때부터 무척 아름다웠기에 모종의 전통처럼 미인으로 통하는, 진지한 소녀였다. 1년 반 전 바질은 숨 막히는 고투 끝에 겨우 그녀의 이마에 키스할 수 있었다. 지금의 만남은 두 사람 모두에게 무척 반가운 것이었다. 이 순간만큼은 서로가 서로에게 고향, 과거의 푸른 하늘, 앞으로 펼쳐질 여름날의 오후를 의미했기 때문이다.

그날 밤 바질은 식당 칸에서 마거릿과 그녀의 어머니와 동석했다. 마거릿은 바질이 1년 전의 지나치게 자신만만하던 그 소년이 아니라는 걸 알았다. 예전보다 조금 어두워졌고, 얼굴에 어린 고심의 분위기―남들이 자신 못지않게 의지가 굳세고 자신보다 더 강인하다는 최근의 깨달음이 남긴 흔적―가 마거릿에게는 매력적인 슬픔으로 느껴졌다. 힘겨운 싸움 후 찾아온 잠깐의 평화가 아직 그에게 머물러 있었다. 마거릿은 예전부터 그를 좋아했고―그녀처럼 진중하고 성실한 타입의 소녀들이 때때로 바질을 사랑했지만 그 사랑에 보답받지는 못했다―그가 얼마나 매력적으로 변했는지 사람들에게 말하고 싶어 입이 근질거렸다.

1 1847년부터 1986년까지 미국 중서부와 북서부에서 운행된 철도. 흔히 밀워키 로드로 불렸다.

저녁 식사를 마친 후 그들은 전망차로 가서 한적한 뒤편 승강
대에 앉았다. 기차는 드넓게 뻗은 어두컴컴한 농장들 사이로 뚜
렷이 서쪽을 향해 달리고 있었다. 그들은 그들이 아는 사람들에
대해, 부활절 휴가 때 놀러 간 곳에 대해, 그들이 뉴욕에서 본 연
극에 대해 이야기했다.

"바질, 우리 부모님이 자동차 살 거래." 그녀가 말했다. "나도
운전 배울 거야."

"잘됐네." 바질은 이번 여름에 할아버지의 허락을 받아 전기차
를 몰 수 있을까 궁금했다.

객차에서 스며 나온 불빛이 마거릿의 앳된 얼굴에 어리자, 집
으로 돌아간다는 사실에 갑자기 행복해진 바질이 충동적으로 말
했다. "그거 알아? 세인트폴에서 네가 제일 예쁘다는 거?"

이 말이 마거릿의 마음속에 번지며 이 밤이 설렘으로 메워지
려는 순간 토런스 부인이 나타나 그녀를 잠자리로 데려갔다. 바
질은 마거릿이 사라진 것도 알아차리지 못한 채 홀로 승강대에
앉아 한 시간 더 평온을 즐겼다. 내일까지는 모든 것이 지금처럼
어떤 패턴도 형태도 띠지 않으리라는 사실이 좋았다.

2

열다섯 살은 참으로 애매한 나이다. 손가락을 딱 짚으며 "그땐
이랬었지"라고 말하기가 곤란한 것이다. 우울한 제이퀴즈[1]는 열
다섯 살을 언급하지 않고, 우리가 알 수 있는 사실이라곤 소년기
의 한창인 열세 살과 일종의 가짜 청년인 열일곱 살 사이의 언

---

1 셰익스피어의 희곡 『뜻대로 하세요(As You Like It)』에 등장하는 우울한 성격의
  귀족. 그는 인생이 7막짜리 연극이라며 인간의 일생을 일곱 시기(젖먹이, 어린이,
  연인, 군인, 법관, 노인, 제2의 아기)로 구분한다.

젠가, 두 세계 사이를 끊임없이 오락가락하면서 생소한 경험들로 끊임없이 떠밀리고 어떤 대가도 치를 필요가 없던 시절로 되돌아가려 헛되이 몸부림치는 시기가 찾아온다는 것뿐이다. 다행히도 그 시절에 우리가 어떻게 처신했는지는 우리 자신도 또래들도 잘 기억하지 못한다. 하지만 그해 여름 바질이 얼마나 어리석은 짓을 저질렀는지 들여다보기 위해 커튼을 걷어보려 한다.

우선, 마거릿 토런스는 아무리 현실적인 소녀라도 쉽게 유혹되고 마는 이상주의에 빠져, 바질이 대단한 아이라는 의견을 열심히 피력하고 다녔다. 학교에 다니는 1년 내내 무언가를 믿는 데 길들여졌다가 이 순간 믿을 것을 찾지 못하고 있던 그녀의 친구들은 그 의견을 선뜻 받아들였다. 바질은 갑자기 전설적인 존재가 되었다. 길거리에서 마주치면 여자애들이 키득거렸지만, 바질은 아무런 낌새도 채지 못했다. 그가 집에 돌아온 지 일주일 지난 어느 날 밤, 그와 리플리 버크너는 저녁 식사 후 이모진 비슬네 베란다에서 열린 모임에 나갔다. 그들이 다가가자 마거릿과 두 여자애들이 갑자기 똘똘 뭉쳐서는 격하게 뭐라고 소곤거리더니 괴성을 지르며 서로를 뒤쫓아 마당을 뛰어다녔다. 이 불가해한 사건은 글래디스 밴 셸링어가 자기 어머니의 하녀에게 다정하고 인상적인 배웅을 받으며 리무진을 타고 도착했을 때 비로소 끝이 났다.

아이들은 서로를 조금 낯설어했다. 동부에서 학교를 다니다 온 아이들은 어느 정도 우월감을 느꼈지만, 그들이 떠나 있던 동안에도 남은 아이들이 서로 사귀고 다투고 질투하며 낭만적인 모험을 즐겼다는 사실을 한심하리만큼 몰랐으니 그리 우쭐댈 것도 없었다.

9시에 아이스크림을 먹은 후 그들은 따스한 돌계단에 함께 앉왔다. 유치한 지분거림과 사춘기의 애교가 고요히 혼재해 있었다. 지난해만 해도 남자애들은 마당에서 자전거를 탔었는데 지금은 다들 무슨 일인가 일어나기를 기다리고 있었다.

아무리 수수한 여자애들이라도, 아무리 소심한 남자애들이라도 그 일이 벌어지리라는 걸 알았다. 그들의 감각을 깊숙하고 달콤하게 짓누르는 여름밤의 낭만적인 세계를 서로 함께하리라는 걸. 열린 창 옆에 앉아 책을 읽고 있던 비슬 부인에게 그들의 목소리가 불협화음처럼 흘러들었다.

"안 돼, 조심해. 그러다 부서지겠어, 바아- 질!"

"리플-리!"

"부서져 버렸네!"

웃음.

"……달밤의 바다
소리쳐 부르는 그들의 목소리가 들렸다네…….”

"……봤어?"

"코니, 하지 마, 하지 말라니까! 간지러워. 조심해!"

웃음.

"내일 호수에 갈래?"

"금요일에 가자."

"엘우드네 집에."

"엘우드도 집에 있어?"

"……그대 때문에 내 마음이 찢어졌지…….”

"조심해!"
"조심해!"

바질은 난간에 리플리와 나란히 앉아 조 고먼의 노래를 듣고 있었다. '사람들이 참고 들어줄 만한' 수준으로도 노래를 부르지 못해 고민인 바질은 갑자기 조 고먼이 존경스러워졌다. 그의 성격도 어두컴컴한 허공을 당당하게 누비는 그 소름 돋도록 청아한 목소리와 비슷할 것 같았다.

그 목소리를 들으며 바질은 이보다 더 황홀한 밤, 아득히 먼 곳의 마법 걸린 소녀들을 떠올렸다. 노래가 잦아들자 아쉬웠다. 자리 배치가 바뀌고 딱딱한 침묵이 흘렀다. 케케묵은 진실 게임이 시작된 것이다.

"좋아하는 색깔이 뭐야, 빌?"

"녹색." 한 친구가 대신 답해 버린다.

"쉬잇! 빌이 답하게 내버려둬."

빌이 말한다. "파란색."

"좋아하는 여자애 이름은?"

"메리." 빌이 말한다.

"메리 홉트! 빌이 메리 홉트 좋아한대요!"

그녀는 사팔눈을 한 소녀로, 누가 봐도 역겨운 아이였다.

"누구랑 키스하고 싶어?"

대답을 망설이는 사이 누군가 낄낄거리는 웃음이 어둠을 찔렀다.

"엄마."

"아니, 여자애 말이야."

"안 할래."

"그런 게 어딨어. 벌칙! 이제 마거릿 차례."

"진실을 말해, 마거릿."

마거릿은 진실을 말했고 잠시 후 바질은 깜짝 놀라 난간에서 아래를 내려다보았다. 마거릿이 그를 좋아한다는 사실을 방금 안 것이다.

"아, 그러셔!" 그는 미심쩍은 듯 외쳤다. "아, 그렇구나! 휴버트 블레어는 어쩌고?"

바질은 리플리 버크너와 또 가벼운 몸싸움을 시작했고 곧 두 사람 모두 난간에서 떨어졌다. 이제 게임은 글래디스 밴 셸링어의 온실 속 화초 같은 마음에 대한 취조로 변했다.

"좋아하는 스포츠는?"

"크로켓."

그 고백에 누군가 살짝 키득거렸다. "좋아하는 남자애는?"

"서스턴 콜러."

실망 어린 투덜거림.

"걔가 누군데?"

"동부에 있는 애."

이건 명백한 회피였다.

"여기서 좋아하는 남자애는?"

글래디스는 망설이다 마침내 답했다. "바질."

난간을 올려다보는 아이들의 표정이 아까보다 덜 짓궂고 덜 장난스러웠다. 바질은 별일 아니라는 듯 "아, 그러셔! 당연히 그러시겠지! 아, 그렇구나!"라는 말로 넘겼다. 하지만 인정받을 때의 쾌감, 그 익숙한 즐거움을 느꼈다.

까무잡잡한 피부에 조그만 체구의 미인으로 그들 중 가장 인기가 많은 소녀 이모진 비슬의 차례가 돌아왔다. 좋아하는 음식 따위의 질문은 이제 질려버렸다. 첫 질문부터 곧장 본론으로 들어갔다.

"이모진, 남자랑 키스해 본 적 있어?"

"없어." 기가 막힌다는 듯 사나운 외침. "당연히 없지!" 이모진은 발끈하며 단언했다.

"그럼 키스를 당한 적은?"

이모진은 얼굴을 붉히면서도 차분하게 고개를 끄덕이며 덧붙였다. "어쩔 수 없었어."

"누구한테?"

"말하기 싫어."

"오-오-오! 휴버트 블레어 아니야?"

"좋아하는 책은 뭐야, 이모진?"

"『그라우스타크의 베벌리 *Beverly of Graustark*』."

"좋아하는 여자애는?"

"패션 존슨."

"걔가 누군데?"

"아, 같은 학교에 다니는 애."

다행히도 비슬 부인은 창가를 떠나고 없었다.

"좋아하는 남자애는?"

이모진은 흔들림 없이 답했다. "바질 리."

그러자 다들 놀란 듯 정적이 흘렀다. 바질은 놀라지 않았다. 우리는 우리 자신의 인기에 절대 놀라지 않는다. 그러나 바질은 이들이 책이나 잠깐 마주친 얼굴들로부터 상상으로 만들어진 딴세상의 소녀들, 조 고먼의 노래에서 잠시나마 목소리를 들었던 그 소녀들이 아니라는 걸 알고 있었다. 그리고 이내 딸을 찾는 첫 전화가 울리고 여자애들이 새처럼 재잘거리며 글래디스 밴셀링어의 리무진에 우르르 몰려 탈 때, 바질은 으스대는 것처럼 보이지 않으려 어둠 속에 머물러 있었다. 그러다, 조 고먼을 잘 알게 되면 그 아이처럼 노래를 잘 부를 수 있게 되지 않을까 하는 막연한 생각으로 그에게 다가가, 램버츠 카페에 가서 소다수를 마시자고 청했다.

조 고먼은 눈썹이 하얗고 항상 표정이 무뚝뚝하며 키가 훌쩍한 소년으로, 이제 막 그들 '패거리'에 끼기 시작했다. 그는 지난해 그에게 '거드름'을 피웠던 바질을 좋아하지 않았지만, 유용한 지식을 얻을 수 있는 자리라면 마다할 이유가 없었고, 여자애들 사이에서 인기 많은 바질에게 지금만큼은 주눅이 들었다.

램버츠 카페는 활기가 넘쳤다. 큼직한 나방들이 방충망 문을 들이받고, 흰 원피스와 가벼운 정장 차림의 나른한 커플들이 작은 테이블들에 흩어져 있었다. 소다수를 마시다가 조 고먼은 바질에게 자기 집에서 하룻밤 자고 가라고 제안했다. 바질은 전화로 허락을 받았다.

환한 가게에서 어두컴컴한 거리로 나가며 바질은 바깥에서 자기 자신을 바라보는 듯한 비현실적인 감각에 잠겼고, 저녁의 유쾌했던 사건들이 새삼 중요하게 느껴졌다.

조의 친절에 마음이 편안해진 바질은 그 일을 논하기 시작했다.

"오늘 밤 일은 참 웃겼어." 그는 조소를 살짝 뱉으며 말했다.

"뭐가?"

"그거, 여자애들이 다 나를 좋아한다고 한 거 말이야." 이 말이 조의 신경을 건드렸다. "참 웃겨." 바질은 말을 이었다. "한동안 학교에서 인기가 없는 편이었거든. 뭣도 모르고 설쳐대서 그랬나 봐. 하지만 남자한테 인기 있는 남자, 여자한테 인기 있는 남자가 따로 있는 모양이야."

이로써 바질은 조에게 약점을 잡힌 셈이었지만 의식하지 못했고, 조마저도 지금은 그저 화제를 바꾸고픈 마음뿐이었다.

"나한테 차가 생기면," 조가 그의 방에서 말했다. "이모진이랑 마거릿 태워서 같이 놀러 가자."

"좋아."

"넌 이모진이랑, 난 마거릿이나 딴 애랑 짝하면 되겠다. 물론 여자애들이 나보다 널 더 좋아하지만 말이야."

"그야 그렇지. 넌 우리랑 어울리기 시작한 지 얼마 안 됐으니까."

그 문제에 민감한 조는 바질의 말에 기분이 상했다. 하지만 바질의 말은 계속 이어졌다. "인기를 얻고 싶으면 어른들한테 예의를 지켜. 오늘 밤에 너 비슬 부인한테 인사도 안 하더라."

"배고프네." 조가 냉큼 말했다. "부엌에 내려가서 뭐라도 좀 먹자."

그들은 잠옷 바람으로 내려갔다. 바질이 또 그 이야기를 꺼내지 못하게 막을 심산으로 조는 나지막이 노래를 부르기 시작했다.

"오, 그대 아름다운 인형이여,
그대 아주 멋진……."

하지만 굴욕적인 학교생활 후 모처럼 즐거웠던 이날 저녁을 바질은 도저히 그냥 넘길 수 없었다. 그는 조금 밉살스러워졌다. 조언을 부탁받기라도 한 양 부엌에서 또 떠들어대기 시작했다.

"예를 들어, 그 흰색 넥타이는 그만 매. 동부에서 학교 다니는 애들은 그런 거 안 매거든." 조가 조금 벌게진 얼굴로 냉장고에서 몸을 돌리자 바질은 살짝 불안해졌다. 하지만 계속 밀어붙였다. "또, 네 가족한테 동부에 있는 학교로 보내달라고 부탁해. 그러면 정말 좋을 거야. 특히 동부에 있는 대학에 진학할 거라면 먼저 동부에 있는 중등학교부터 다녀야지. 거기 가면 정신이 번쩍 들거든."

지금도 딱히 자기에게 문제가 없다고 생각하는 조는 바질의 말에 깔린 암시가 불쾌했다. 그의 눈에는 바질도 그 과정을 완벽히 마친 것처럼 보이지는 않았다.

"콜드 치킨 먹을래? 아니면 콜드 햄?" 그들은 의자를 식탁으로 끌어당겨 앉았다. "우유 좀 줄까?"

"고마워."

저녁 식사 후에 세 끼나 더 배불리 먹고 지나치게 대범해진 바질은 자기가 하고 싶은 얘기에 열을 올렸다. 조의 인생을 자기가 대신 조금씩 조금씩 구축해 나가며, 중서부의 촌뜨기를 재치 넘치고 여자들이 거부하지 못하는 동부인으로 화려하게 변신시켰다. 우유를 치우러 식품 저장실로 가던 조는 열린 창 옆에서 잠깐 걸음을 멈추고 조용히 숨을 한 번 쉬었다. 바질이 그를 따라와 말했다. "중등학교에서 정신 못 차리면 대학 가서 혼쭐나게 돼 있어."

어떤 절박한 본능에 이끌려 조는 문을 열고 뒤쪽 베란다로 나갔다. 바질도 따라 나갔다. 집은 주택 지구가 자리 잡은 높직한 언덕 끝자락에 있었고, 두 소년은 잠깐 말없이 서서 낮은 도시에 흩뿌려져 있는 불빛들을 내려다보았다.

저 아래 거리들을 거침없이 흐르는 알 수 없는 삶들의 신비 앞에서 바질은 자신이 지금까지 떠들어댄 말이 허망하게 느껴졌다. 그는 무슨 말을 했으며, 왜 그 말을 꼭 해야 할 것처럼 느껴졌던가? 갑자기 의아했다. 조가 또 부드럽게 노래 부르기 시작하자, 이른 저녁의 그 고요함이 다시금 스며들면서 바질은 지혜도 인내심도 절정에 달한 최상의 모습으로 돌아왔다. 지난 한 시간의 겉치레, 허영, 어리석음은 사라지고, 바질은 속삭이다시피 말을 꺼냈다.

"잠깐 나갔다 오자."

맨발로 걸어도 인도는 따스했다. 이제 겨우 자정인데, 별이 총총한 어둠 속에 묻혀버린 그들의 희끄무레한 형체들 말고는 거리에 인기척이라곤 없었다. 그들은 자신들의 대담함에 피식 코웃음을 쳤다. 한번은 저 멀리 앞에서 요란한 구두 소리와 함께 그림자 하나가 거리를 건너갔지만, 그 소리 때문에 그들 자신이 더욱 허깨비처럼 느껴질 뿐이었다. 나무들 사이에 가스등이 세워져 생긴 빈터를 슬그머니 지나며 동네를 한 바퀴 돌다가, 고먼 가족의 집이 가까워지자 한여름 밤의 꿈 속을 헤매고 있었던 사람들처럼 걸음을 재촉했다.

조의 방으로 돌아간 그들은 어둠 속에 잠들지 못한 채 누워 있었다.

'내가 말을 너무 많이 했네.' 바질은 생각했다. '건방지게 들려서 조가 기분 나빴을지도 몰라. 하지만 산책하는 동안 내가 한 말은 전부 잊었을 거야.'

아뿔싸, 조는 하나도 잊지 않았다. 바질이 그를 돕겠답시고 해준 조언만 쏙 빼고.

'이렇게 건방진 자식은 처음이야.' 조는 속으로 중얼거렸다. '쟤는 자기가 대단한 줄 알아. 여자애들한테 엄청 있기 있는 줄 안다니까.'

3

그해 여름, 새롭게 떠오른 한 가지 현상이 있었다. 바질 패거리 사이에 느닷없이 자동차 열풍이 불기 시작한 것이다. 이제는 교외 호수나 외진 컨트리클럽으로 멀리 나가지 않으면 재미가 없었다. 시내를 걸어 다니는 건 더 이상 적절한 오락거리가 아니었다. 한 아이의 집에서 다른 아이의 집까지 단 한 블록이라도 꼭 차를 타고 가야 했다. 차를 얻어타려는 아이들이 차 주인들 주변으로 모여들었고, 차 주인들은 적어도 바질에게는 당혹스러운 권력으로 보이는 영향력을 행사하기 시작했다.

호수에서 댄스파티가 열리는 날 아침, 바질은 리플리 버크너에게 전화를 걸었다.

"어, 리플리, 오늘 밤 코니네 집까지 어떻게 갈 거야?"

"엘우드 리밍이랑 같이 가려고."

"자리가 남을까?"

리플리는 조금 겸연쩍은 듯 답했다. "아닐걸. 저기, 걔는 마거릿 토런스, 나는 이모진 비슬을 데려갈 거라서."

"아!"

바질은 얼굴을 찌푸렸다. 일주일 전에 미리 자리를 만들어놨어야 했다. 잠시 후 바질은 조 고면에게 전화했다.

"오늘 밤에 코니네 파티에 갈 거야, 조?"

"응, 가야지."

"혹시 네 차에 자리 남아? 나도 같이 갈 수 있을까?"

"응, 그래, 그러지 뭐."

조의 목소리는 꽤 냉랭했다.

"자리 있는 거 확실해?"

"그래. 7시 45분쯤 데리러 갈게."

바질은 5시부터 준비하기 시작했다. 생애 두 번째 면도를 하던 그는 코 밑을 짧은 일직선으로 베고 말았다. 피가 철철 흘러서, 하녀인 힐다의 조언에 따라 상처를 휴지로 눌렀다. 꽤 여러 장의 휴지가 필요했다. 그래서 숨쉬기가 조금 불편해져 가위로 휴지를 잘라 다듬었고, 종이와 피로 만들어진 다소 어색한 콧수염을 윗입술에 붙인 채 바질은 초조하게 집 안을 돌아다녔다.

6시에 바질은 수습에 나섰다. 휴지를 떼어내고, 끈질기게 되살아나는 진홍빛 선을 톡톡 두드렸다. 마침내 피가 멎었지만, 성급하게 어머니를 부르다 상처가 또 벌어지는 바람에 다시 휴지를 붙여야 했다.

7시 45분, 파란 코트에 흰 플란넬 바지를 차려입은 바질은 상처에 마지막으로 한 번 파우더를 바르고 손수건으로 조심스럽게 털어낸 다음 조 고먼의 차로 부리나케 달려 나갔다. 조가 직접 운전대를 잡고 있었고, 앞자리에 루이스 크럼과 휴버트 블레어가 함께 타고 있었다. 바질은 널찍한 뒷자리에 혼자 앉았고, 도시를 벗어나 블랙 베어 로드로 들어설 때까지 쉴 새 없이 달리는 내내 앞자리의 세 명은 바질을 등진 채 나지막한 목소리로 자기들끼리 얘기를 주고받았다. 다른 아이들도 탈 거라 생각했던 바질은 충격을 받았다. 순간 차에서 내려버릴까 고민했지만 그랬다간 자기가 상처받았다는 걸 알리는 꼴이었다. 그의 기분도 그의 얼굴도 약간 굳었고, 그는 도착할 때까지 한마디도 하지 않았다. 그에게 말을 거는 아이도 없었다.

30분 후, 호수의 작은 반도에 사방팔방으로 뻗어 있는 거대한 방갈로인 데이비스 가족의 저택이 시야에 들어왔다. 집의 윤곽을 밝히는 랜턴 불빛이 황금빛과 장밋빛으로 물든 물결 위에 반짝이는 선들로 흔들렸다. 저택에 가까워지자, 잔디밭에서 울리는 베이스 호른과 북의 저음이 그들 쪽으로 날아들었다.

집 안으로 들어간 바질은 이모진을 찾아 이리저리 두리번거렸다. 이모진과 춤을 추려는 아이들이 그녀 주위에 몰려들어 있었다. 하지만 그녀는 바질을 보자마자 은근한 미소를 보냈다. 바질의 심장이 날뛰었다.

"네 차례는 네 번째야, 바질. 그리고 열한 번째랑 한 번 더……. 입술은 어쩌다 다쳤어?"

"면도하다가 베였어." 바질이 다급하게 말했다. "저녁 먹을래?"

"음, 저녁은 리플리랑 먹을 거야. 걔가 데려다줬거든."

"아니, 그럴 필요 없어." 바질은 장담하듯 말했다.

"아니, 나랑 먹을 거야." 리플리가 가까이 서며 우겼다. "넌 네 파트너랑 저녁 먹지 그래?"

바질 자신도 아직 인식하지 못하고 있었지만, 그에게는 파트너가 없었다.

네 번째 춤곡이 끝난 후 바질은 이모진을 부두 끝으로 데려갔고, 두 사람은 어느 모터보트에 함께 앉았다.

"이제 어쩌지?" 이모진이 물었다.

바질도 알 수 없었다. 그가 진정으로 이모진을 좋아했다면 답을 알았을 것이다. 이모진이 잠깐 그의 무릎에 손을 얹었지만 그는 알아차리지 못했다. 대신에 그는 말을 하기 시작했다. 학교 야구부 2군의 투수로 뛰었는데, 5이닝짜리 경기에서 1군을 이긴 적도 있다고. 어떤 남자애들은 남자한테 인기가 많고 어떤 남자애들은 여자한테 인기가 많은데, 자기는 여자한테 인기가 많다고. 한마디로, 그는 자신의 꺼림칙한 기분을 그녀에게 풀고 있었다.

이윽고, 너무 자기 얘기만 떠든 것 같은 기분이 든 바질은 뜬 금없이 그녀를 좋아한다고 말했다.

이모진은 달빛 속에 앉아 조그맣게 한숨을 쉬었다. 부두 너머의 어둠에 파묻힌 다른 배에 네 명이 앉아 있었다. 조 고먼이 노래를 부르고 있었다.

"내 사랑하는……
……달콤한 사내,
그이는 내 마음을 가졌으니…….'

"네가 알고 싶어 할 것 같아서." 바질이 이모진에게 말했다. "내가 다른 애를 좋아한다고 네가 착각할까 봐. 요전 밤에 했던 진실 게임은 신경 쓰지 마."

"뭐?" 이모진이 멍하니 물었다. 그녀는 그날 밤을 잊었다. 이 밤을 제외한 모든 밤을 잊었다. 지금 그녀는 조 고먼의 목소리가 부리는 마법을 생각하고 있었다. 다음엔 조 고먼과 춤을 출 차례였다. 새로운 노래의 가사를 그에게 배우리라. 바질은 온갖 잡스러운 얘기를 떠들어대는 좀 이상한 아이였다. 잘생기고 매력적이긴 했지만……. 그와의 춤이 얼른 끝나기를 기다렸다. 아무런 재미도 없었다.

안에서 음악이 시작되었다. 바이올린 현을 신경질적으로 뜯어대는 소리와 함께 〈모두가 하고 있잖아Everybody's Doing it〉가 연주되고 있었다.

"오, 들어봐!" 이모진은 허리를 곧추세우고 앉아 손가락을 튕기며 외쳤다. "래그[1] 출 줄 알아?"

"저기, 이모진." 바질은 자신이 뭔가 놓쳤다는 걸 절반쯤 알아차렸다. "이번 곡은 그냥 넘기고 여기 앉아 있자. 조한테는 까먹

---

1 19세기 후반에서 20세기 초반까지 미국 남부의 흑인 사이에서 유행한 춤과 춤곡. 래그타임이라고도 한다.

었다고 하면 되잖아."

이모진은 벌떡 일어났다. "아, 안 돼, 그럴 순 없어!"

바질은 마지못해 그녀를 따라 안으로 들어갔다. 이번에도 너무 많이 떠들어대는 바람에 일을 그르쳐버렸다. 다음번엔 그러지 않으리라 다짐하며 열한 번째 춤곡을 시무룩하게 기다렸다. 이제 그는 자신이 이모진을 사랑한다고 믿었다. 자기기만에 그의 목이 메어오고, 가짜 갈망과 욕망이 생겨났다.

열한 번째 춤곡이 시작되기 전 바질은 몇몇 아이들이 작당하여 고의로 그를 따돌리고 있다는 사실을 깨달았다. 서로 숙덕거리고 언쟁을 벌이다 그가 다가가기만 하면 어색하게 입을 닫아버리는 남자애들이 있었다. 조 고먼이 리플리에게 말하는 소리가 들렸다. "사흘만 놀러 갔다 오자. 글래디스가 못 가면, 코니한테 물어보지 그래? 샤프롱[1]이……." 바질을 보자 조는 말을 바꾸었다. "스미스 카페에 가서 아이스크림소다 먹자."

나중에 바질은 리플리 버크너를 한쪽으로 데려갔지만 어떤 정보도 캐내지 못했다. 리플리는 오늘 밤 바질이 이모진을 빼앗으려 했던 일을 잊지 않고 있었다.

"별일 아니야." 리플리는 시치미를 뗐다. "정말로 스미스에 갈 거야……. 입술이 왜 그래?"

"면도하다 베였어."

이모진과 춤출 차례가 되었을 때 그녀는 아까보다 어정쩡한 태도를 보였다. 〈회색곰〉의 발작적인 리듬에 갇혀 그들이 방 안을 누비는 동안 이모진은 여러 여자애들과 알 수 없는 눈빛을 주고받았다. 바질은 또 이모진을 보트로 데리고 나갔지만, 이미

---

1 사교 행사에서 젊은 여성을 따라다니며 보살펴 주는 부인.

사람이 타고 있었다. 부두를 걸어 다니며 그가 그녀에게 말을 걸려 애쓰는 동안 그녀는 콧노래를 흥얼거렸다.

"내 사랑하는 달콤한 사내……."

"이모진, 내 말 좀 들어봐. 아까 보트에 앉아 있었을 때, 그날 밤 했던 진실 게임에 대해 물어보려고 했어. 그때 한 말 진심이었어?"

"오, 그 유치한 게임은 뭐 하러 얘기해?"

이모진은 바질이 자기가 대단한 줄 안다는 소리를 한 번도 아니고 여러 번 들었다. 그 소식은 2주 전 돌았던 그에 관한 좋은 소문만큼이나 무서운 기세로 번져 나가고 있었다. 이모진은 남들의 의견에 쉽게 동조하는 아이였고, 바질이 끔찍하다는 몇몇 남자애들의 열변에 동감했다. 그리고 마음이 변한 그녀로서는 그를 싫어하지 않기가 힘들었다.

하지만 바질은 운이 나쁘지만 않으면 휴식 시간이 끝나기 전에 자신의 목적을 달성할 수 있으리라 생각했다. 자신의 목적이라는 게 뭔지는 몰랐지만 말이다.

그가 무시했던 마거릿 토런스가 휴식 시간에 마침내 그에게 진실을 말해 주었다.

"세인트크로이 강에서 하는 파티에 너도 가?" 마거릿이 물었다. 바질이 가지 않으리라는 걸 그녀는 알고 있었다.

"무슨 파티?"

"조 고먼이 계획한 거야. 난 엘우드 리밍이랑 가려고."

"아니, 난 안 가." 바질은 퉁명스레 말했다. "못 가."

"아!"

"난 조 고먼이 싫거든."

"아마 걔도 널 썩 좋아하진 않을걸."

"왜? 걔가 뭐라고 했는데?"

"아, 아무것도 아니야."

"뭔데? 걔가 뭐라고 했는지 말해 봐."

잠시 후 마거릿이 못 이기는 척 말해 주었다. "걔랑 휴버트 블레어가 그러는데, 네가…… 넌 네가 대단한 줄 안대." 그녀는 이렇게 말해놓고는 걱정스러워졌다.

하지만 바질이 그녀에게 단 한 번밖에 춤을 청하지 않았던 일이 떠올랐다. "네가 조한테 그렇게 말했다더라, 모든 여자애들이 널 대단하게 생각한다고."

"난 그런 말 한 적 없어." 바질은 왈칵 성을 내며 말했다. "단 한 번도!"

바질은 이 모든 것이 조 고먼의 농간이라는 걸 알았다. 그의 수다스러움—그의 진정한 친구들은 언제나 참아주었던 고통—을 이용하여 그를 무너뜨리려는 속셈이다. 갑자기 온 세상이 극악무도하게 느껴졌다. 바질은 집에 가기로 했다.

소지품을 찾으러 간 방에서 빌 캠프가 말을 걸어왔다. "안녕, 바질, 입술은 왜 그래?"

"면도하다가 베였어."

"저기, 다음 주에 한다는 그 파티에 갈 거야?"

"아니."

"아, 그럼, 시카고에서 사촌이 한 명 오는데, 엄마가 주말에 남자애 한 명 불러서 같이 놀아도 된대. 미니 비블이라는 여자애야."

"미니 비블?" 바질은 그 이름을 따라 부르며 왠지 모를 반감을 느꼈다.

"난 너도 그 파티에 가는 줄 알았는데, 리플리 버크너가 너한테 한 번 물어보라길래 혹시나 해서……."

"난 집에 있을 거야." 바질이 냉큼 말했다.

"오, 부탁이야, 바질." 빌은 물러나지 않았다. "딱 이틀만. 괜찮은 애야. 너도 걔가 마음에 들 거야."

"글쎄." 바질은 잠깐 고민했다. "이렇게 하자, 빌. 난 지금 전차를 타고 집에 가야 하는데, 네 차로 와일드우드까지 태워주면 주말에 나올게."

"태워줄게."

바질은 베란다로 나가 코니 데이비스에게 다가갔다.

"잘 있어." 아무리 애를 써도 딱딱하고 거만한 목소리밖에 나오지 않았다. "정말 재미있었어."

"벌써 간다니 아쉽다." 하지만 코니는 속으로 중얼거렸다. '재미는 무슨, 잘난 척하느라 바빴겠지. 얘는 자기가 대단한 줄 알아.'

저 부두 끝에서 이모진의 웃음소리가 베란다까지 들려왔다. 바질은 말없이 계단을 내려가 빌 캠프를 만나러 보도를 걸어가며 사람들을 멀찍이 피했다. 그가 보이면 사람들의 흥이 깨질까봐 두려운 것처럼.

끔찍한 밤이었다.

10분 후 빌이 대기 중인 전차 옆에 그를 내려주었다. 몇몇 마지막 나들이객들이 어슬렁어슬렁 올라타고 전차는 흔들리고 덜커덩거리며 세인트폴을 향해 밤거리를 달렸다.

곧 맞은편에 앉은 두 소녀가 바질을 보고는 팔꿈치로 서로 쿡쿡 찔러댔지만, 바질은 알아차리지 못했다. 이모진과 마거릿, 조와 휴버트와 리플리 모두 언젠가 애석해하리라는 생각만 하고 있었다.

'쟤 좀 봐!' 그들은 뼈저리게 후회하리라. '스물다섯 살에 미국 대통령이 되다니! 아, 그날 밤 걔한테 그렇게 못되게 굴지 말걸.'

바질은 자기가 대단하다고 생각했다!

4

어미니 길버트 라부이스 비블은 유배 생활 중이었다. 열다섯 살의 소녀에게 어울리는 야외 활동을 열심히 하다 보면 그녀의 머릿속에 꽉 찬 연애 생각을 떨쳐낼 수 있으리라 기대한 부모의 손에 이끌려 5월에 뉴올리언스에서 사우샘프턴으로 왔다. 하지만 남쪽에서든 북쪽에서든 그녀 주위로 사랑의 화살이 빗발쳤고, 그녀는 6월의 첫날이 되기도 전에 누군가와 '결혼을 약속'했다.

그렇다고 해서 스무 살에 완성될 비블 양의 외모가 벌써부터 그 윤곽을 드러내기 시작했다고 짐작하면 곤란하다. 그녀는 눈부시도록 풋풋했다. 무지렁이 청년이 아니고서야 그녀의 머리를 보면 물기 머금은 파란 제비꽃을 떠올릴 수밖에 없었다. 그 머리에 뚫린 듯한 파란 창문 너머로 밝은 영혼이 들여다보이고, 오늘 새로 핀 장미들이 내다보이는 것만 같았다.

유배 중인 그녀는 사랑을 잊기 위해 글레이셔 국립공원에 갈 참이었다. 그녀의 등장이 바질에게 일종의 성인식이 되리라는 건 이미 예고된 일이었다. 자신의 내면만 들여다보던 그가 눈을 바깥으로 돌려 사랑의 세계를 처음으로 황홀하게 엿보게 될 터였다.

미니는 처음 바질을 봤을 때 생각이 참 많은 듯한 표정—남들이 자신 못지않게 의지가 굳세고 자신보다 더 강인하다는 최근의 깨달음이 남긴 흔적—을 한 점잖고 잘생긴 소년이라는 인상을 받았다. 몇 달 전 마거릿 토런스가 그랬듯 미니에게도 그 표정이 매혹적인 애수로 보였다. 저녁 식사를 하는 동안 바질은 아버지에게 보고 배웠던 대로 캠프 부인을 공손하고 정중하게 대했고, '크리올[1]'이라는 단어를 논하는 비블 씨의 이야기를 아주 관심 있게 공감하며 들었다. 비블 씨는 '이제야 좀 괜찮은 소년을 보는군'이라고 생각했다.

저녁 식사가 끝난 후 미니와 바질과 빌은 차를 끌고 블랙 베어 마을의 영화관으로 향했고, 천천히 발산되기 시작한 미니의 매력과 개성이 그 외출 자체의 매력과 개성이 되었다. 이런 까닭에 수년간 미니의 모든 연애사는 한 가족처럼 닮아 있었다. 그녀는 아이처럼 속이 훤히 들여다보이는 바질의 얼굴을 바라보다가, 어떤 재미있는 의구심이라도 생긴 것처럼 눈을 휘둥그레 뜨며 빙긋 웃었다. 그녀가 빙긋 웃었다.

순수하기 그지없는 미소였지만, 얼굴의 특별한 윤곽 때문에 그녀의 의도와 상관없이 불꽃 튀는 유혹으로 느껴졌다. 그 미소가 나타날 때마다 바질은 갑자기 풍선처럼 부풀어 위로 둥실둥실 떠오르는 기분이었다. 매번 점점 더 높이 올라가다, 그 미소가 함박웃음이 되어 사르르 사그라지면 그제야 땅으로 내려왔다. 마치 마약 같았다. 하늘을 둥둥 떠다니는 황홀한 기분으로 그저 그 미소만 보고 싶었다.

그리고 그 미소에 얼마나 가까워질 수 있을까 알고 싶었다.

젊은 사람들의 연애에는 제삼자의 존재가 자극이 되는 단계가 있다. 이튿날이 시작되기도 전에, 서로의 빼어난 용모와 매력에

1 서인도 제도의 유럽인과 흑인의 혼혈아.

대해 과도한 칭찬을 늘어놓는 지점을 넘어서기도 전에, 미니와 바질은 언제쯤이면 이 자리를 주선한 빌 캠프를 떨쳐낼 수 있을까 생각하기 시작했다.

늦은 오후, 저녁의 첫 서늘한 기운이 내려앉았을 때 그들은 수영을 하고 난 뒤 상쾌하면서도 노곤한 몸으로 푹신푹신한 그네에 앉아 있었다. 쿠션이 높다랗게 쌓인 그네는 베란다의 빽빽한 덩굴에 가려져 있었다. 바질이 한 팔로 미니를 감싸 안고서 그녀의 뺨으로 고개를 숙이자, 미니는 얼굴을 움직여 그녀의 상큼한 입술이 그에게 닿도록 했다. 바질은 뭐든 빨리 배우는 소년이었다.

두 사람이 그렇게 앉아 있는 한 시간 동안, 빌의 목소리가 선창에서, 위쪽 복도에서, 정원 끝자락에 세워진 탑에서 들려왔다. 마구간에서는 승용마 세 마리가 어서 달리고 싶은 듯 안달을 내고 있었고, 주위의 꽃들 사이로 벌들이 성실히 일하고 있었다. 그러다 미니가 먼저 정신을 차렸고, 그들은 베란다 밖으로 나갔다.

"우리도 너 찾고 있었어."

그리고 바질은 그저 두 팔을 흔들고 속으로 생각만 했을 뿐인데 기적처럼 몸이 위층으로 붕 떠올랐다. 저녁 식사 자리를 위해 머리를 빗으며 그는 혼자 중얼거렸다.

"미니는 정말 대단한 애야. 오, 이런, 정말 대단한 애야!"

그렇다고 허둥대면 안 된다. 식사 중에도 후에도 바질은 목화 바구미에 대한 비블 씨의 이야기를 변함없이 공손하게 경청했다.

"내 얘기가 따분하겠군. 애들끼리 밖에서 놀고 싶을 텐데."

"아니에요, 비블 씨. 재미있게 들었어요, 진심으로요."

"자, 이제 너희끼리 나가서 놀아라. 시간이 이렇게 됐는지 몰랐구나. 요즘은 나 같은 늙은이가 함께 어울릴 만한 예절 바르고 상식 있는 청년을 만나기가 영 어려워서 말이야."

바질과 미니와 함께 선창 끝으로 걸어가며 빌이 말했다. "내일 아무 문제 없이 보트 타고 나갈 수 있어야 할 텐데. 저기, 난 마을에 가서 선원 한 명 데려올 건데, 같이 갈래?"

"난 여기 잠깐 앉아 있다가 자러 갈래." 미니가 말했다.

"알겠어. 넌 어때, 바질?"

"글쎄, 그래, 뭐. 네가 원한다면 난 좋아, 빌."

"그럼 넌 수리하러 가져가는 돛을 깔고 앉아."

"나 때문에 괜히 비좁아지는 거 아니야?"

"괜찮아. 차 가져올게."

빌이 자리를 뜨자 바질과 미니는 절망하여 서로를 바라보았다. 하지만 한 시간이 지나도록 빌은 돌아오지 않았다. 요트나 자동차에 문제가 생겨 오래 걸리는 모양이었다. 언제든 그가 **반드시** 돌아오리라는 위협이 분위기를 더욱 애달프고 숨 막히게 만들었다.

이윽고 그들은 모터보트에 올라탄 후 꼭 붙어 앉아 중얼거렸다. "이번 가을에……." "네가 뉴올리언스에 오면……." "다다음 해에 내가 예일대에 가면……." "내가 북부에 있는 학교에 다니면……." "내가 글레이셔 공원에서 돌아오면……." "한 번 더 키스해 줘." …… "못됐어. 너 정말 못된 거 알아? ……정말 못됐어." 물이 말뚝을 철썩철썩 때려댔다. 이따금 보트가 선창에 살며시 부딪혔다. 바질은 밧줄 하나를 풀고 보트를 밀어냈다. 보트는 좌우로 흔들흔들 선창으로부터 멀어져 가며 밤 속의 작은 섬이 되었다……

……다음 날 아침, 바질이 짐을 싸고 있을 때 미니가 방문을 열고 들어와 그의 곁에 섰다. 빳빳하게 풀 먹인 흰색 원피스를 입은 그녀의 얼굴이 흥분으로 빛나고 있었다.

"바질, 들어봐! 말해 줄 게 있어. 아침 먹고 나서 아빠가 그러시는데, 조지 삼촌한테 너처럼 착하고 점잖고 신중한 남자애는 처음 봤다고 말씀하셨대. 그리고 빌은 이번 달에 과외 수업을 받아야 하니까, 네가 가족한테 허락받고 2주 동안 우리랑 같이 글레이셔 공원에 가면 어떨까 하고 조지 삼촌한테 물어보셨대. 나랑 같이 다닐 사람이 있으면 좋으니까 말이야." 두 사람은 손을 잡고 방 안을 펄쩍펄쩍 뛰어다녔다. "넌 모르는 척하고 있어. 아빠가 너희 어머니한테 편지도 쓰고 이것저것 처리해야 할 테니까. 바질, 정말 근사하지 않아?"

그래서 11시에 바질이 떠날 때 그들은 이별을 전혀 슬퍼하지 않았다. 비블 씨는 신문을 사러 나가는 김에 바질을 기차역까지 데려다주기로 했고, 자동차가 떠날 때까지 두 젊은이의 눈은 반짝였으며 그들이 흔드는 손에는 비밀스러운 약속이 숨어 있었다.

바질은 행복감에 취한 채 좌석에 몸을 묻었다. 긴장이 풀렸다. 성공적인 방문이 되어 무척 기뻤다. 그는 미니를 사랑했다. 그의 옆에 앉아 있는 그녀의 아버지, 그녀와 가까이 지내면서 그 미소에 흠뻑 취할 수 있는 특권을 가진 그녀의 아버지마저 사랑했다.

비블 씨는 시가에 불을 붙이며 말했다. "날씨가 좋군. 10월 말까지는 참 좋단 말이야."

"근사하죠." 바질이 동감했다. "저는 동부에 있는 학교에 다녀서 이곳의 10월을 놓칠 거예요."

"대학을 준비하고 있나?"

"네, 예일대 진학을 준비하고 있어요." 즐거운 생각 하나가 새롭게 떠올랐다. 바질은 망설였지만, 그에게 호감이 있는 비블 씨라면 함께 기뻐해 줄 것 같았다. "올봄에 예비 시험을 봤는데, 일곱 과목 중에 여섯 과목을 통과했어요."

"잘됐군!"

바질은 또 머뭇거리다 말을 이었다. "고대사는 A, 영국사와 영어A는 B를 받았어요. 그리고 대수학A와 라틴어A, B는 C 학점을 받았고요. 프랑스어A는 낙제했어요."

"훌륭해!"

"전부 다 통과했어야 했는데," 바질은 계속 말했다. "처음엔 공부를 열심히 안 했거든요. 제가 동기들 중에 제일 어렸고, 그래서 좀 자만했어요."

글레이셔 국립공원으로 데려갈 아이가 멍청이는 아니라는 사실을 비블 씨에게 알려두면 좋을 것 같았다. 비블 씨는 시가를 길게 한 모금 빨았다.

바질은 자신이 한 말을 곱씹다가 마지막 발언은 이상하게 들릴 것 같아서 조금 덧붙였다.

"정확히 말하면 자만한 건 아니고, 딱히 공부할 필요가 없었던 거예요. 영어 시간에 배운 작품들은 거의 다 전에 읽었고, 역사책도 많이 읽었거든요." 바질은 잠깐 말을 끊었다가 다시 이어나갔다. "그러니까, 자만했다고 하면, '오, 내가 얼마나 많이 아는지 한 번 봐!'라면서 우쭐댔다고 생각하실지도 모르겠지만, 그런 건 아니었어요. 그러니까, 제가 모든 걸 안다고 생각한 게 아니라, 뭐랄까……."

바질이 적절한 단어를 고르는 동안, 비블 씨가 "흠!" 하고 말하며 호수의 한 곳을 담배로 가리켰다.

"보트가 있군."

"네." 바질이 맞장구를 쳤다. "전 항해에 대해선 잘 몰라요. 좋아한 적이 없거든요. 물론 배를 타고 나가본 적은 많지만, 파도가 거칠 때 말고는 대부분 할 일 없이 앉아 있기만 하잖아요. 저는 풋볼을 좋아해요."

"흠!" 비블 씨가 말했다. "내가 네 나이였을 땐 매일 외돛배를 타고 멕시코만으로 나갔지."

"좋아한다면 재미있겠죠." 바질은 인정했다.

"내 인생에서 가장 행복한 시절이었어."

기차역이 시야에 들어왔다. 바질은 마지막으로 다정한 말 한 마디를 건네야겠다는 생각이 들었다.

"따님이 정말 매력적이에요, 비블 씨. 제가 여자애들이랑 잘 어울리는 편이지만 걔들이 마음에 든 적은 별로 없거든요. 그런데 따님은 제가 만난 여자애들 중에 가장 매력적이에요." 그때 차가 멈춰 서자 약간 불안해진 바질은 자조적인 웃음을 작게 뱉으며 충동적으로 덧붙였다. "안녕히 가세요. 제가 너무 많이 떠든 건 아닌지 모르겠네요."

"아니야." 비블 씨가 말했다. "행운을 비네. 잘 가게."

몇 분 후, 바질이 탄 기차는 이미 출발했고, 비블 씨는 가판대에서 신문을 사며 7월 낮의 무더위에 땀투성이가 된 이마를 닦고 있었다.

"내 이럴 줄 알았지! 뭐든 섣불리 결정하면 안 된다니까." 그는 격하게 흥분해서는 혼자 중얼거리고 있었다. "글레이셔 공원에서 그 풋내기가 계속 자기 얘기만 지껄여대는 걸 듣는다고 상상해 봐! 잠깐이나마 차에 같이 탄 보람이 있군!"

바질은 집에 도착하자마자 말 그대로 앉아서 기다렸다. 웬만해선 집을 떠나지 않았고, 잠깐 바람을 쐬러 가까운 상점에 나가더라도 번개같이 달려서 돌아왔다. 전화 소리나 초인종이 울릴 때마다 전기의자에 앉은 것처럼 움찔 놀라며 몸이 굳어버렸다.

그날 오후 바질은 지명들을 담은 경이로운 시 한 편을 지어 미니에게 부쳤다.

파리의 어여쁜 꽃들이든
로마의 붉은 장미들이든
빈의 구슬픈 눈물이든
당신이 방랑하는 곳 어디든 슬프다네,
나는 호숫가에서의 그날 밤을 생각한다오,
환하게 빛나던 달과 별들을,
향수처럼 아릿한 그 냄새를,
스패니시 기타의 선율을.

하지만 월요일이 지나고 화요일이 다 저물어 가는데도 깜깜 무소식이었다. 그리고 이튿날 오후 늦게, 그가 넋이라도 나간 듯이 방 저 방 돌아다니며 창밖으로 휑하고 생기 없는 거리를 내다보고 있을 때 미니에게서 전화가 왔다.

"여보세요?" 바질의 심장이 사납게 날뛰기 시작했다.

"바질, 오늘 오후에 우리는 떠나."

"떠난다고!" 바질은 멍하니 그녀의 말을 따라 했다.

"오, 바질, 정말 미안해. 아빠가 마음을 바꾸셨어. 우리끼리만 서부로 갈 거래."

"아!"

"정말 미안해, 바질."

"난 어차피 못 갔을지도 몰라."

잠깐 정적이 흘렀다. 전화선 너머로 미니의 존재를 느끼며 바질은 말을 뱉기는커녕 숨도 제대로 쉴 수 없었다.

"바질, 내 말 들려?"

"응."

"아마 이쪽으로 돌아올 거야. 어차피 우린 이번 겨울에 뉴욕에서 만날 거잖아."

"그래." 바질은 이렇게 말하고는 돌연 덧붙였다. "어쩌면 다시는 못 만날지도 모르지."

"당연히 만날 거야. 사람들이 날 불러, 바질. 가야겠어. 안녕."

바질은 큰 슬픔에 빠진 채 전화기 옆에 앉아 있었다. 한 시간 후 하녀는 식탁으로 고개를 푹 수그리고 있는 바질을 발견했다. 미니가 말해 주진 않았지만, 어떻게 된 일인지 뻔했다. 그가 늘 저지르는 실수를 반복해, 사흘간의 훌륭한 처신을 30분 만에 허사로 만들어버린 것이다. 지금의 그에겐 전혀 위로가 되지 않겠지만, 차라리 잘된 일이었다. 여행 중에 언젠가는 또 평소의 습관이 도질 테고, 그러면 안 가느니만 못한 상황에 처할 것이 뻔했다. 비록 이렇게 슬프지는 않겠지만. 지금 바질의 머릿속에는 미니가 떠났다는 생각뿐이었다.

그는 당혹스럽고 억울하고 비참한 심정으로 침대에 누웠지만, 패배감에 마냥 쓰러져 있지만은 않았다. 그의 영혼에 채찍질을 해대던 바로 그 활력으로 상처를 훌훌 털어냈다. 그 상처를 잊지 않고, 그 상처를 품은 채 새로운 실패와 새로운 속죄, 미지의 운명을 향해 나아갔다.

이틀 후 어머니가 바질에게 전하기를, 할아버지가 자신이 전기차를 사용하지 않는 오후에 바질이 차를 써도 좋다고 허락했다고 했다. 배터리가 닳지 않도록 계속 충전하고 일주일에 한 번 세차한다는 조건이 붙었다. 두 시간 후 바질은 차를 몰고 나갔다. 기어가 허락하는 최고 속도로 크레스트 애비뉴를 미끄러지

듯 달리며, 마치 스터츠 베어캣을 모는 양 몸을 뒤로 한껏 젖혔다. 이모진 비슬이 그녀의 집 앞에서 손을 흔들자 바질은 망설이다가 차를 세웠다.

"차 생겼네!"

"할아버지 거야." 바질은 겸손하게 답했다. "너도 세인트크로이 파티에 간 줄 알았는데."

그녀는 고개를 저었다. "엄마가 보내줘야 가지. 여자애들은 몇 명밖에 안 갔어. 미니애폴리스에서 큰 사고가 있었다. 그래서 엄마가 열여덟 살 넘은 사람이 운전하는 차가 아니면 타지 말래."

"저기, 이모진, 네 어머니가 말씀하신 차에 전기차도 포함될까?"

"글쎄, 생각해 본 적 없는데. 모르겠어. 가서 물어볼게."

"시속 20킬로미터를 안 넘을 거라고 말씀드려." 바질은 그녀 뒤로 소리쳤다.

잠시 후 이모진이 즐겁게 인도를 달려와서 외쳤다. "가도 된대, 바질. 엄마가 전기차 사고는 못 들어봤대. 우리 이제 뭐 할까?"

"뭐든 좋아." 바질은 거친 목소리로 말했다. "이 자동차가 시속 20킬로미터밖에 못 달린다는 뜻은 아니었어. 시속 25킬로미터로 달릴 거야. 스미스 카페에 가서 클라레 레모네이드 마시자."

"어머, 바질 리!"

포로가 된 새도

1

바질 듀크 리는 현관문을 닫고 들어가 다이닝 룸의 불을 켰다. 어머니의 목소리가 나른하게 아래층으로 떠내려왔다.

"바질, 너니?"

"아니요, 엄마, 도둑이에요."

"열다섯 살짜리 애가 12시에 들어오다니, 너무 늦은 거 아니니?"

"스미스 카페에 가서 소다수 마셨어요."

새로운 책임이 생길 때마다 바질은 '열여섯 살이 다 된 소년'이었지만, 어떤 특권이 문제가 될 때면 여지없는 '열다섯 살짜리 애'가 되어버렸다.

위에서 발소리가 들리더니, 기모노풍의 가운을 입은 리 부인이 1층과 2층 사이의 층계참으로 내려왔다.

"리플리랑 같이 본 연극은 재미있었니?"

"네, 아주 재미있었어요."

"무슨 내용이었는데?"

"어, 그냥 어떤 남자 이야기예요. 평범한 연극이었어요."

"연극 제목이 뭐였어?"

"〈당신은 메이슨[1]인가요?*Are You a Mason?*〉"

1 18세기 초 영국에서 세계시민주의적·인도주의적 우애를 목적으로 설립된 비밀 단체 프리메이슨의 단원.

"오."

어머니는 별다른 반응을 보이지 못하고 바질의 똘똘하고 진지한 얼굴을 뚫어져라 쳐다보기만 했다. 그런 어머니의 시선에 바질도 꼼짝하지 못했다. "자러 갈 거니?"

"뭐 좀 먹고요."

"또 먹어?"

잠시 바질은 대답하지 못했다. 거실의 유리문 책장 앞에 서 있던 그는 유리를 끼운 듯 멀건 눈으로 그 안의 책들을 살펴보았다. "연극을 만들려고요." 바질이 뜬금없이 말했다. "내가 쓸 거예요."

"그래, 그것도 좋겠구나. 얼른 가서 자렴. 어젯밤에도 늦게까지 깨어 있었잖아. 그러다 눈 밑이 새까매지겠다."

바질은 책장에서 『밴 비버와 다른 사람들 *Van Bibber and Others*』을 뽑아 든 후, 커다란 접시에 딸기를 담고 아이스크림을 조금 얹어 먹으며 읽었다. 거실로 돌아와서는 소화도 시킬 겸 피아노 앞에 몇 분 앉아, 〈야밤의 아들들 *The Midnight Sons*〉에 나오는 한 곡의 현란한 커버를 물끄러미 바라보았다. 휘황찬란한 타임스스퀘어를 배경으로, 야회복 차림에 오페라해트를 쓴 세 남자가 브로드웨이를 유쾌하게 걸어가는 모습이 그려져 있었다.

그 뮤지컬이 지금 그가 좋아하는 예술 작품이냐고 묻는다면 바질은 손사래를 쳤을 것이다. 하지만 사실은 그랬다. 그는 위층으로 올라갔다. 책상 서랍에서 작문 노트를 꺼내어 펼쳤다.

바질 듀크 리
세인트레지스 스쿨
코네티컷주 이스트체스터

5학년 프랑스어

그리고 다음 페이지, '불규칙 동사' 밑에는 이렇게 쓰여 있었다.

현재 시제

je connais nous con

tu connais

il connait

바질은 한 장 더 넘겼다.

워싱턴 스퀘어 씨

뮤지컬 코미디

작가: 바질 듀크 리

음악: 빅터 허버트

1막

뉴욕 부근, 백만장자 클럽의 현관.

오프닝 코러스, 레일리아와 데뷔탕트[1]들:

우린 조용히 노래하지 않아, 우린 시끄럽게 노래하지 않아

아무도 오프닝 코러스를 들어주지 않았으니.

우린 아주 흥겨운 사람들

하지만 그 누구도 오프닝 코러스를 들어주지 않았다네.

---

1 사교계에 데뷔하는 상류층 여성.

우린 그저 흥이 넘치는 데뷔탕트들
그 무엇도 우리를 따분하게 만들지 못하지.
우린 사교계에서 가장 재치 있고, 가장 어여쁜 이들이니까.
하지만 그 누구도 오프닝 코러스를 들어주지 않았다네.

레일리아(앞으로 나오며): 저기, 애들아, 오늘 워싱턴 스퀘어 씨가 여기 오셨니?

바질은 또 한 장 넘겼다. 레일리아의 질문에 대한 답은 없었다. 대신에 새로운 제목이 대문자로 적혀 있었다.

딸꾹! 딸꾹! 딸꾹!
1막짜리 유쾌한 익살극
작가: 바질 듀크 리

장면:
뉴욕시 브로드웨이 부근의 최신식 아파트. 자정이 다 된 시각. 막이 오르면 문을 똑똑 두드리는 소리가 들리고, 몇 분 후 문이 열리면서 야회복을 차려입은 미남이 벗과 함께 들어온다. 발음이 어눌하고 코가 빨간 걸 보면 술에 취한 것이 분명하고, 제대로 서 있지도 못한다. 그가 불을 켜고 무대 중앙으로 들어온다.
스타이버선트: 딸꾹! 딸꾹! 딸꾹!
오하라(그의 벗): 어럽쇼, 저녁 내내 그 말뿐이군.

바질은 한 장 넘기고 또 넘기며 급하게 읽어봤지만, 흥미가 돋지는 않았다.

펌프킨 교수: 자, 당신이 그렇게 많이 배운 사람이라면, '이 것'을 의미하는 라틴어를 말해 줄 수 있겠군요.

스타이버선트: 딸꾹! 딸꾹! 딸꾹![1]

펌프킨 교수: 정답이오. 과연 대단하시구려. 나는······.

〈딸꾹! 딸꾹! 딸꾹!〉은 이렇게 문장 중간에 끝나고 말았다. 지난 두 작품이 흐지부지됐건 말건 다음 페이지에서 변함없이 다부진 글씨로 새로운 작품이 시작되었고, 제목에 진한 밑줄이 그어져 있었다.

포로가 된 새도

3막짜리 통속적 익살극

작가: 바질 듀크 리

장면:

세 막의 무대 모두 뉴욕의 밴 베이커 가족 저택의 서재. 한쪽에 켜진 붉은 램프, X자로 가로질러진 창들과 투구들, 기다란 쿠션 의자 등으로 꾸며져 있어, 전반적으로 동양의 서재 같은 분위기가 풍긴다.

막이 오르면 손더스 양, 레일리아 밴 베이커, 에스텔라 카레이지가 테이블에 앉아 있다. 손더스 양은 마흔 살 정도의 애교 많은 노처녀, 레일리아는 검은 머리의 미인이다. 에스텔라

---

1 'hic'은 영어로 딸꾹질하는 소리를 나타내는 의성어이지만, 라틴어로는 '이것, 이 사람' 등을 의미하는 지시대명사이다.

의 머리칼은 밝은색이다. 세 사람은 인상적인 조합을 이룬다.

〈포로가 된 섀도〉는 노트의 나머지를 채우다 못해 낱장들까지 추가되어 있었다. 이야기가 갑자기 뚝 끊어지자 바질은 생각에 잠긴 채 잠깐 앉아 있었다. 뉴욕에서는 사기꾼이나 도둑이 주인공으로 등장하는 코미디가 유행이었고, 그가 봤던 두 편의 분위기와 약동감, 그 정밀하고 강렬한 이미지가 아직도 생생히 기억에 남아 있었다. 당시의 이런 코미디들은 창밖에, 문 너머에 존재하는 세계보다 훨씬 더 넓고 더 화려한 세계를 보여주는, 굉장히 암시적인 작품들이었다. 바질 이전의 작가들은 〈오피서 666 *Officer 666*〉[2]을 의식적으로 모방하려 들기보다는 이렇듯 암시된 세계에 영감을 받았다. 이제 바질은 새 메모장의 첫 장에 '제2막'이라고 활자체로 적은 다음 집필을 시작했다.

한 시간이 지났다. 그는 우스갯소리 모음집이나 윌버포스 주교[3]와 시드니 스미스[4]의 퇴색한 빅토리아풍 해학이 그대로 담긴 오래된 만담집을 여러 차례 참고했다. 그의 이야기 속에서 문이 천천히 움직이며 열리는 순간, 계단에서 삐걱하는 소리가 들렸다. 바질은 겁에 질려 바르르 떨며 벌떡 일어났지만, 아무 일도 벌어지지 않았다. 흰 나방 한 마리가 방충망에 몸을 부딪고, 도시 저 멀리서 30분을 알리는 시계 종이 울리고, 바깥의 나무 한 그루에서 새가 날개를 퍼덕일 뿐이었다.

4시 반에 화장실로 가던 바질은 창밖으로 벌써 아침이 밝아오

---

2 1912년에 흥행했던 브로드웨이 코미디.
3 빅토리아 여왕 시대의 영국 국교회 성직자로 옥스퍼드의 주교를 지냈던 새뮤얼 윌버포스.
4 영국의 재담가, 작가, 영국 국교회 성직자였다.

는 걸 보고는 깜짝 놀랐다. 밤을 꼴딱 새운 것이다. 밤을 꼴딱 새우는 사람은 미치광이가 된다는 사실이 떠오른 그는 복도에 얼어붙은 듯 서서 자신의 마음속 말에 귀 기울이고, 자기가 미쳐가고 있는지 아닌지 느껴보려 무진 애를 썼다. 주변의 모든 것이 기이하리만치 비현실적으로 보이자 미친 듯이 방으로 도로 달려가, 사라져 가는 밤을 뒤쫓아 허겁지겁 옷을 벗어 던졌다. 옷을 벗은 그는 아쉬운 듯 원고 더미를 마지막으로 한 번 힐끔 쳐다보았다. 그의 머릿속에 다음 장면이 통째로 들어 있었다. 이제 막 시작되려는 광기와의 타협안으로, 침대에 들어가 한 시간 더 썼다.

다음 날 아침 느지막이, 원칙적으로는 바질네 가족의 하인들인 무자비한 스칸디나비아인 자매 중 한 명이 고함을 지르며 바질을 험하게 깨웠다. "11시야! 5분이나 지났어!"

"좀 내버려둬요." 바질은 웅얼거렸다. "왜 깨워요?"

"밑에 누가 와 있거든." 바질은 눈을 떴다. "네가 어젯밤에 크림을 전부 먹어치웠지." 힐다의 말이 이어졌다. "네 엄마가 커피에 넣을 크림이 없잖아."

"전부라니!" 바질은 발끈했다. "무슨 소리예요, 더 있는 걸 봤는데."

"그건 상했어."

"내가 미쳐." 바질은 일어나 앉으며 소리쳤다. "정말 미치겠네!"

힐다는 그가 당황스러워하는 모습을 잠시 즐기다가 "리플리가 왔어"라는 말을 남기고 나가면서 문을 닫았다.

"걔한테 올라오라고 해요!" 바질은 그녀의 등에 대고 외쳤다. "힐다, 1분이라도 내 말 좀 들어주면 안 돼요? 나한테 온 우편물 없어요?"

아무런 답도 없었다. 잠시 후 리플리가 들어왔다.

"야, 아직도 안 일어났냐?"

"밤새도록 연극 대본 썼거든. 2막까지 거의 끝냈어." 바질은 책상을 가리켰다.

"그 얘길 하러 왔는데, 엄마가 핼리버턴 선생님이랑 같이 준비하래."

"왜?"

"그냥 선생님이 우리랑 같이 있는 거지."

핼리버턴 선생은 프랑스어와 브리지 게임을 가르치는 교사였다. 비공식적인 샤프롱이자 아이들의 친구인 좋은 사람이었지만, 바질은 그녀의 감독을 받으면 이 연극이 아마추어 작품처럼 보일 것만 같았다.

"선생님이 간섭 안 할 거야." 리플리가 말을 이었다. 자기 어머니에게 들은 대로 옮기는 것이 분명했다. "우리가 의논했던 것처럼 내가 영업 관리를 맡고 네가 연극을 연출하면 돼. 하지만 선생님이 옆에서 애들한테 대사도 일러주고, 연습 때 질서도 잡아주고 하면 좋잖아. 그럼 여자애 엄마들도 마음 놓을 거야."

"알겠어." 바질은 마지못해 찬성했다. "이제 누구한테 배역을 맡길지 생각해 보자. 우선, 남자 주인공은 섀도라는 괴도 신사야. 마지막에 가서야 그가 진짜 도둑이 아니라, 내기를 걸고 도둑질을 하는 젊은 한량이라는 사실이 밝혀지지."

"그건 네가 해."

"아니, 네가 해."

"무슨 소리야! 네가 연기를 제일 잘하잖아." 리플리가 항의했다.

"아니, 나는 더 작은 역할을 맡을 거야. 그래야 연기 지도를 할 수 있잖아."

"아니, 난 영업 관리를 맡기로 했잖아?"

여배우를 뽑기가 어려웠다. 모든 여자애들이 배역을 탐낼 터였다. 바질과 리플리는 결국 이모진 비슬을 여자 주인공으로 결정했다. 주인공의 친구는 마거릿 토런스, '마흔 살 정도의 애교 많은 노처녀'는 코니 데이비스로 정해졌다.

제외된 여자애들이 기분 나빠할 거라는 리플리의 의견에 따라, 바질은 '그저 부엌에서 들여다보는' 하녀와 요리사를 한 명씩 추가했다. 하녀 두세 명과 '바느질하는 여자', 훈련된 간호사도 있어야 한다는 리플리의 추가 제안은 단호히 거절했다. 그렇게 여자들이 많은 집에서는 아무리 그림자 같은 괴도 신사라도 쉽사리 움직이지 못할 거라는 이유에서였다.

"두 사람은 절대 안 끼워줄 거야." 바질이 신중하게 말했다. "조 고먼이랑 휴버트 블레어."

"휴버트 블레어가 끼면 난 빠질래." 리플리가 단언했다.

"나도."

바질과 리플리는 거의 기적을 부리듯 여자애들의 마음을 사로잡아 버리는 휴버트를 보면 배가 아팠다.

배우 후보들에게 전화를 걸기 시작한 그들은 처음부터 실패의 쓴맛을 보았다. 이모진 비슬은 맹장 제거 수술을 위해 미네소타주 로체스터에 가서 3주 후에나 돌아올 거라고 했다.

그들은 고민에 빠졌다.

"마거릿 토런스는 어때?"

바질은 고개를 저었다. 그가 생각하는 레일리아 밴 베이커는 마거릿 토런스보다 더 특별하고 더 생기 넘치는 사람이었다. 바질의 머릿속에 레일리아의 모습이 구체적으로 그려져 있는 건 아니었다. 차라리 방 여기저기에 핀으로 꽂혀 있는 해리슨 피셔의 여인들이 더 현실감 있었다. 하지만 어쨌든 마거릿 토런스는 레일리아가 아니었다. 레일리아는 전화만 하면 30분 만에 볼 수 있는 그런 여자가 아니었다.

바질은 후보들을 한 명 한 명 제거해 나갔다. 마침내 그의 눈앞에 얼굴 하나가 번쩍이기 시작했다. 처음엔 뜬금없다 싶었지만 그 얼굴은 사라질 기미가 안 보였고, 그래서 결국 바질은 그 이름을 말했다.

"이블린 비비."

"누구?"

이블린 비비는 열여섯 살밖에 되지 않았지만 조숙한 매력 때문에 더 나이 들어 보였고, 바질에게는 여주인공 레일리아 밴 베이커와 같은 세대처럼 느껴졌다. 사라 베르나르[1]에게 연기를 부탁하는 것과 크게 다를 바 없었지만, 그녀의 이름이 한 번 떠오르고 나니 다른 후보들은 성에 차지 않았다.

정오에 그들은 비비네 집의 초인종을 울렸고, 이블린이 직접 문을 열어주자 민망함에 온몸이 굳어버렸다. 이블린은 적잖이 놀랐지만, 예의 바르게 별다른 내색 없이 그들을 집 안으로 들였다.

갑자기, 거실 입구에 처진 커튼 사이로 골프용 니커보커스를 입은 젊은 남자가 보였다.

"우린 그냥 안 들어갈래." 바질이 얼른 말했다.

"나중에 다시 올게." 리플리가 덧붙였다.

두 사람이 황급히 문을 향해 걸음을 떼기 시작하자 이블린이 그들을 막아섰다.

"바보처럼 왜 이래." 그녀는 그들을 보내줄 생각이 없었다. "그

---

1 프랑스의 연극배우로, 19세기 유럽과 미국의 대표적인 여성 배우 중 한 명이었다.

냥 앤디 록하트야."

그냥 앤디 록하트—열여덟 살에 웨스턴 골프 챔피언십 우승, 신입생 야구부 주장, 뭘 시도하든 성공해 내는 미남, 화려하고 찬란한 예일 세계의 살아 있는 상징. 1년 동안 바질은 앤디 록하트의 걸음걸이를 따라 했고, 앤디 록하트처럼 악보 없이 피아노를 연주하려고 시도했다가 실패했다.

바질과 리플리는 달아나지 못하고 거실로 조금씩 조금씩 떠밀려 들어갔다. 주제넘고 터무니없는 계획을 세웠구나 하는 후회가 문득 엄습해 왔다.

그들의 상태를 알아차린 이블린은 유쾌한 농담으로 그들을 달래려 애썼다.

"네가 나를 보러 올 때도 됐지." 그녀가 바질에게 말했다. "매일 밤 집에서 널 기다렸다니까. 데이비스네 집에서 열린 파티 후로 쭉. 왜 이제야 왔어?"

바질은 미소도 짓지 못한 채 멍하니 그녀를 응시하다가 중얼거렸다. "날 기다렸다고?"

"그렇다니까. 왜 그동안 날 무시했는지 앉아서 얘기해 봐! 너희 둘 다 아름다운 이모진 비슬을 열심히 쫓아다니는 것 같더라."

"아니, 그게……." 바질이 말했다. "저, 어디서 들었는데, 걔가 맹장염 같은 병에 걸렸대, 그래서……." 이제 그의 목소리는 들리지 않았다. 피아노 앞에 앉아 있던 앤디 록하트가 잔잔한 화음을 연달아 연주하기 시작한 것이다. 그 화음은 탱고의 괴이한 의붓자식과도 같은 마시시[1]로 변했다. 양탄자를 뒤로 차버리고 치

1 브라질식 탱고.

마를 살짝 들어 올린 채 이블린은 구두 굽으로 바닥을 능숙하게 두드리며 한 바퀴 빙 돌았다.

바질과 리플리는 소파 위의 쿠션처럼 미동 없이 앉아 그녀를 지켜보았다. 그녀는 거의 아름다웠다. 다소 큼직한 이목구비와 맑고 생기 넘치는 혈색 뒤에서 그녀의 마음이 까르르 웃는 듯했다. 그녀의 목소리와 나긋나긋한 몸은 모든 가까운 소리와 움직임을 쉴 새 없이 우스꽝스레 흉내 내고 있었다. 그녀를 싫어하는 이들조차 "이블린은 항상 우리를 웃게 만들어"라고 인정할 수밖에 없는 것이다. 그녀가 발을 헛디딘 척 놀란 표정으로 피아노를 붙잡으며 춤을 마쳤을 때 바질과 리플리는 킥킥거렸다. 그들이 조금 편안해진 듯 보이자 이블린은 그들 곁으로 가서 앉았다. "내 몸이 뜻대로 안 움직여주네." 이블린의 말에 그들은 또 웃음을 터뜨렸다.

"우리 연극의 여주인공을 맡아줄래?" 바질이 느닷없이 간절하게 물었다. "마틴데일 스쿨에서 공연할 거야, 유아 복지를 후원하는 의미로."

"바질, 이건 너무 갑작스럽잖아."

앤디 록하트가 피아노에서 몸을 돌렸다.

"무슨 공연? 민스트럴 쇼?[2]"

"아니, 〈포로가 된 새도〉라는 연극인데, 괴도가 주인공이야. 헬리버턴 선생님이 지도해 주실 거고." 이 이름 뒤에 숨으면 참 편하구나 하는 생각이 문득 들었다.

"〈개인 비서 *The Private Secretary*〉[3] 같은 걸 하지 그래?" 앤디가 끼어들

---

2 19세기 중후반 미국에서 유행했던 코미디 쇼로, 얼굴을 검게 분장한 백인들이 흑인풍의 노래와 춤으로 흑인 노예의 삶을 희화화했다.

3 1883년에 공연된 3막짜리 익살극.

었다. "너희한테 어울리는 연극이 하나 있어. 작년에 우리 학교에서 한 건데."

"아, 아니야, 이미 결정됐어." 바질은 얼른 말했다. "내가 쓴 극본으로 공연할 거야."

"네가 썼다고?" 이블린이 감탄하며 외쳤다.

"응."

"세상에!" 앤디는 이렇게 말하고는 다시 피아노를 연주하기 시작했다.

"저기, 이블린." 바질이 말했다. "딱 3주면 돼. 여주인공을 맡아 줘."

그녀는 웃었다. "오, 아니. 난 못 해. 이모진한테 부탁해 보지 그러니?"

"걘 아프다니까. 저기……."

"그럼 마거릿 토런스는 어때?"

"다른 사람은 안 돼."

직접적인 호소에 마음이 흔들린 그녀는 잠시 망설였다. 하지만 웨스턴 골프 챔피언십의 영웅께서 짓궂게 씩 웃으며 피아노에서 돌아보자 이블린은 고개를 저었다.

"난 안 되겠어, 바질. 가족이랑 동부로 갈 거라서."

바질과 리플리는 마지못해 일어났다.

"정말 네가 해줬으면 좋겠어, 이블린."

"나도 아쉬워."

그녀를 원하는 마음이 더욱 간절해진 바질은 뭉그적대며 머리를 재빨리 굴렸다. 이블린 없이는 연극을 계속 진행할 의미가 없을 것 같았다. 절박한 응급책이 갑자기 그의 입에서 튀어나왔다.

"네가 함께해 주면 정말 멋질 거야. 그리고, 남자 주인공은 휴버트 블레어가 맡을 거거든."

바질은 숨도 못 쉬고 그녀를 지켜보았다. 망설이는 기색이 보였다.

"잘 있어." 바질이 말했다.

이블린은 문까지 그들을 배웅해 준 후 얼굴을 찡그리며 베란다로 나왔다.

"연습이 얼마나 걸릴 거라고 했지?" 그녀는 조심스럽게 물었다.

2

사흘 후 8월의 어느 저녁, 바질은 핼리버턴 선생의 베란다에서 출연진에게 극본을 읽어주었다. 그는 긴장했고, 처음엔 "더 크게.", "너무 빨라." 같은 불만들이 끼어들었다. 익살맞은 두 도둑의 재담—웨버와 필즈[1]가 써먹었던 재담—에 청중이 재미를 붙이기 시작한 바로 그때, 뒤늦게 도착한 휴버트 블레어 때문에 흐름이 끊기고 말았다.

휴버트는 두세 가지의 비범한 재주를 빼면 다소 천박한 열다섯 살 소년이었다. 하지만 한 가지 좋은 점이 눈에 띄면 더 많은 무언가가 있으리라 기대하게 되는 법이다. 소녀들은 그의 변덕스러운 마음을 인내하고 그의 근본적인 무심함을 극복할 수 있으리라 믿으며, 그의 별것 아닌 장점에도 환호했다. 소녀들은 그의 번득이는 자신감에, 사람의 마음을 농락하는 약삭빠른 재주를 가려버리는 그의 귀여운 천진함에, 그의 놀랍도록 우아한 몸놀림에 매료되었다. 다리가 길고 신체 비율이 훌륭한 그는 대개는 '땅딸막한' 사람들만 보여줄 수 있는, 마치 곡예사와도 같은

1 20세기 초반 인기를 끌었던 코미디 듀오, 조 웨버와 루 필즈.

균형 감각을 갖고 있었다. 끊임없이 몸을 움직이는 그를 보고 있으면 즐거웠다. 그에게서 어떤 신비로운 약속을 발견하고 호기심 이상의 감정으로 오랫동안 그를 지켜본 연상의 소녀가 비단 이블린 비비뿐만은 아니었다. 지금 휴버트는 동그랗고 앙증맞은 얼굴에 짐짓 경건한 표정을 띠고서 문간에 서 있었다.

"실례지만," 그가 말했다. "여기가 제일 감리교 감독 교회 맞아?" 모두가 웃었다—바질마저. "몰랐어. 교회는 맞는데, 자리를 잘못 찾아온 줄 알았지."

그들은 약간 허탈하게 또 한 번 웃었다. 바질은 휴버트가 이블린 비비 옆에 앉을 때까지 기다렸다가 극본을 다시 읽기 시작했다. 하지만 다른 아이들은 의자 앞다리를 들어 올린 채 균형을 잡고 있는 휴버트에게 정신이 팔려 있었다. 이 실험에 동반된 삐걱거리는 소리는 극본 낭독 내내 배경음으로 깔렸다. "자, 이제네 차례야, 휴버트." 바질의 절박한 말에 비로소 모두의 관심이 연극으로 돌아왔다.

바질은 한 시간 넘게 극본을 읽었다. 마지막에 그가 작문 노트를 덮고 수줍게 고개를 들자, 아이들 사이에서 자발적으로 박수가 터져 나왔다. 그는 본보기로 삼은 작품들을 충실히 따랐고, 기괴한 내용이긴 하지만 결과물은 흥미로웠다—한 편의 연극이 완성된 것이다. 나중에 그는 남아서 핼리버턴 선생과 얘기를 나눈 후 잔뜩 설레는 기분으로 집까지 걸어가, 8월의 밤이 깊어가도록 혼자서 조금 연습을 했다.

연습 첫 주에 바질은 객석과 무대를 오가며 소리 지르기 바빴다. "아니야! 여길 봐, 코니. 이런 식으로 들어오라니까."

그러다 이런저런 문제가 생기기 시작했다. 어느 날 연습 현장에 찾아온 밴 셸링어 부인이 나중에 선언하듯 말했다. '범죄자들에 관한 연극'에 글래디스를 출연시킬 수 없다고. 이 요소를 제거할 수 있다는 것이 그녀의 생각이었다. 이를테면, 익살맞은 도둑 두 명을 '재미있는 두 농부'로 바꾸면 된다.

바질은 등골이 오싹해졌다. 그녀가 떠난 뒤 바질은 핼리버턴 선생에게 아무것도 바꾸지 않겠다고 단언했다. 다행히도 글래디스는 요리사 역을 맡았고, 별 의미 없이 끼워 넣은 역할이라 당장에 뺄 수 있었다. 하지만 그녀의 부재는 다른 방식으로 체감되었다. 그녀는 차분하고 유순하며 '마을에서 가장 세심하게 교육받으며 자란 소녀'였다. 그녀가 사라지자 연습 시간이 어수선해지기 시작했다. 1막의 "밴 베이커 부인께 여쭤보겠습니다.", 3막의 "아닙니다, 부인." 같은 대사밖에 없는 아이들은 그사이에 산만하게 굴었다. 그래서 바질은 이런 소리를 입에 달고 살았다.

"저 개 좀 조용히 시켜, 아니면 집에 보내버리든가!"

"하녀는 어디 갔어? 일어나, 마거릿, 제발 좀!"

"뭐가 그렇게 웃겨?"

무엇보다 휴버트 블레어를 요령껏 관리하는 것이 가장 큰 문제였다. 휴버트는 대사를 외우지 않는다는 점만 빼면 만족스러운 주인공이었지만, 무대 밖에서는 골칫덩어리였다. 끝없이 이블린 비비에게 잔재주를 부리는 것이었다. 복도에서 그녀를 음탕하게 뒤쫓는다거나, 어깨에 얹은 땅콩을 튕겨 신기하게 무대 위로 안착시켰다. 얌전히 있으라고 하면, "쳇, 너나 좀 닥쳐"라고 중얼거리곤 했다. 정확히 들리지는 않았지만, 바질이 그 내용을 짐작할 수 있을 만큼 충분히 큰 목소리였다.

반면, 이블린 비비는 바질이 기대했던 그대로였다. 무대에 올라가기만 하면 그녀는 숨 막힐 듯한 존재감으로 주의를 집중시켰고, 바질은 이 사실을 인정하여 그녀의 비중을 늘렸다. 그는 이블린과 휴버트가 둘이 함께 등장하는 장면들을 꽤나 감상적으로 즐기는 것이 부러웠고, 거의 매일 밤 연습이 끝난 후 둘이서 휴버트의 차를 타고 떠나는 모습을 보면서 사사롭지 않은 막연한 질투를 느꼈다. 연습이 2주 정도 진행된 어느 날 오후, 휴버트가 한 시간 늦게 나타나서는 1막을 건성으로 마친 후 핼리버턴 선생에게 집으로 돌아가겠다고 알렸다.

"왜?" 바질이 다그쳐 물었다.

"할 일이 좀 있어서."

"중요한 일이야?"

"네가 무슨 상관인데?"

"당연히 상관있지." 바질이 격하게 받아치자 핼리버턴 선생이 끼어들었다.

"화내 봐야 좋을 거 없어. 휴버트, 바질은 그냥 사소한 일이냐고 묻는 거야. 연극을 위해서 우리 모두 개인적인 시간을 포기하고 있잖아."

휴버트는 따분한 표정으로 듣고 있었다.

"시내로 차 몰고 가서 아빠 모셔 와야 돼요."

휴버트는 이 해명으로도 부족하냐고 따지듯 바질을 차갑게 쳐다보았다.

"그럼 왜 한 시간이나 늦었어?" 바질이 캐물었다.

"엄마 도와드리느라."

아이들이 몰려들자 휴버트는 의기양양하게 주위를 둘러보았다. 그건 무적의 핑곗거리였고, 오로지 바질만 그것이 거짓임을 꿰뚫어 보았다.

"허, 웃기시네!"

"그렇게 생각하시든가요……. 독재자님."

바질은 이글거리는 눈빛으로 휴버트에게 한 발짝 다가섰다.

"뭐라고 했어?"

"'독재자님'이라고 했다. 학교에서 부르는 네 별명 아니야?"

사실이었다. 그 별명이 집까지 그를 따라왔다. 분노로 얼굴이 하얗게 질린 와중에도, 과거가 언제나 가까이 도사리고 있다는 깨달음에 막막한 무력감이 밀려들었다. 비웃음을 입에 문 학교 아이들의 얼굴이 그를 에워싼 채 지켜보고 있었다. 휴버트는 웃음을 터뜨렸다.

"꺼져!" 바질은 목소리를 짜내어 말했다. "빨리! 당장 꺼져!"

휴버트는 또 웃었지만, 바질이 한 발짝 다가서자 뒤로 물러났다.

"어차피 네 연극에 끼고 싶지도 않아. 처음부터 싫었다고."

"그럼 얼른 꺼져."

"얘, 바질!" 핼리버턴 선생은 숨죽인 채 그들 곁을 계속 맴돌고 있었다. 휴버트는 또 웃더니 모자를 찾아 두리번거렸다.

"네 엉터리 구닥다리 쇼에서 난 빠지련다." 휴버트는 천천히 멋스러운 동작으로 몸을 돌리고는 어슬렁어슬렁 문밖으로 나갔다.

그날 오후엔 리플리 버크너가 휴버트의 대사를 대신 읽었지만, 연습 분위기는 어두웠다. 비비의 연기는 평소와 달리 밋밋했고, 다른 아이들은 모여서 숙덕거리다가 바질이 근처에 가면 입을 다물었다. 연습이 끝난 후, 핼리버턴 선생과 리플리와 바질은 회의를 열었다. 바질이 주인공 역할을 맡지 않겠다고 단호히 거절하자, 리플리와 조금 안면이 있고 센트럴 고등학교의 연극 공연으로 유명해진 메이올 드 벡에게 부탁해 보자는 결정이 내려졌다.

하지만 다음 날, 돌이킬 수 없는 문제가 터졌다. 이블린이 얼굴을 붉히며 불편한 기색으로 바질과 핼리버턴 선생에게 말하기를, 가족의 계획이 바뀌어서 다음 주에 동부로 떠나야 하기 때문에 연극에 참여할 수 없다고 했다. 바질은 진상을 알았다. 이블린을 지금까지 붙잡아 둔 건 휴버트였다.

"잘 가." 바질은 침울하게 말했다.

노골적으로 드러난 그의 절망감에 민망해진 이블린은 변명하려 애썼다.

"어떡해, 나도 어쩔 수가 없어. 오, 바질, 정말 미안해!"

"가족이 떠난 후에 일주일 동안 내가 보살펴 주면 안 될까?" 핼리버턴 선생은 아무것도 모르고 이렇게 물었다.

"아마 안 될 거예요. 아빠가 다 함께 가기를 원하시거든요. 그것 때문에 그래요. 그것만 아니면 저는 여기 남을 텐데."

"알았어." 바질이 말했다. "잘 가."

"바질, 화난 거 아니지?" 그녀는 죄책감에 휩싸였다. "뭐든 도울게. 이번 주엔 연습에 나오고, 다른 사람을 찾으면 내가 옆에서 최대한 도와줄게. 하지만 아빠가 꼭 가야 한다고 하셔서."

그날 오후 연습이 끝난 후 리플리는 바질의 사기를 올려주려 애썼지만 허사였다. 바질은 매몰차게 손사래를 쳤다. 마거릿 토런스? 코니 데이비스? 그들은 자신들의 역할도 제대로 소화하지 못하고 있었다. 바질은 연극 프로젝트가 그의 눈앞에서 산산이 부서지고 있는 듯한 기분이었다.

여느 때보다 일찍 집에 도착한 바질은 그의 방 창가에 의기소침하게 앉아, 옆집 마당에서 반필드네 꼬마가 혼자 놀고 있는 모습을 지켜보았다.

그의 어머니는 5시에 돌아오자마자 아들의 우울한 기분을 알아차렸다.

"테디 반필드가 볼거리에 걸렸다는구나." 그녀는 바질의 관심을 딴 데로 돌리려 말했다. "그래서 저렇게 혼자 놀고 있는 거야."

"그래요?" 바질은 맥없이 답했다.

"전혀 위험하진 않지만, 전염성이 아주 강해. 너도 일곱 살에 걸렸었지."

"흠."

어머니는 머뭇거리다 물었다.

"연극이 걱정돼서 그러니? 무슨 문제라도 생겼어?"

"아니에요, 엄마. 그냥 혼자 있고 싶어요."

잠시 후 바질은 일어나, 집 근처의 소다수 판매점에서 맥아유를 사 마신 후 걷기 시작했다. 비비 씨를 만나서 동부 여행을 늦춰달라고 부탁해 볼까, 하는 생각도 들었다. 이블린이 그만두겠다는 진짜 이유가 그 여행이 맞는다면 말이다. 고민에 빠져 있는데, 저쪽에서 걸어오고 있는 이블린의 아홉 살짜리 동생이 갑자기 눈에 들어왔다.

"안녕, 햄, 너희 여행 떠난다며."

햄이 고개를 끄덕였다.

"다음 주에 가. 바닷가로."

바질은 그를 물끄러미 바라보았다. 이블린과 가까이 있는 동생이라면, 그녀를 움직일 수 있는 비결이 바로 그에게 있지 않을까.

"지금 어디 가는 중이야?" 바질이 물었다.

"테디 반필드랑 놀 거야."

"뭐!" 바질이 탄성을 질렀다. "몰랐나 본데……." 그는 말을 끊었다. 범죄나 마찬가지인 무모한 생각이 떠올랐다. '전혀 위험하진 않지만, 전염성이 아주 강해.' 만약 꼬마 햄 비비가 볼거리에 걸려서 이블린이 떠나지 **못한다면**…….

바질은 단박에 그리고 냉정하게 결정을 내렸다.

"테디는 자기네 집 뒷마당에서 놀고 있어. 이 길로 쭉 가다가 골목으로 들어가면 걔네 집을 통과하지 않아도 돼."

"그렇구나. 고마워." 햄은 아무런 의심 없이 바질의 조언을 받아들였다.

바질은 잠시 우두커니 서서 햄이 모퉁이를 돌아 골목으로 들어갈 때까지 그 뒷모습을 눈으로 좇았다. 자신이 방금 인생 최악의 행동을 저질렀음을 너무나 잘 알고 있었다.

3

일주일 후, 리 부인은 이른 저녁을 차렸다. 모두 바질이 좋아하는 음식들이었다. 얇게 저민 훈제 쇠고기, 프렌치프라이, 크림을 끼얹은 얇게 썬 복숭아, 초콜릿 케이크.

몇 분마다 한 번씩 바질은 "큰일이네! 몇 시지?"라고 말하며 복도로 나가 시계를 보았다. "시계 고장 난 거 아니죠?" 그는 돌연 의심이 들어 물었다. 이 문제가 마음에 걸린 건 태어나 처음이었다.

"시계는 정확해. 그렇게 급하게 먹다간 체해서 연기도 제대로 못 하겠다."

"프로그램북 어때요?" 바질은 세 번째로 물었다. "리플리 버크너 주니어 제공, 바질 듀크 리의 코미디 〈포로가 된 섀도〉."

"참 멋져."

"사실 리플리가 제공하는 건 아닌데."

"그래도 좋게 들리잖아."

"지금 몇 시예요?" 바질이 물었다.

"6시 10분이라고 방금 네가 말했잖아."

"그럼 지금 출발해야겠어요."

"복숭아 먹어, 바질. 안 먹으면 연기 못 한다니까."

"괜찮아요." 바질은 참을성 있게 말했다. "난 작은 역할이라 상관없어요……." 설명하기엔 너무 귀찮았다.

"내가 등장할 때 웃지 마세요, 엄마." 바질은 부탁했다. "모르는 사람인 척해요."

"그럼 '처음 뵙겠습니다'라고 인사하는 것도 안 돼?"

"네?" 지금 바질에게 유머 감각 따윈 없었다. 그는 작별 인사를 했다.

음식이 아니라 배 속까지 미끄러져 내려간 듯한 심장을 소화하려 애쓰며 그는 마틴데일 스쿨로 향했다.

어둠 속으로 노란 창문들이 어렴풋이 보이자 주체할 수 없을 정도로 가슴이 두근거리기 시작했다. 지난 3주 동안 아무렇지도 않게 드나들었던 그 건물과 너무도 달라 보였다. 한적한 복도에서 그의 발소리가 어떤 상징처럼, 어떤 전조처럼 메아리쳤다. 위층에는 의자를 여러 줄로 늘어놓고 있는 잡역부 한 명뿐이었다. 바질이 텅 빈 무대를 서성이고 있자니 누군가가 들어왔다. 주연을 맡기기 위해 로어 크레스트 애비뉴에서 데려온, 키 크고 영리하며 그리 호감이 가지는 않는 청년, 메이올 드 벡이었다. 메이올은 긴장하기는커녕 바질을 잡담에 끌어들이려 했다. 공연이 끝나고 이블린 비비를 찾아가도 그녀가 언짢게 여기지 않을지, 바질의 의견을 구하고 싶어 했다. 바질은 괜찮을 거라고 답했다. 메이올은 자기 친구의 아버지가 양조장 주인인데 12기통 자동차를 몰고 다닌다고 말했다.

바질은 "와!"라고 답했다.

6시 45분, 관계자들이 삼삼오오 도착하기 시작했다. 입장표를 받고 관객을 안내할 소년들 여섯 명을 모아서 데려온 리플리 버크너, 아주 차분하고 미더운 모습을 보이려 애쓰는 핼리버턴 선생, 무언가에 항복한 사람처럼 들어와 바질에게 "뭐, 결국엔 내가 이 일을 하게 되네"라고 눈빛으로 말하는 듯한 이블린 비비.

메이올 드 벡과 핼리버턴 선생이 각각 남자애들과 여자애들의 분장을 맡기로 했다. 바질은 핼리버턴 선생이 분장에 문외한이라는 사실을 곧 알아차렸지만, 잔뜩 긴장한 그녀의 상태를 감안하여 요령껏 대처했다. 그녀에게 아무 말 않고, 분장을 마친 여자아이를 한 명씩 메이올에게 보내 분장을 고치도록 했다.

막의 갈라진 틈에 서 있던 빌 캠프가 탄성을 지르자 바질은 그의 곁으로 갔다. 안경을 쓴 키 큰 대머리 남자가 들어와 관객석 한복판의 자리로 안내받더니 프로그램북을 살폈다. 그는 연극 애호가였다. 갑자기 속을 헤아릴 수 없이 모호하게 변해 버리는 그 기대감 어린 눈 뒤에 연극의 성패라는 비밀이 숨겨져 있었다. 그는 프로그램북을 다 읽은 뒤 안경을 벗고 주변을 둘러보았다. 두 명의 할머니와 두 명의 조그만 남자애들이 들어오고, 바로 뒤이어 십여 명이 더 들어왔다.

"야, 리플리." 바질이 나지막이 말했다. "애들은 앞자리에 앉히라고 해."

경찰 제복을 힘겹게 입고 있던 리플리는 고개를 들더니, 윗입술 위에 붙인 기다란 검은 콧수염을 신경질적으로 바르르 떨며 말했다.

"그 생각은 진작에 했다고."

어느새 가득 채워진 홀에서 사람들은 웅성웅성 대화를 나누고 있었다. 앞줄에 앉은 아이들은 자리에서 폴짝폴짝 뛰어댔고, 둘씩 짝지어 뻣뻣하고 묵묵히 앉은 수십 명의 요리사들과 하녀들

말고는 모두가 이리저리 소리를 치며 떠들어대고 있었다.

그러다 갑자기 모든 준비가 끝났다. 믿기지 않았다. "잠깐! 잠깐!" 바질은 이렇게 말하고 싶었다. "준비됐을 리 없어. 뭔가가 있을 거야. 항상 그랬다고." 하지만 그의 말이 거짓임을 알리듯 객석은 캄캄했고, 가이어 오케스트라의 피아노와 바이올린이 연주하는 〈어둠 속에서 만나요*Meet Me in the Shadows*〉가 흐르고 있었다. 손더스 양, 레일리아 밴 베이커, 레일리아의 친구인 에스텔라 카레이지가 이미 무대에 앉아 있고, 핼리버턴 선생은 프롬프터용 대본을 든 채 무대 옆에 서 있었다. 돌연 음악이 멈추고, 앞줄의 수다가 차츰 사그라졌다.

"오, 이런!" 바질은 생각했다. "오, 이런!"

막이 올랐다. 어딘가에서 맑은 목소리가 떠올랐다. 무대 위의 저 낯선 이들에게서 나온 목소리일까?

읽을 거예요, 손더스 양. 읽을 거니까요!

하지만, 레일리아 양, 요즘 신문은 아가씨들이 읽기에 적절치 못한 것 같아요.

상관없어요. 이 새도라는 멋진 괴도 신사의 이야기를 꼭 읽어야겠어요.

정말로 연극이 진행되고 있었다. 바질이 그 사실을 채 깨닫기도 전에, 이블린이 손더스 양의 등 뒤에서 그녀를 흉내 내자 관객석에서 웃음소리가 파문처럼 일었다.

"준비해, 바질." 핼리버턴 선생이 속삭였다.

도둑들인 바질과 빌 캠프가 집안의 방탕아인 빅터 밴 베이커의 팔꿈치를 한쪽씩 붙잡고서 그를 부축해 현관문으로 들어갈 준비를 했다.

모든 관객들이 응원하는 눈빛으로 올려다보는 가운데 무대로 나가는 것이 기묘하리만치 자연스럽게 느껴졌다. 어머니의 얼굴이, 바질이 알고 기억하는 얼굴들이 스쳐 지나갔다.

빌 캠프가 어떤 대사에서 더듬거리자 바질이 얼른 그 뒤를 이어 나갔다.

손더스 양: 그러니까, 제6구역의 시의원이시라고요?

래빗 시먼스: 그렇습니다, 아가씨.

손더스 양(요염하게 고개를 저으며): 그런데 시의원이 뭐죠?

차이나먼 러드: 시의원이란 정치인과 해적의 중간이랍니다.

바질이 특히 자부심을 느끼는 대사 중 하나였다. 하지만 객석에서는 아무 소리도 나지 않았다. 미소조차 없었다. 잠시 후 빌 캠프가 멍하니 손수건으로 이마를 닦은 뒤 손수건을 빤히 쳐다보다가 화장품의 붉은 얼룩이 남은 걸 보고 흠칫 놀라자 관객들이 폭소를 터뜨렸다. 연극이란 게 이렇다.

손더스 양: 그렇다면 영혼의 존재를 믿으시겠군요, 러드 씨.

차이나먼 러드: 네, 아가씨, 물론 영혼의 존재를 믿지요. 아가씨는 어떠신지?

처음으로 중요한 장면이 시작되었다. 어두워진 무대에서 창문이 천천히 올라가고, '야회복을 차려입은' 메이올 드 벡이 창턱으로 넘어왔다. 그가 발끝으로 조심조심 무대의 반대쪽 끝으로 걸어가고 있을 때 레일리아 밴 베이커가 들어왔다. 레일리아는 순간 겁에 질리지만, 그는 자기가 그녀의 오빠인 빅터의 친구라며 안심시켰다. 그들은 대화를 나누었다. 레일리아는 섀도의 활약을 읽었다며, 천진하면서도 격정적으로 섀도에 대한 동경을 토로했다. 하지만 오늘 밤엔 섀도가 이곳에 오지 않았으면 좋겠다고 말했다. 가족의 보석이 오른편의 저 금고에 몽땅 들어 있으니까.

낯선 손님은 배가 고팠다. 저녁 식사에 늦는 바람에 그날 밤 아무것도 먹지 못했다. 크래커와 우유를 조금 가져다주시겠습니까? 그 정도면 될 겁니다. 그녀가 방을 나가기가 무섭게 그는 금고 옆에 무릎을 꿇고 앉아 자물쇠를 만지작거렸다. 금고 앞면에 '케이크'라는 수상쩍은 단어가 찍혀 있든 말든. 금고가 획 열리지만, 바깥에서 나는 발소리를 듣고 그가 금고를 닫자마자 레일리아가 크래커와 우유를 들고 돌아왔다.

서로에게 명백히 끌리는 두 사람은 선뜻 헤어지지 못했다. 손더스 양이 심하게 교태를 부리며 들어와 손님과 인사를 주고받았다. 이블린이 또 손더스 양의 등 뒤에서 그녀를 흉내 내자 관객들이 웃음을 터뜨렸다. 나머지 식솔들이 등장해 손님에게 소개되었다.

이건 또 뭐지? 문을 쾅쾅 두드리는 소리가 들리더니 경찰 멀리건이 뛰어 들어온다.

악명 높은 섀도가 창문을 타고 넘어가는 모습이 목격됐다고, 방금 중앙 경찰서로부터 연락을 받았습니다! 오늘 밤엔 아무도 이 저택에서 나갈 수 없습니다!

막이 내려갔다. 맨 앞줄의 관객들—배우진의 동생들—은 지나치게 열광적인 반응을 보였다. 배우들은 허리를 굽혀 박수에 답했다.

잠시 후 어쩌다 보니 바질은 이블린 비비와 단둘이 무대 위에 있었다. 분장한 모습이 마치 지친 인형 같은 그녀가 테이블에 기대어 있었다.

"아아, 바질." 이블린이 말했다.

그녀는 동생이 볼거리에 걸려 동부 여행이 연기된 후 그녀에게 약속을 지키라고 강요했던 바질을 완전히 용서하지는 않았고, 바질은 눈치껏 그녀를 피해 다녔다. 하지만 지금 그들은 성공의 만족감과 흥분으로 얼굴을 빛내며 사근사근하게 서로를 마주 보았다. "너 정말 멋졌어." 바질이 말했다. "멋졌어!"

바질은 잠시 꾸물거렸다. 그가 이블린의 마음에 들 일은 영영 없을 터였다. 그녀는 자기 같은 사람을 원했다. 휴버트처럼 그녀의 감각을 건드리는 사람. 그녀는 어렴풋하지만 어떤 중요한 존재감이 바질에게 있다는 걸 직감적으로 알았다. 그 점을 빼면, 사람들에게 끊임없이 생각과 감정을 강요하려는 그가 성가시고 피곤했다. 하지만 이 아름답게 빛나는 저녁, 그들은 갑자기 서로에게 고개를 숙여 평온한 키스를 나누었고, 이 순간 후로는, 다툴 거리마저 없을 만큼 공통점이 전혀 없었으므로 평생 친구 사이로 지냈다.

2막의 시작과 함께 막이 오르자 바질은 계단을 한 층 슬그머니 내려갔다가 홀 뒤편으로 다시 올라가 어둠 속에 서서 지켜보았다. 관객들이 웃음을 터뜨렸을 때 바질은 마치 처음 보는 연극인 양 즐거운 기분으로 소리 없이 웃었다.

2막과 3막에 아주 비슷한 장면이 하나 있었다. 각 장면에서 새도는 무대에 홀로 있다가 손더스 양의 방해를 받는다. 겨우 열흘간 연습에 참여한 메이올 드 벡은 두 장면을 헷갈리곤 했지만, 바질이 전혀 예상치 못했던 일이 벌어지고 말았다. 코니가 등장하자마자 메이올이 3막의 대사를 읊었고, 그러자 코니도 어쩔 수 없이 3막의 대사로 답했다. 뒤이어 무대에 오른 아이들은 긴장하고 혼란에 빠져 2막 도중에 갑자기 3막을 연기하고 있었다. 워낙 순식간에 벌어진 일이라 바질은 뭔가가 잘못됐다고 막연하게만 느끼고 있었다. 잠시 후 부리나케 계단 한 층을 뛰어 내려갔다가 다시 무대 옆으로 올라가 외쳤다.

"막 내려! 막 내려!"

멍하니 서 있던 남자애들이 휙 밧줄로 달려들었다. 곧 바질은 숨을 헐떡이며 관객들을 마주 보았다.

"신사 숙녀 여러분." 그가 말했다. "배우진이 바뀐 탓에 방금 실수가 있었습니다. 양해해 주신다면 그 장면을 다시 시작하겠습니다."

웃음소리와 박수갈채 속에 바질은 무대 옆으로 물러났다.

"괜찮아, 메이올!" 바질은 흥분해서 외쳤다. "무대에 혼자 올라가. 네 대사는 '그냥 보석이 안전한지 보고 싶어서요', 코니 대사는 '하던 일 계속해요, 난 신경 쓰지 말고'야. 됐어! 막 올려!"

곧 연극은 정상적으로 진행되었다. 쓰러지기 직전인 핼리버턴 선생에게 누군가가 물을 가져다주었고, 2막이 끝나자 커튼콜을 한 번 더 받았다. 20분 후 끝이 났다. 남자 주인공이 레일리아 밴 베이커를 가슴에 꼭 껴안고 자기가 섀도, '그것도 포로가 된 섀도'라고 고백했다. 막이 오르락내리락했다. 핼리버턴 선생이 억지로 무대 위로 끌려 나오고, 자리를 안내했던 아이들은 통로를 다니며 꽃을 잔뜩 받았다. 그러고는 자유로운 분위기 속에서 배우들이 관객들과 즐겁게 어울리며 웃었고, 무엇보다 여기저기서 축하를 받았다. 바질이 모르는 한 노인이 그에게 다가와서는 그의 손을 잡고 흔들며 말했다. "언젠가는 크게 될 청년일세." 한 신문 기자는 그가 정말 열다섯밖에 안 됐느냐고 물었다. 실패해서 낙담할 뻔도 했지만, 이미 다 지난 일이었다. 사람들이 하나둘씩 빠져나가고 마지막 남은 몇 명이 그에게 말을 건넨 후 떠나자 바질은 마음에 커다란 구멍이 뚫린 듯 허탈해졌다. 끝났다, 그 모든 노력과 재미와 몰입이 완전히 끝이 나고 사라졌다. 공포와도 같은 공허감이었다.

"안녕히 가세요, 핼리버턴 선생님. 잘 가, 이블린."

"안녕, 바질. 축하해, 바질. 잘 가."

"내 코트 어디 있지? 안녕, 바질."

"의상은 무대에 남겨 둬. 내일 돌려줘야 하니까."

거의 마지막까지 남은 바질은 잠깐 무대에 올라가 휑한 홀을 둘러보았다. 그의 어머니가 기다리고 있었고, 두 사람은 그해 처음 찾아온 밤의 한기를 뚫고 집으로 함께 걸어갔다.

"뭐, 내 생각엔 아주 잘 끝난 것 같은데. 넌 만족하니?" 바질은 한동안 답이 없었다. "마음에 안 들었어?"

"괜찮았어요." 바질은 고개를 돌려버렸다.

"왜 그러니?"

"아무것도 아니에요." 그러고는 덧붙였다. "사실 아무도 신경 안 쓰잖아요?"

"뭘?"

"뭐든요."

"사람마다 신경 쓰는 일이 다르지. 예를 들어, 엄마는 널 신경 써."

바질은 그를 어루만질 듯 다가오는 손을 본능적으로 홱 피했다. "아, 하지 마세요. 그런 뜻이 아니에요."

"넌 걱정이 너무 많아."

"걱정이 많은 게 아니라 그냥 좀 우울해서 그래요."

"그럴 필요 없어. 연극이 끝나고 나서 사람들이 나한테 그러는데……."

"아, 다 끝났어요. 그 얘긴 하지 마세요, 앞으로 그 얘긴 절대 하지 말아요."

"그럼 뭐가 우울한데?"

"그 꼬마 때문에요."

"무슨 꼬마?"

"아, 햄이라는 꼬마요. 엄마는 이해 못 할 거예요."

"집에 가서 따뜻한 물로 목욕하고 푹 쉬어."

"알겠어요."

하지만 집에 도착하자마자 바질은 소파에서 곯아떨어졌다. 어머니는 망설이다가 그에게 담요와 이불을 덮어주고, 뻗대는 머리 밑에다 베개를 밀어주고는 위층으로 올라갔다.

그녀는 침대 옆에 한참이나 무릎을 꿇고 앉아 기도했다.

"하느님, 저 아이를 도와주세요! 제가 더 이상 줄 수 없는 도움이 저 아이에게 필요하니 하느님이 도와주세요."

완벽한 인생

1

그가 샤워 후 시원하고 헐렁한 옷으로 갈아입고 조금 피곤한 상태로 식당에 들어가자 모든 학생들이 일어나 박수를 치며 환호성을 질렀다. 그가 자리에 가서 앉을 때까지, 테이블 한쪽 끝에서 반대쪽 끝까지 아이들이 고개를 숙여 그에게 미소를 보냈다.

"잘했어, 리. 우리가 이기지 못한 건 네 잘못이 아니야."

바질도 자신이 잘했다는 걸 알고 있었다. 마지막 휘슬이 울릴 때까지, 기력을 쏟아부어 싸울수록 점점 더 큰 힘이 새로이 솟아나는 느낌이었다. 하지만 그의 성공이 단번에 와 닿지는 않았다. 기억에 남는 소소한 에피소드들이 있을 뿐이었다. 이를테면, 엑시터 팀의 머리털 텁수룩한 수비수가 전열에 우뚝 서서 "저 쿼터백을 잡아! 쟤 겁쟁이야"라고 말했다. 바질이 "겁쟁이는 네 할머니고!"라고 되받아치자 심판은 진담이 아니라는 걸 알기에 사람 좋게 씩 웃었다. 그 멋진 한 시간 동안 선수들의 몸에는 무게도 완력도 없었다. 바질은 몸뚱어리들에 깔렸고, 그들 앞으로 몸을 내던지면서도 아무런 충격을 느끼지 못했으며, 다시 박차고 일어나 2에이커의 초록빛 필드를 다시 한번 점령하고픈 마음뿐이었다. 전반부 끝 무렵 그는 60야드를 달려 터치다운에 성공했지만, 휘슬이 울린 뒤라서 득점으로 인정받지는 못했다. 세인트레지스 팀에게는 그때가 최고의 순간이었다. 체중에서 거의 5킬로그램이나 밀린 그들은 4쿼터에서 갑자기 무너졌고, 엑시터 팀은 두 개의 터치다운을 찍으며 전교생이 135명밖에 되지 않는 학교를 상대로 거머쥔 승리를 마음껏 기뻐했다.

점심시간이 끝나고 학생들이 식당에서 줄줄이 빠져나가고 있을 때 엑시터 팀의 코치가 바질에게 다가와 말했다.

"리, 내가 중등학교 쿼터백이 뛰는 걸 한두 경기 본 게 아닌데 오늘 경기가 거의 최고였다."

베이컨 교장이 손짓으로 바질을 불렀다. 교장은 그날 프린스턴에서 올라온 세인트레지스 졸업생 두 명과 함께 서 있었다.

"아주 재미있는 경기였다, 바질. 우리 팀이, 아, 특히 네가 정말 기특하구나." 그러고는 이 칭찬이 무분별하다 여겼는지 교장은 황급히 덧붙였다. "나머지 선수들도 전부."

교장은 바질을 두 졸업생에게 소개했다. 그중 한 명은 바질도 소문으로 익히 들어 알고 있는 존 그랜비였다. 그는 프린스턴 대학의 유명인이었다. 몸집이 크고, 가식이라곤 느껴지지 않는 파란 눈으로 다정한 미소를 짓는, 진중하고 올곧은 미남이었다. 그는 바질이 입학하기 전에 세인트레지스 스쿨을 졸업했다.

"정말 잘했어, 리!" 바질은 적절히 겸손한 반응을 보였다. "오늘 오후에 시간 되면 잠깐 만나서 얘기할 수 있을까?"

"그럼요, 선배님." 바질은 우쭐해졌다. "언제든 괜찮아요."

"3시쯤 산책하면 좋을 것 같은데. 5시 기차표를 끊어놨거든."

"좋아요."

바질은 구름 위를 걷는 기분으로 6학년 기숙사의 자기 방으로 향했다. 겨우 1년 전만 해도 그는 아마 세인트레지스에서 가장 인기 없는 학생—'독재자' 리—이었을 것이다. 이제 아이들은 아주 가끔씩 깜빡하고 그를 '독재자'라 불렀다가도 바로 고쳐 불렀다.

그가 미첼 하우스를 지날 때 한 아이가 창밖으로 몸을 빼며 "잘했어!"라고 소리쳤다. 산울타리를 손질하고 있던 흑인 정원사는 빙긋 웃으며 "거의 너 혼자 날아다니던데"라고 큰 소리로 말했다. 바질이 힉스 씨의 방을 지날 때 사감인 그가 울부짖었다. "네 터치다운에 점수를 안 주다니! 그건 범죄라고!"

인디언 서머[1]의 푸르스름한 기운이 감도는 황금빛의 싸늘한 10월 낮이었다. 날씨 때문인지 바질은 찬란한 미래를 꿈꾸기 시작했다. 개선장군처럼 도시들을 기습 방문하고, 거의 여신처럼 신비로운 여자들과 연애도 하리라. 기숙사 방에서 바질은 꿈속을 떠다니며 오늘 들었던 말들의 꼬리 부분을 속으로 되뇌었다. "오늘 경기가 거의 최고였다." …… "겁쟁이는 네 할머니고!" …… "오프사이드 한 번만 더 해봐, 네 살찐 궁둥이를 차버릴 테다!"

갑자기 그는 침대 위를 이리저리 뒹굴며 웃어 젖혔다. 바질에게 협박받은 그 아이는 쿼터 사이에 사과를 했다. 바로 작년에 두 층이나 그를 쫓아 올라왔던 포크 코리건이었다.

3시에 바질은 존 그랜비를 만났고, 두 사람은 그런월드 파이크 산책로를 따라 걷기 시작했다. 거기에 세워진 나지막하고 기나긴 붉은 벽을 화창한 아침에 볼 때마다 바질은 『브로드 하이웨이*The Broad Highway*』에서 펼쳐지는 모험이 떠올랐다. 존 그랜비는 프린스턴 대학에 관해 잠시 이야기하다가, 바질이 어렴풋이나마 예일 대학을 마음에 두고 있다는 사실을 알고는 관두었다. 잠시후, 마치 꿈을 꾸는 듯한 표정, 또 다른 더 밝은 세상을 비추는 듯한 미소가 그의 잘생긴 얼굴에 번졌다.

---

1 가을에 한동안 비가 오지 않고 날씨가 따스한 기간.

"리, 난 세인트레지스 스쿨이 좋아." 그랜비가 돌연히 말했다. "내 인생에서 가장 행복한 시간을 여기서 보냈거든. 그 빚은 평생 갚지 못할 거야." 바질이 아무 대답도 하지 않자 그랜비는 갑자기 그를 쳐다보며 말했다. "네가 여기서 할 수 있는 일이 있는데, 너도 알고 있을지 모르겠네."

"뭘요? 내가요?"

"오늘 아침 네가 뛴 그 멋진 경기가 전교생한테 어떤 영향을 미쳤는지 알고 있어?"

"그렇게 잘하진 않았는데요."

"너다운 말이긴 한데," 그랜비는 힘주어 단언했다. "그렇지 않아. 하지만 내가 널 찬양하려고 여기 나온 건 아니야. 네 힘을 좋은 방향으로 사용할 수 있다는 걸 너도 알고 있는지 궁금할 뿐이지. 그러니까, 깨끗하고 정직하고 품위 있는 삶으로 아이들을 이끌 수 있는 네 힘 말이야."

"그런 생각은 해본 적 없어요." 바질은 조금 놀라며 말했다. "그런 생각은 한 번도……."

그랜비가 바질의 어깨를 툭툭 쳤다.

"오늘 아침 이후 넌 네가 피할 수 없는 책임을 짊어지게 된 거야. 오늘 아침부터 체육관 뒤에서 담배 피우고 니코틴 냄새를 풍기는 학생들은 어느 정도 네 책임이라 할 수 있지. 욕설을 뱉거나, 밤에 식품 저장실에서 우유 같은 걸 훔쳐서 남의 재산을 탈취하는 학생들도 어느 정도는 네 책임이야."

그랜비의 말이 여기서 뚝 끊겼다. 바질은 얼굴을 찡그린 채 앞을 똑바로 바라보았다.

"에이!" 바질이 말했다.

"농담이 아니야." 그랜비는 눈을 빛내며 말을 이었다. "넌 흔치 않은 기회를 얻은 거야. 내가 짧은 이야기 하나 들려줄게. 프린스턴에서 술 때문에 인생을 망치고 있는 두 남자애가 있었어. 걔들이 망가지든 말든 '내 알 바 아니지' 하고 넘기면 그만이었지만, 내 마음속을 깊숙이 들여다봤더니 도무지 그럴 수가 없겠더라고. 그래서 정공법을 써서 그 아이들한테 진솔하게 다가갔지. 그리고 그날부터 지금까지 그 두 명은─적어도 한 명은─술 한 방울도 입에 대지 않았어."

"하지만 우리 학교에 술 마시는 애는 없는 것 같은데요." 바질은 항변했다. "베이츠라는 애가 있긴 했는데 작년에 퇴학당……."

"그게 중요한 게 아니야." 존 그랜비가 바질의 말을 끊었다. "흡연은 음주로 이어지고 음주는 또 다른 비행으로 이어지는 법이지."

한 시간 동안 그랜비는 말을 하고 바질은 귀 기울여 들었다. 그의 생각이 내면으로 향할수록 길가의 붉은 벽과 사과가 주렁주렁 달린 나뭇가지들이 점점 더 흐릿해져 가는 듯했다. 바질은 남들의 짐을 자신의 어깨에 짊어진 이 남자의 순수한 이타심에 깊은 감동을 받았다. 그랜비는 기차를 놓쳤지만, 바질의 마음에 책임감을 심어주는 데 성공했다면 상관없다고 말했다.

정신이 번쩍 든 바질은 경외감과 확신을 품은 채 방으로 돌아왔다. 이때까지는 그 자신을 조금은 나쁜 사람으로 생각했었다. 사실 그가 동질감을 느낄 수 있었던 영웅 캐릭터는 열 살 때 신문 만화에서 본 헤어브레드스 해리[1]가 마지막이었다. 그는 골똘히 생각에 잠길 때가 많았지만, 그 생각은 차마 입에 담기도 끔찍할 만큼 어두웠으며 도덕적 문제와는 아무 관계도 없었다. 정

---

1 C. W. 칼이 1906년부터 발표하기 시작한 만화로, 주인공 해리가 악당으로부터 여주인공 벨린다를 구출하기 위해 겪는 다양한 모험이 담겨 있다.

말로 그를 옥죄는 힘은 두려움이었다. 성공과 힘을 손에 거머쥐지 못할지도 모른다는 두려움.

　하지만 중요한 시점에 존 그랜비와 만났다. 아침에 승리감을 맛본 후 학교생활에서 더 바랄 건 없겠구나 싶었는데, 또 새로운 과제가 생겼다. 안팎으로 멋지고 완벽한 사람이 되는 것. 그랜비의 표현대로 하자면, 완벽한 인생을 살려고 노력하는 것. 그랜비는 완벽한 삶의 밑그림을 그려주면서, 대학에서 얻을 수 있을 명예와 영향력 같은 실질적인 보상을 강조하는 것도 잊지 않았다. 바질의 상상력은 이미 저 먼 미래까지 뻗어 나갔다. 예일대 해골단[2]의 마지막 회원으로 입단해 달라는 제안을 받은 그가 존 그랜비의 미소와 조금 닮은, 쓸쓸하면서도 감미로운 미소를 머금은 채 고개를 젓는다. 그 자리를 더 원하는 다른 사람을 가리키며. 그러자 회원들 사이에 오열이 터져 나온다. 그 후 세상 밖으로 나가 스물다섯 살에 국회의사당 계단 위의 취임식 연단에 서서 국민을 마주하고, 그를 둘러싼 모든 이들이 존경과 애정을 듬뿍 담아 그를 우러러본다…….

　그는 이런 생각을 하는 동안, 지난밤 식품 저장실을 습격하여 훔쳐 온 소다크래커 대여섯 개와 우유 한 병을 멍하니 먹어 치웠다. 앞으로 그만두어야 할 일 가운데 하나라고 막연히 깨닫긴 했지만, 너무 배가 고팠다. 다 먹고 나서는, 꼬리에 꼬리를 물고 이어지던 상상을 멈추었다.

　창밖으로는 지나가는 차들의 빛줄기가 가을의 황혼을 가르고 있었다. 이 자동차들 안에는 위대한 풋볼 선수들과 사랑스러운 데뷔탕트들, 신비로운 여성 모험가들과 국제 스파이들이 타

---

2 Skull and Bones. 예일 대학교의 엘리트 비밀 조직.

고 있었다. 부유하고 유쾌하며 매혹적인 이 사람들은 뉴욕의 화려한 댄스파티와 비밀스러운 카페에서, 혹은 가을 달 아래의 옥상 정원에서 이루어질 눈부신 만남을 향해 달려가는 중이었다. 바질은 한숨 지었다. 이런 낭만적인 일에는 나중에 낄 수 있으리라. 먼저, 기지 넘치고 화술이 능란한 동시에 강인하고 진중하며 과묵한 사람이 될 것. 너그럽고 솔직하고 헌신적이면서도, 약간은 신비롭고 섬세하며 애수 어린 비통함까지 깃든 사람이 될 것. 밝으면서도 어두운 사람이 될 것. 이런 점들을 조화롭게 버무려단 한 사람으로 녹여낼 것. 아, 그러려면 할 일이 있었다. 완벽한 인생을 상상하는 것만으로도 바질은 야망의 황홀경에 취하고 말았다. 잠시 더 그의 영혼은 질주하는 빛을 따라 대도시로 향했다. 그러다 그는 결연히 일어나 담배를 창턱에 비벼 끈 다음 전기스탠드를 켜고 완벽한 인생의 요건들을 작성하기 시작했다.

2

한 달 후, 어머니에게 학교를 구경시켜 주는 괴로운 일을 하고 있던 조지 도시는 비교적 호젓한 테니스 코트에 이르자 어머니에게 벤치에 앉아 쉬라고 열성적으로 권했다.

지금까지 조지는 이런저런 사실을 쉰 목소리로 알려주기만 했다. "저기가 체육관이에요." …… "저 사람은 프랑스어 교사인 쿠쿠[1] 콘클린이고요. 정말 인기 없어요." …… "애들 앞에서 '이 녀석아'라고 부르지 말아요." 이제 조지는 사춘기 아이들이 부모 앞에서 으레 그러듯 딴생각에 정신이 팔린 표정을 짓고 있었다. 그는 긴장을 풀고, 어머니의 질문을 기다렸다.

---

1 cuckoo. '뻐꾸기' 또는 '얼간이'라는 뜻이 있다.

"참, 추수감사절 말인데, 조지. 네가 데려온다는 애가 누구야?"

"바질 리요."

"어떤 아이인지 얘기 좀 해줘."

"딱히 할 말이 없어요. 그냥 열여섯 살 정도 된 6학년 학생이에요."

"괜찮은 애니?"

"네. 미네소타주 세인트폴이 고향이래요. 오래전에 부탁했어요."

왠지 말하기를 꺼리는 듯한 아들의 목소리에 도시 부인은 호기심이 돋았다.

"괜히 부른 것 같아? 이젠 그 아이가 마음에 안 들어?"

"그런 건 아니에요."

"싫으면 억지로 데려올 필요 없어. 엄마한테 다른 계획이 생겼다고 핑계를 대면 되잖아."

"걔가 좋다니까요." 조지는 이렇게 우기고는 머뭇머뭇 덧붙였다. "그런데 요즘 들어 애가 좀 이상해졌어요."

"어떻게?"

"아, 그냥 좀 별나요."

"어떻게 별난데? 별난 사람을 집에 데려오면 곤란해."

"정확히 말하면 별난 건 아니고, 사람들을 한쪽으로 데려가서 이런저런 말을 해요. 그런 다음엔 살짝 웃고요."

도시 부인은 어리둥절해졌다. "웃어?"

"네. 애들을 어디 구석으로 데려가서 애들이 참아줄 때까지 계속 얘기하다가 웃는다니까요." 조지는 입술을 비틀어 얼굴을 기묘하게 일그러뜨렸다. "이렇게요."

"무슨 얘길 하는데?"

"뭐, 욕하지 마라, 담배 피우지 마라, 집에 편지 써라, 이런 얘기들이요. 다들 귓등으로 흘려듣는데, 딱 한 아이만 걸려들어서 똑같은 짓을 하고 다녀요. 풋볼 잘한다고 거만해진 건지."

"싫으면 데려오지 마."

"아, 아니에요." 조지는 깜짝 놀라며 외쳤다. "데려가야죠. 내가 부탁했는데."

일주일 후의 어느 날 아침, 도시 가족의 운전기사가 그랜드 센트럴 역에서 그들의 가방을 들어주었을 때 당연히도 바질은 이 모자 사이에 오간 대화를 모르고 있었다. 도시는 잿빛 도는 분홍색 불빛으로 반짝이고, 길거리 행인들은 흰 입김을 연신 뿜어대고 있었다. 그들 주위로 건물들이 하늘을 향해 쑥쑥 솟아 있었다. 건물 밑동은 노인의 미소처럼 황량한 빛깔을 띠었고, 엷은 황금빛 대각선을 따라 올라가다 보면 자줏빛 처마 돌림띠가 정지된 하늘에 둥둥 떠 있었다.

기다랗고 나지막한 영국제 타운 카[1]—바질이 평생 처음 보는 타운 카였다—에 그 또래의 여자아이가 한 명 앉아 있었다. 그들이 다가가자 그녀는 오빠의 키스를 무심히 받고 바질에게 뻣뻣하게 고개를 끄덕이고는 무표정한 얼굴로 "안녕하세요"라고 중얼거렸다. 그러고 나서는 혼자만의 명상에 빠진 듯 아무 말도 없었다. 처음엔 그녀의 극도로 내성적인 태도 때문인지 그녀에게서 별다른 인상을 받지 못했던 바질은 도시 가족의 저택에 도착하기도 전에 그녀가 자신이 이제껏 본 여자들 중 가장 예쁘다는 사실을 깨닫기 시작했다. 수수께끼 같은 얼굴이었다. 기다란 속눈썹은 그녀의 눈에 담긴 한없는 권태를 감추려는 것처럼 창

1 운전석과 뒷좌석 사이에 유리 칸막이가 있는 자동차.

백한 뺨에 닿을 듯 살며시 내려앉았다. 하지만 그녀가 미소를 짓자, 불처럼 뜨겁고 사랑스러운 다정함으로 얼굴이 눈부시게 빛났다. 이렇게 말하는 듯했다. "계속 말해요, 듣고 있어요. 난 당신에게 반했어요. 당신과 함께하는 이 순간을 얼마나 오랫동안 기다려왔는지 몰라요." 그러다 문득 정신을 차리고 수줍거나 따분하다는 듯 미소를 지우고, 회색 눈을 다시 반쯤 감았다. 시작되기가 무섭게 끝나버린 그 순간은 충족되지 못한 채 계속 맴도는 호기심을 뒤에 남겼다.

도시네 저택은 53번가에 있었다. 바질은 흰색 석조 앞면이 너무 좁아서 놀랐다가, 허투루 낭비하는 공간이 전혀 없는 내부 설계에 또 한 번 놀랐다. 저택의 폭 전체를 따라 방들이 쭉 이어져 있고, 다이닝 룸의 창들에는 태양등이 환하게 빛나고, 작은 승강기 한 대가 예의를 지키듯 조용히 다섯 층을 오르내렸다.

바질의 눈에 그 저택은 호화로움을 압축해 놓은 신세계로 보였다. 이 섬의 발 하나 디딜 만큼의 작은 땅이 그의 고향에 사방팔방으로 뻗어 있는 제임스 J. 힐 저택보다 값어치가 높다는 사실은 가슴 설레고 낭만적이었다. 흥분된 기분 속에 학교에서의 다짐은 잠시 사그라들었다. 바질은 이전에 뉴욕을 잠깐 방문했을 때 그랬듯 새로운 경험에 대한 갈망에 사로잡혔다. 5번가의 눈 시리도록 환한 광채, 기계적인 인사 외에는 한 마디도 낭비하지 않는 이 사랑스러운 소녀, 완벽하게 설계된 저택. 이 모든 것이 그에게는 낯설었고, 이 낯섦 앞에는 대개 모험이 기다리고 있음을 그는 알고 있었다.

하지만 지난 한 달의 마음가짐이 그리 쉽사리 날아갈 리는 없었다. 이제 그에게는 최우선으로 생각해야 할 이념이 있었다. 존 그랜비의 표현대로 하자면, 하루라도 '자신에게 정직'하지 않으면 안 되고, 이는 곧 남을 도와야 한다는 뜻이었다. 이 닷새 동안 조지 도시를 옳은 길로 이끌 수 있을 테고, 그 외에 다른 기회들도 생길 것이다. 일거양득을 꿈꾸며 바질은 가방을 풀고, 점심 식사 자리에 나갈 준비를 했다.

그는 도시 부인 옆에 앉았다. 부인은 바질이 중서부 사람답게 무작정 친근하게 들이대는 구석이 있긴 하지만, 차분해 보이고 정중하다고 생각했다. 바질은 나중에 장관이 될 거라고 부인에게 말했다. 입 밖으로 뱉자마자 말도 안 되는 소리라고 생각했지만, 부인이 흥미를 보이자 그냥 넘어가기로 했다.

오후 계획은 이미 세워져 있었다. 그들은 댄스파티에 갈 예정이었다. 참으로 화려한 시절이었다. 모리스[1]가 뮤지컬 〈강 너머*Over the River*〉에서 탱고를 추고, 캐슬 부부[2]는 〈선샤인 걸*The Sunshine Girl*〉의 3막에서 다리를 뻣뻣하게 세운 채 잽싸게 움직이는 스텝을 선보였다―이 스텝은 모던 댄스에 사회적 지위를 부여하고 정숙한 여자를 카페로 끌어들임으로써 미국인의 삶에 큰 혁명을 일으켰다. 부자들의 위대한 제국은 기고만장해졌고, 너무 서민적이지도 너무 예술적이지도 않은 재미를 찾아 나섰다.

3시 즈음, 일곱 명의 젊은이들이 모여 리무진을 타고 에밀스 카바레로 향했다. 세련된 옷차림과 무기력한 표정의 열여섯 살짜리 소녀 두 명―그중 한 명은 금융업계 유명인사의 딸이었다―과, 남들은 알아들을 수 없는 농담을 주고받으며 오로지 조베나 도시만 배려하는 하버드 신입생 두 명이 있었다. 바질은 "어

---

1 미국의 댄서였던 모리스 오스카 루이 무베.

2 영국 태생의 버논 캐슬과 미국 태생의 아이린 캐슬로 이루어진 부부 댄스 팀으로, 20세기 초반 브로드웨이와 무성 영화에서 활약했으며 제1차 세계대전 기간에 춤의 개발과 활성화에 힘썼다.

느 학교에 다녀?", "오, 그럼 아무개 알겠네?" 같은 흔한 질문들이 오간 후 좀 더 자유롭고 편한 분위기가 될 줄 알았지만, 그런 일은 벌어지지 않았다. 인간미라고는 전혀 느껴지지 않는 분위기였다. 바질은 다른 네 손님이 그의 이름을 알고나 있는지 의심스러웠다. '이건 뭐, 누군가 바보짓 할 때까지 기다리는 것 같잖아.' 낯설고 종잡을 수 없는 무언가를 또다시 대면한 바질은, 뉴욕이 원래 이런 곳인가 보구나 하고 짐작했다.

그들은 에밀스에 도착했다. 전쟁 직전의 댄스 열풍이 그때 모습 그대로 살아남아 있는 곳은 아르헨티나인들이 고유의 현란한 스텝을 꾸준히 밟고 있는 파리의 몇몇 식당뿐이었다. 당시의 춤은 음주나 애무나 새벽 고성방가의 곁들이가 아니었다. 그 자체가 하나의 목적이었다. 늘 앉아서 일하는 증권 중개인들, 예순 살의 할머니들, 남부 동맹군으로 싸웠던 노병들, 덕망 높은 정치가들과 과학자들, 운동실조증 환자들은 그냥 춤이 아니라 아름다운 춤을 추고 싶어 했다. 지금껏 차분히 잠들어 있던 가슴에 환상적인 야망이 꽃피고, 몇 세대 동안 품위를 지켜왔던 가족들 사이에서 자기 과시욕이 삐죽 고개를 내밀었다. 긴 다리를 가진 보잘것없는 사람들이 하룻밤 사이에 유명해졌고, 다음 날 아침에도 원하기만 하면 다시 모여 춤출 수 있는 장소가 있었다. 키가 훌쩍한 영국인 남자와 더치 캡을 쓴 여인[3]이 주도하는 분위기 속에, 깔끔하게 미끄러지는 스텝이나 어줍은 비틀거림 하나로 출세 여부가 결정되고 약혼이 성사되거나 깨지기도 했다.

카바레로 들어갔을 때 바질은 돌연 불안해지기 시작했다. 모던 댄스는 존 그랜비가 가장 엄격히 금했던 일들 중 하나였다.

3 캐슬 부부를 가리킨다.

바질은 소지품 보관소에서 조지 도시에게 다가가 말했다.

"남자 한 명이 남잖아. 그래서 말인데, 나는 왈츠곡이 나올 때만 추면 안 될까? 다른 춤은 전혀 못 추거든."

"그래, 난 상관없어." 조지는 이상하다는 듯 바질을 쳐다보았다. "설마, 모든 걸 끊어버리기로 한 거야?"

"아니, 전부 다는 아니야." 바질은 거북한 기색으로 답했다.

플로어는 이미 혼잡했다. 〈투 머치 머스터드*Too Much Mustard*〉의 신경질적이고 불안정한 리듬에 맞추어, 나이를 불문한 여러 계층의 사람들이 발을 끌며 열정적으로 스텝을 밟고 있었다. 나머지 세 커플은 자연스레 일어나 플로어로 나가고, 바질만 테이블에 남았다. 그는 이 모든 것이 못마땅하지만 예의상 어쩔 수 없이 자리를 지키는 척하며 지켜보고 있었다. 하지만 볼거리가 너무 많아 이런 태도를 계속 유지하기가 힘들었고, 조베나의 활기 넘치는 두 발을 넋 나간 듯 바라보고 있는데, 열아홉 살 정도의 잘생긴 청년이 그의 옆에 앉았다.

"실례." 그는 지나치게 깍듯이 말을 건넸다. "여기가 조베나 도시 양의 테이블이 맞아?"

"네, 맞아요."

"나도 초대받았어. 이름은 드 빈치. 화가 친척이냐고 묻지 마."

"내 이름은 리예요."

"좋아, 리. 뭐 마실 거야? 뭐 시켰어?" 웨이터가 쟁반을 갖고 오자, 드 빈치는 거기에 담긴 내용물을 보더니 진저리를 쳤다. "홍차, 전부 홍차뿐이잖아…… 웨이터, 난 더블 브롱크스로…… 넌 어떡할래, 리? 너도 더블 브롱크스?"

"아니, 난 됐어요." 바질은 얼른 답했다.

"그럼 웨이터, 한 잔만."

드 빈치는 한숨을 쉬었다. 누가 봐도 며칠 동안 폭음하여 술에 전 얼굴이었다.

"저 테이블 밑에 귀여운 개 한 마리가 있네. 개를 데려오려면 사람들한테 담배를 못 피우게 해야지."

"왜요?"

"개들 눈이 아플 거 아냐."

당황스러워진 바질은 이 논리를 곰곰이 생각해 보았다.

"하지만 나한테 개 얘기는 하지 마." 드 빈치는 한숨을 푹 내쉬며 말했다. "개 생각은 안 하려고 노력 중이니까."

바질은 순순히 화제를 바꾸어 드 빈치에게 대학에 다니느냐고 물었다.

"2주." 드 빈치는 손가락 두 개를 들어 강조했다. "예일을 잠깐 스쳐 지나갔지. 1915년 셰필드 이과대학에서 퇴학당한 최초의 인간."

"유감이네요." 바질은 진지하게 말하고는, 숨을 크게 한 번 쉬고 입술을 비틀어 올려 상냥한 미소를 지었다. "부모님이 정말 속상하셨겠어요."

드 빈치는 안경 너머로 보듯 바질을 빤히 쳐다보았다. 무슨 욕설이라도 뱉을 기세였지만, 춤이 끝나고 나머지 사람들이 테이블로 돌아왔다.

"왔네, 스키디."

"잘 왔어, 스키디!"

그들 모두 그를 알았다. 하버드 신입생 중 한 명이 스키디에게 조베나 옆자리를 양보하자, 두 사람은 나지막한 목소리로 대화를 나누기 시작했다.

"스키디 드 빈치." 조지가 바질에게 속삭였다. "조베나랑 작년

여름에 약혼했는데, 아무래도 조베나는 마음이 떠난 것 같아."
조지는 고개를 절레절레 흔들었다. "바 하버에서 둘이 스키디네
어머니 전기차 타고 놀러 다녔었는데, 정말 못 봐주겠더라니까."

마치 불 켜진 손전등처럼 바질의 얼굴이 갑자기 확 밝아졌다.
그는 조베나를 바라보았다―도통 속내를 알 수 없는 그녀의 얼
굴이 아주 잠깐 환해졌지만, 이번의 미소에는 슬픔이 담겨 있었
다. 깊은 우정은 있었지만, 즐거움은 없었다. 그녀가 관계를 끝낸
다면 스키디 드 빈치가 순순히 받아들일까, 바질은 궁금했다. 그
가 마음을 고쳐먹어 술을 끊고 예일대로 돌아간다면, 조베나의
마음도 바뀔지 몰랐다.

음악이 다시 시작되었다. 바질은 초조하게 찻잔을 들여다보았
다.

"이번엔 탱고야." 조지가 말했다. "탱고는 춰도 괜찮지? 뭐 어
때, 스페인 춤인데."

바질은 고민에 빠졌다.

"춰도 된다니까." 조지가 우겼다. "스페인 춤이잖아. 스페인 춤
이면 나쁠 것도 없잖아?"

대학 신입생 중 한 명이 이상하다는 듯 그들을 쳐다보았다. 바
질은 테이블 너머로 고개를 숙여 조베나에게 춤을 청했다.

조베나는 작은 목소리로 드 빈치에게 한마디 하고 일어나더
니, 작은 결례에 사과하듯 바질에게 미소를 지어 보였다. 바질은
조베나와 함께 플로어로 나가며 현기증을 느꼈다.

그녀가 뜬금없이 엉뚱한 소리를 하는 바람에 바질은 움찔 놀
라 발을 헛디딜 뻔했다. 제대로 들은 건지 자신의 귀가 의심스러
웠다.

"지금까지 여자애 천 명하고 키스해 봤겠지." 그녀가 말했다.

"바로 그 입술로 말이야."

"무슨 소리야!"

"아니야?"

"물론 아니지." 바질이 단언했다. "정말 난……."

조베나의 눈꺼풀과 속눈썹이 또 무심하게 축 늘어졌다. 그녀는 밴드가 연주하는 곡을 부르고 있었다.

"탱고는 그대의 마음을 따뜻하게 녹여주지,
몸을 구부리고 흔들고 미끄러뜨려,
이 세상에 지나친 건 없어……."

이건 무슨 뜻일까―키스하는 사람들에게 아무 문제도 없다는 뜻인가? 심지어 칭찬받아 마땅하다는 뜻일까? 바질은 존 그랜비의 말을 떠올렸다. "착한 여자에게 키스할 때마다 네가 그 여자를 악마로 향하는 길에 세우는 거나 마찬가지야."

바질은 자신의 과거를 생각해 보았다. 캠프네 베란다에서 미니 비블과 함께 보낸 오후, 블랙 베어 호수에서 차를 타고 돌아올 때 이모진 비슬과 함께 뒷좌석에서 저질렀던 일, 우체국 게임에서 뻗대는 코나 귀에다 억지로 했던 유치한 키스들에서부터 시작된 온갖 잡다한 접촉들. 이제 끝이다. 아내가 될 사람을 찾기 전까지는 어떤 여자에게도 키스하지 않으리라. 사랑스러운 이 소녀가 그 문제를 너무 가볍게 여길까 봐 걱정이었다. 조베나와 스키디 드 빈치가 자동차 안에서 서로 지분거리며 노는 꼴을 '못 봐주겠더라'는 조지의 말을 들었을 때 바질이 느꼈던 기묘한 전율은 분노로 바뀌었다―점점 더 거세어지는 분노. 열일곱 살도 안 된 소녀가 그런 짓을 저지르는 건 범죄였다.

어쩌면 이것이 그의 책임, 그의 기회일지도 모른다는 생각이 문득 들었다. 그 모든 것이 공허한 일이고 그녀 자신이 불행을 자초하고 있다는 깨달음을 조베나의 마음속에 심어줄 수만 있다면 이번 뉴욕 방문도 헛되지 않을 터였다. 한 소녀에게 그녀가 전에는 알지 못했던 평온을 안겨주고 행복하게 학교로 돌아갈 수 있으리라.

사실 바질은 자동차 안에 함께 있던 조베나와 스키디 드 빈치를 생각하면 할수록 화가 치솟았다.

5시에 그들은 에밀스 카바레를 떠나 캐슬 하우스[1]로 갔다. 보슬비가 내려 길거리는 어슴푸레 반짝이고 있었다. 땅거미 진 바깥으로 나가는 것이 신났는지 조베나는 얼른 바질에게 팔짱을 꼈다.

"한차에 다 못 타. 우리는 핸섬[2] 타고 가자."

그녀는 빛바랜 진녹색 옷을 입은 70대 남자에게 주소를 댔고, 경사진 문이 닫히면서 비를 막아 주었다.

"걔들이 지겨워 죽겠어." 조베나가 속삭였다. "그 맹한 얼굴들 좀 봐. 스키디만 빼고. 하지만 한 시간만 지나면 스키디는 똑바로 걷지도 못할걸. 지난달에 죽은 개 에그셸 때문에 우는소리를 하기 시작하던데, 항상 그게 신호라니까. 희망이 안 보이는 사람한테 끌린 적 있어? 불만도 없고 기대도 없이 그냥 태어난 대로 모든 걸 받아들이고 사는 사람한테 말이야."

새로운 마음가짐으로 다시 태어난 바질은 이 말에 절대 찬성

---

1 버논 캐슬과 아이린 캐슬 부부가 운영한 댄스 스쿨.
2 말 한 필이 끄는 2인승 마차로, 마부는 차체 뒤에 솟아 있는 좌석에 앉아 마차를 몰았다. 승객들은 뒤편에 뚫린 작은 문을 통해 마부에게 주소를 전하거나 요금을 건넸다.

할 수 없었다.

"누구든 다시 일어설 수 있어." 그는 장담했다. "누구든 새 사람으로 거듭날 수 있어."

"스키디는 아니야."

"누구든 그렇다니까." 바질은 고집스레 말했다. "더 나은 삶을 살겠다고 결심하기만 하면 깜짝 놀랄 정도로 편안해지고 훨씬 더 행복해져."

조베나에게는 바질의 말이 들리지 않는 모양이었다.

"마차를 타고 달리니까 기분 좋지 않아? 축축한 바람이 들어오는데 너랑 난 마차 안에 있고." 그녀는 바질에게로 고개를 돌려 빙긋 웃었다. "둘이서 같이."

"그래." 바질은 건성으로 답했다. "중요한 건, 완벽한 인생을 꾸리려는 노력이야. 어릴 때부터 시작해야 해. 절대적으로 완벽한 인생을 살려면 열한 살이나 열두 살부터 시작해야 한다고."

"맞는 말이야. 어떻게 보면 스키디의 인생도 완벽해. 걱정도 없고 후회도 없잖아. 18세기든 언제든, 돈이랑 친구들이 있는 곳이라면 어디 데려다 놔도 잘살 사람이라니까."

"내 말은 그런 뜻이 아니야." 바질은 경악하며 말했다. "내가 말하는 완벽한 인생이란 그런 게 전혀 아니야."

"더 거창한 인생을 말하고 싶은 거겠지." 조베나는 바질 대신 답했다. "네 턱을 보고 그럴 줄 알았어. 넌 네가 원하는 건 뭐든 다 손에 넣을 거야."

조베나는 또 바질을 쳐다보더니 가까이 다가앉았다.

"그런 말이 아니라……." 그가 입을 열기 시작했다.

조베나는 그의 팔에 손을 얹었다. "잠깐, 거의 다 도착했어. 아직은 들어가지 말자. 이렇게 길거리에 불빛이 켜져 있으니까 너무 좋아. 안으로 들어가면 너무 덥고 비좁을 거야. 몇 블록만 더 달리라고 하자. 아까 보니까, 넌 춤도 몇 번 안 추더라. 마음에 들어. 음악이 나오자마자 죽기 살기로 뛰쳐나가는 남자는 질색이거든. 정말 열여섯 살밖에 안 됐어?"

"응."

"더 많을 것 같은데. 얼굴이 어른스러워 보여."

"내 말 좀……." 바질은 절박한 심정으로 다시 입을 뗐다.

조베나는 마차 뒤편에 난 작은 문을 통해 마부에게 전했다.

"우리가 멈추라고 할 때까지 브로드웨이를 계속 달려요." 다시 자리에 앉은 조베나는 꿈꾸는 듯 멍하니 중얼거렸다. "완벽한 인생이라. 나도 내 인생이 완벽했으면 좋겠어. 가치 있는 뭔가를 찾을 수 있다면 고생해도 좋아. 천박하거나 시시하거나 비열한 짓은 절대 안 할 거야, 차라리 큰 죄를 짓고 말지."

"안 돼!" 바질은 아연실색했다. "그런 무시무시한 생각을 하면 안 되지. 아니, 열여섯 살짜리 여자애가 그런 식으로 말하면 안 돼. 네 마음을 찬찬히 들여다보고, 미래를 생각해야지." 바질은 조베나가 끼어들지 않을까 싶어 말을 멈추었지만, 그녀는 침묵을 지켰다. "저기, 한 달 전엔 나도 풋볼 훈련만 안 하면 하루에 열두 개비나 열다섯 개비씩 담배를 피웠어. 욕도 하고, 집에 편지도 거의 안 쓰고. 그래서 내가 아픈 줄 알고 집에서 전보를 보낼 정도였다니까. 난 책임감 따윈 없었어. 내가 완벽한 인생을 살 수 있을 거라는 생각은 한 번도 안 해봤어, 시도해 보기 전까지는."

그는 감정이 복받쳐 말을 끊었다.

"그래?" 조베나는 작은 목소리로 물었다.

"정말이야. 나도 남들이랑 똑같았어, 아니 더 나빴지. 여자애들이랑 키스해 놓고는 그냥 잊어버리고."

"그런데…… 어쩌다 이렇게 바뀐 거야?"

"어떤 사람을 만났거든." 갑자기 바질은 조베나에게로 몸을 돌려, 존 그랜비처럼 쓸쓸하면서도 감미로운 미소를 애써 지어 보였다. "조베나, 넌 말이야……. 넌 훌륭한 여자가 될 자질이 있어. 오늘 오후에 네가 담배 피우고, 그 야만적이고 외설적인 모던 댄스를 추는 걸 보니까 정말 가슴 아프더라. 그리고 키스에 관해 그런 식으로 얘기하는 것도. 가족 외에 딴 사람하고는 절대 키스도 안 하고 순수하게 살아온 남자를 만나면, 그 남자한테 네가 망측한 짓을 하고 돌아다녔다고 말해야 할 텐데, 어쩌려고 그래?"

조베나는 몸을 획 뒤로 기대더니 마부에게 차갑게 말했다.

"이제 돌아가요, 아까 알려준 주소로."

"이제 그만둬야 해." 바질은 조베나를 어떻게든 더 높은 차원으로 끌어올리려 발버둥 치며 그녀에게 또 미소 지었다. "노력하겠다고 약속해 줘. 그리 어려운 일도 아니야. 언젠가 올곧고 정직한 남자가 와서 '저와 결혼해 주시겠습니까?'라고 청혼하면, 넌 스페인 탱고와 보스턴 왈츠 빼고는 외설적인 모던 댄스를 춘 적도 없고 키스도 해본 적 없다고 말할 수 있어. 그러니까, 열여섯 살 이후로 말이야. 누구랑 키스했다는 얘기 자체를 할 필요가 없어."

"그건 거짓말이잖아." 그녀는 묘한 목소리로 말했다. "사실대로 말해야 하지 않을까?"

"철이 없었다고 하면 되지."

"오."

바질에게는 아쉽게도 마차가 캐슬 하우스 앞에 멈추어 섰다.

조베나는 서둘러 안으로 들어갔고, 뒤늦게 나타난 걸 보상하려는 듯 남은 오후 시간은 스키디와 하버드 신입생들에게만 신경을 쏟았다. 하지만 한 달 전 바질이 그랬듯, 그녀 역시 골똘히 생각하고 있는 것이 분명했다. 시간이 조금만 더 있었더라면, 완벽한 인생을 영위하는 한 사람이 타인에게 어떤 영향을 끼칠 수 있는지 보여줌으로써 그의 주장을 확실히 관철할 수 있었을 것이다. 내일 기회를 찾아야겠다고 바질은 생각했다.

하지만 다음 날 바질은 조베나를 거의 보지 못했다. 점심때 밖에 나간 그녀는 낮 공연을 본 후 바질과 조지와 만나기로 했던 장소에 나타나지 않았다. 빌트모어 호텔의 식당에서 한 시간이나 기다린 보람이 없었다. 저녁 식사 동안에는 다른 사람들이 함께 있었고, 식사를 마치기가 무섭게 조베나가 사라져버리자 바질은 슬슬 짜증이 나기 시작했다. 혹시 그의 너무 진지한 태도에 그녀가 겁을 집어먹은 걸까? 그렇다면 더욱더 그녀를 보고, 그녀에게 확신을 주고, 고귀한 목적이라는 보이지 않는 끈으로 그녀를 그에게 묶어둘 필요가 있었다. 어쩌면…… 어쩌면 조베나는 이상적인 신붓감일지도 몰랐다. 이 멋진 생각이 떠오르자 그의 온몸이 황홀감에 달떴다. 그는 기다림의 시간이 될 앞으로의 몇 년을 머릿속으로 계획했다. 서로를 완벽한 삶으로 이끌고, 다른 사람과는 키스하지 않을 것—이 점을 강조하리라, 절대로 안 된다고. 조베나는 스키디 드 빈치를 만나지도 않겠노라 약속해야 한다. 그런 다음 결혼을 하고, 남을 도우며 완벽하고 명예롭고 사랑으로 가득한 인생을 누리리라.

그날 밤 바질과 조지는 또 극장에 갔다. 11시가 조금 넘어 집에 돌아왔을 때 조지는 어머니에게 밤 인사를 하러 위층으로 올라갔고, 바질은 뭐라도 먹을까 싶어 냉장고로 향했다. 가는 길에 지나야 하는 식품 저장실은 어두컴컴했고, 불을 켜려고 서툴게 벽을 더듬던 바질은 부엌에서 그의 이름을 말하는 목소리가 들려와 흠칫 놀랐다.

"……바질 듀크 리 선생."

"내가 보기엔 괜찮던데." 바질은 스키디 드 빈치의 느릿느릿한 말투를 알아들었다. "그냥 어린애잖아."

"그냥 어린애는 무슨, 기분 나쁜 샌님이지." 조베나는 딱 잘라 말했다. "담배가 어떻고 모던 댄스가 어떻고 키스가 어떻고, 구닥다리 설교만 늘어놓더라니까. 또 언젠가 내가 올곧고 정직한 남자—사람들이 지겹도록 얘기하는 그런 올곧고 정직한 남자 말이야—를 만날 거라는데, 아무래도 자기를 말한 거겠지. 자기는 완벽한 인생을 살고 있다니까. 오, 얼마나 느끼하고 소름 끼쳤는지 몰라. 정말 속이 느글거리더라니까, 스키디. 태어나서 처음으로 칵테일이 마시고 싶어졌어."

"오, 그냥 철없는 애잖아." 스키디가 점잖게 말했다. "그런 시기가 있어. 걔는 잘 넘어갈 거야."

바질은 그들의 대화를 들으며 공포에 질렸다. 얼굴이 화끈거리고 입이 다물어지지 않았다. 당장이라도 달아나고 싶었지만, 충격으로 온몸이 바닥에 들러붙어 버렸다.

"내가 도덕적인 남자를 어떻게 생각하는지는 감히 글로 적을 수도 없을 정도야." 잠시 후 조베나가 말했다. "아무래도 난 천성이 나쁜 인간인가 봐, 스키디. 강직한 남자를 만나기만 하면 기분이 상해버리니까 말이야."

"그럼 이제 어쩔 거야, 조베나?"

기나긴 침묵이 흘렀다.

"내가 깨달은 사실이 있어." 마침내 그녀가 입을 열었다. "어제만 해도 자기랑 끝낼 생각이었거든. 그런데 그 일을 겪고 나니까, 바질 듀크 리 선생 같은 어른들 수천 명이 나한테 자기들처럼 완벽한 인생을 살라고 닦달하는 장면이 눈에 보이는 것만 같더라. 난 거부하겠어, 단연코. 자기만 좋다면, 내일 그리니치에서 자기랑 결혼할래."

3

1시가 되도록 바질의 방에는 여전히 불이 켜져 있었다. 방을 이리저리 서성이며 그는 조베나를 악인으로 규정하고 자신의 주장을 하나씩 정당화해 나갔지만, 매번 쓰라린 굴욕만 맛보았다. '기분 나쁜 샌님.' 확신에 찬 조롱의 말 한 마디가 바질의 머릿속에서 존 그랜비의 고귀한 원칙들을 깡그리 몰아내 버렸다. 바질에게는 노예처럼 숭배할 대상이 생겼으며, 지난 스물네 시간 사이에 조베나라는 존재가 인생의 가장 강력한 원동력이 되었다. 조베나의 말이 진실이라고 그는 가슴속 깊이 믿었다.

추수감사절 아침에 일어났을 때 바질의 눈가는 시커멓게 그늘져 있었다. 당장 떠나려고 싸둔 가방은 지난밤의 참사를 상기시켰고, 잠으로 긴장이 풀린 채 누워서 천장을 올려다보고 있자니 그의 눈에 굵직한 눈물이 차올랐다. 좀 더 연륜이 쌓인 사람이라면 의도의 고결함을 위안 삼았겠지만, 바질에게는 불가능한 일이었다. 16년 동안 그는 타고난 승부욕 때문에, 그리고 존 그랜비 외에는 그의 상상력을 사로잡은 연상의 사람이 없었기에, 정해진 목표 없이 자신의 길을 걸어왔었다. 밤사이 존 그랜비가 그의 인생에서 사라져버렸으니, 이제 안내자 한 명 없이 오롯이 혼자의 힘으로 명예를 되찾기 위한 힘겨운 싸움을 다시 시작해야 할 것 같았다.

한 가지 사실만은 분명했다. 조베나가 스키디 드 빈치와 결혼해서는 안 된다는 것. 스키디는 그런 책임을 떠맡을 깜냥이 안 되는 위인이었다. 바질은 여차하면 조베나의 아버지를 찾아가 자신이 아는 바를 고해바칠 작정이었다.

30분 후 방에서 나간 바질은 복도에서 조베나와 마주쳤다. 그녀는 리넨 주름 옷깃이 달린 상의에 호블 스커트로 이루어진, 말쑥한 파란색 외출용 정장을 차려입고 있었다. 그녀는 눈을 조금 크게 뜨더니 바질에게 정중한 아침 인사를 건넸다.

"얘기 좀 해." 바질은 급하게 말했다.

"정말 미안해." 더할 수 없이 불편해 보이는 기색의 그에게 조베나는 아무 일도 없었던 양 살짝 미소를 지었다. "지금 좀 바빠서."

"아주 중요한 일이야. 네가 날 싫어한다는 건 알지만……."

"그게 무슨 소리야!" 조베나는 유쾌하게 웃었다. "당연히 널 좋아하지. 왜 그런 말도 안 되는 생각을 했어?"

바질이 뭐라 대답하기도 전에 조베나는 다급하게 손을 흔들고는 계단을 뛰어 내려갔다.

조지는 시내로 나가고 없었고, 바질은 아침 내내 센트럴파크에서 살포시 내리는 함박눈 속을 걸으며 도시 씨에게 할 말을 연습했다.

"저와는 아무 관계도 없는 일이지만, 선생님의 하나뿐인 따님이 방탕한 남자에게 인생을 허비하도록 두고 볼 수만은 없습니다. 만약 제 딸이 그렇게 인생을 내버릴 참이라면 누군가가 내게 말해 주길 원할 테고, 그래서 제가 선생님께 말씀드리러 왔습니다. 물론 이후로는 선생님 댁에 계속 있기가 곤란하니 여기서 작별 인사를 드리겠습니다."

12시 15분, 거실에서 초조하게 기다리던 바질은 도시 씨가 집에 들어오는 소리를 들었다. 급하게 달려 내려갔지만, 도시 씨가 올라탄 승강기의 문이 이미 닫혀버렸다. 바질은 몸을 돌려 기계 장치와 경주를 벌이듯 3층까지 뛰어 올라가 복도에서 그를 따라 잡았다.

　"따님이," 바질은 격한 투로 말을 시작했다. "선생님의 따님이……."

　"음, 조베나한테 무슨 문제라도 있나?"

　"따님 일로 말씀드릴 게 있어요."

　도시 씨는 웃었다. "청혼할 생각인가?"

　"오, 아니에요."

　"그럼, 저녁에 칠면조 고기를 배불리 먹고 나서 기분 좋게 얘기 나누세."

　그는 바질의 어깨를 탁 치고는 자신의 방으로 들어갔다.

　성대한 가족 만찬이 열렸고, 바질은 대화를 가장하여 조베나에게서 눈을 떼지 않은 채 옷차림과 표정을 통해 그녀의 절박한 의도를 간파하려 애썼다. 오늘 아침에 보았듯이 조베나는 속내를 감추는 데 능했지만, 한두 번 그녀의 눈이 손목시계로 향하며 멍해지는 것을 바질은 놓치지 않았다.

　식사 후 서재에 모여 커피를 마셨고, 바질에게는 지루하게 느껴지는 수다가 끊이질 않았다. 조베나가 돌연히 일어나 방에서 나가자 바질은 얼른 도시 씨의 곁으로 자리를 옮겼다.

　"자, 젊은이, 나한테 무슨 용건이라도?"

　"저……." 바질은 머뭇거렸다.

　"부탁이 있다면 지금 말하게. 배도 부르고 기분이 좋으니까."

　"저……." 바질은 또 말을 끊었다.

"부끄러워할 것 없네. 조베나에 관한 일이겠지."

그때 기묘한 일이 바질에게 벌어졌다. 갑자기 초연해지면서 자신을 외부에서 바라볼 수 있게 된 것이다. 자신이 손님으로 지내고 있는 집에서 한 소녀에게 불리한 정보를 도시 씨에게 고자질하고 있는 그가 보였다.

"저……." 바질은 멍하니 다시 말했다.

"문제는 이거야. 자네가 조베나를 먹여 살릴 수 있겠나?" 도시 씨가 유쾌하게 말했다. "두 번째 질문. 자네가 조베나를 통제할 수 있겠나?"

"제가 뭘 말씀드리려고 했는지 잊어버렸어요." 바질은 불쑥 말해 버렸다.

그는 머릿속이 복잡하게 뒤엉킨 채로 서재에서 급하게 나간 뒤, 단숨에 위층으로 올라가 조베나 방의 문을 두드렸다. 대답이 없자 그는 문을 열고 방 안을 힐끔 들여다보았다. 방은 비어 있었지만, 절반쯤 채워진 여행 가방이 침대에 놓여 있었다.

"조베나." 바질은 초조하게 그녀를 불렀다. 아무런 답도 없었다. 복도를 지나던 하녀가 조베나 양이 어머니 방에서 머리에 마르셀 웨이브[1]를 넣고 있다고 알려주었다.

바질은 부리나케 아래층으로 내려가 코트를 입고 모자를 쓰며, 요전 날 오후 스키디 드 빈치를 데려다줬던 주소를 기억해내려 애썼다. 그 건물을 알아볼 거라는 확신으로 택시를 타고 렉싱턴 애비뉴를 달렸다. 세 번 허탕 친 끝에 어느 초인종 옆의 명판에서 '레너드 에드워드 데이비스 드 빈치'라는 이름을 발견한 그는 흥분으로 온몸을 바르르 떨었다. 초인종을 울리자 안쪽 문

---

1 높은 열에 달군 헤어 스타일링기로 머리카락을 일시적으로 구불구불하게 만드는 것.

의 걸쇠가 찰칵거렸다.

그에게는 아무런 계획도 없었다. 말로 설득이 안 되면 스키디를 때려눕히고 꽁꽁 묶어두었다가 문제가 해결되면 풀어줄까 하는, 멜로드라마 같은 아이디어가 막연히 떠올랐다. 스키디의 몸무게가 바질보다 18킬로그램은 더 나간다는 사실을 생각하면 실현 가능성은 거의 없었다.

스키디는 짐을 싸고 있었다—오버코트를 여행 가방 위로 휙 던졌지만, 바질에게 그 사실을 숨기지 못했다. 어질러진 화장대 위에 뚜껑 열린 위스키 한 병과 반쯤 채워진 술잔이 나란히 놓여 있었다.

놀라움을 숨긴 채 스키디는 바질에게 앉으라고 청했다.

"내가 여기 온 이유는……." 바질은 애써 차분한 목소리로 말했다. "조베나 때문이에요."

"조베나?" 스키디는 얼굴을 찡그렸다. "조베나가 왜? 조베나가 널 여기로 보냈어?"

"아, 아니요." 바질은 시간을 벌기 위해 침을 꿀꺽 삼켰다. "그러니까, 조언을 좀 구할까 싶어서요. 조베나가 날 싫어하는 것 같은데 이유를 모르겠거든요."

스키디의 얼굴이 풀렸다. "말도 안 되는 소리. 당연히 조베나는 널 좋아하지. 술 한잔할래?"

"아니요. 지금은 됐어요."

스키디는 잔을 마저 비웠다. 그러고는 살짝 망설이다가 가방에서 오버코트를 치웠다.

"짐 계속 싸도 될까? 곧 떠나거든."

"그럼요."

"한잔하지그래."

"아니요, 금주 중이거든요, 지금은."

"아무것도 아닌 일로 걱정될 땐 술 한 잔이면 바로 해결되지."

전화가 울리자 스키디는 수화기를 들어 귀에 바짝 붙였다.

"응……. 지금은 얘기하기가 좀 그래……. 응……. 그럼 5시 반에. 지금 4시 정도 됐어……. 만나면 설명해 줄게……. 안녕." 그는 전화를 끊었다. "사무실에서 온 전화야." 그는 태연한 척 말했다. "한잔 안 할래?"

"아니요, 됐어요."

"걱정하지 말고 그냥 즐겨."

"손님으로 있는 집에서 누군가 날 안 좋아한다는 걸 알면 힘들죠."

"걔는 널 좋아한다니까. 저번에 나한테 직접 그렇게 말했어."

스키디가 짐을 싸는 동안 두 사람은 그 문제를 논했다. 조금 혼란스럽고 극도로 긴장된 상태에 있는 스키디에게 적절히 진지한 말투로 질문 하나만 던지면 장황한 이야기가 끝없이 이어질 것 같았다. 아직 바질에겐 스키디의 집에 머물다 절호의 기회가 생기면 그 틈을 파고든다는 것밖에 별다른 계획이 없었다.

하지만 이렇게 계속 버티기는 힘들 터였다. 스키디는 바질이 집요하게 들러붙을까 봐 슬슬 걱정되는 모양이었다. 마침내 스키디는 단호한 손짓으로 여행 가방을 탁 닫고 술을 크게 한 모금 들이켜고는 말했다.

"자, 이제 난 가봐야겠다."

그들은 함께 나갔고, 스키디가 택시를 불렀다.

"어느 방향으로 가요?" 바질이 물었다.

"시 외곽, 아니, 시내로."

"그럼 같이 타고 가요." 바질이 제안했다. "빌트모어 호텔에서…… 한잔해요."

스키디는 주저하며 말했다. "거기 내려줄게."

빌트모어 호텔에 도착했지만 바질은 내릴 기색 없이 가만히 앉아 있었다.

"같이 들어갈 거죠?" 바질은 놀란 목소리로 물었다.

스키디는 얼굴을 찡그리며 손목시계를 보았다. "시간이 별로 없는데."

바질은 시무룩한 얼굴을 하고서 뒤로 기대앉았다. "혼자 들어 가면 아무 소용 없어요. 난 어려 보여서 더 나이 많은 사람이랑 같이 안 들어가면 아무것도 안 줄걸요."

이 작전이 먹혀들었다. 스키디는 "서둘러야겠는걸." 하고 말하며 내렸고, 그들은 호텔 바로 들어갔다.

"뭐 마실래?"

"독한 거로요." 바질은 입에 문 담배에 불을 붙이며 말했다.

"스팅어 두 잔이요." 스키디가 주문했다.

"정말 독한 걸로 해요."

"그럼 더블 스팅어 두 잔."

바질은 곁눈질로 시계를 힐끔 보았다. 5시 20분이었다. 스키디가 술을 들이켤 때를 기다려 바질은 웨이터에게 손짓으로 똑같은 주문을 다시 넣었다.

"오, 안 돼!" 스키디가 외쳤다.

"내가 낼 테니까 한 잔 더 해요."

"넌 술잔을 입에 대지도 않았잖아."

바질은 억지로 한 모금 홀짝였다. 스키디는 몸에 또 술이 들어 가니 긴장이 풀린 눈치였다. "가야 되는데." 그는 무심코 말했다. "중요한 약속이 있거든."

바질은 한 가지 좋은 생각이 떠올랐다.

"개를 한 마리 살까 생각 중이에요." 그가 선언하듯 말했다.

"개 얘기는 하지 마." 스키디는 구슬프게 말했다. "끔찍한 일을 겪었는데 이제야 겨우 극복했다고."

"얘기해 봐요."

"얘기하기 싫어. 정말 끔찍했거든."

"내 생각에 우리 인간한테는 개만 한 친구가 없는 것 같아요."

"그렇지?" 스키디는 손바닥으로 테이블을 탁 쳤다. "동감이야, 리. 나도 그렇게 생각해."

"개만큼 인간을 사랑하는 것도 없죠." 바질은 애틋한 표정으로 먼 곳을 응시하며 말을 이었다.

두 번째 더블 스팅어가 도착했다.

"내가 잃어버린 개 얘기를 해줄게." 스키디는 이렇게 말하고는 손목시계를 보았다. "늦었지만 조금 늦는다고 큰일 나진 않겠지. 네가 개를 좋아한다면 얘기해 줄게."

"세상에서 제일 좋아해요." 바질은 여전히 반쯤 채워져 있는 첫 잔을 들어 올렸다. "인간의 단짝 친구, 개를 위하여."

그들은 술을 들이켰다. 스키디의 눈에 눈물이 고여 있었다.

"내 얘기 좀 들어봐. 에그셸을 강아지 때부터 키웠어. 얼마나 아름다웠는지 몰라. 맥타비시 6세가 낳은 에어데일 종이었지."

"분명 아름다웠겠네요."

"그랬다니까! 내 얘기 좀 들어봐……."

이야기에 열을 올리기 시작한 스키디는 바질이 새 술잔을 밀어주자 냉큼 손으로 감싸 쥐었다. 바질은 바텐더의 시선을 끌어 두 잔 더 주문했다. 시계를 보니 6시 5분이었다.

스키디의 횡설수설은 끝없이 이어졌다. 그 후로 바질은 잡지에서 개 이야기를 보기만 하면 심한 욕지기가 일었다. 6시 반이 되자 스키디는 엉거주춤 일어났다.

"가야겠어. 중요한 약속이 있거든. 미안."

"괜찮아요. 카운터에 잠깐 들러서 한 잔만 더 해요."

바텐더와 스키디는 아는 사이였고, 그들은 몇 분 동안 이야기를 나누었다. 이제 시간은 전혀 중요치 않은 것 같았다. 스키디는 아주 중요한 어떤 일을 무사히 치를 수 있기를 기원하며 옛 친구와 한 잔 마셨다. 그리고 또 한 잔.

7시 45분, 바질은 레너드 에드워드 데이비스 드 빈치를 호텔 바에서 데리고 나가며, 그의 여행 가방을 바텐더에게 맡겼다.

"중요한 약속인데." 택시를 부르면서 스키디가 웅얼거렸다.

"아주 중요하죠." 바질이 맞장구를 쳤다. "꼭 갈 수 있게 해줄게요."

택시가 다가와 서자 스키디는 기어들듯 올라탔고, 바질은 운전사에게 주소를 알려주었다.

"안녕, 고마워!" 스키디는 열띤 목소리로 외쳤다. "안 되겠다, 들어가서 인간의 단짝 친구를 위해 한 잔 더 해야겠어."

"아, 안 돼요. 너무 중요한 약속이 있잖아요."

"그래. 너무 중요하지."

차가 떠나고, 바질은 모퉁이를 돌아가는 차를 눈으로 좇았다. 스키디는 에그셸의 무덤을 방문하러 롱아일랜드섬으로 향하는 중이었다.

4

바질은 태어나 처음으로 술을 마셨고, 이제 기분 좋게 긴장이 풀리고 나니 아까 억지로 삼켰던 칵테일 석 잔의 기운이 순식간에 머리끝까지 올라왔다. 도시 가족의 집으로 가는 길에 그는 고개를 뒤로 젖히고 깔깔거리며 웃었다. 지난밤 잃어버린 자존감이 갑자기 무서운 기세로 돌아왔다. 충만한 자신감으로 온몸이 쿡쿡 쑤셨다.

하녀가 문을 열어주자, 바질은 아래층 홀에 누군가 있다는 걸 무의식적으로 알아차렸다. 그는 하녀가 사라질 때까지 기다렸다가 코트룸으로 걸어가 문을 열었다. 조베나가 초조함과 두려움이 뒤섞인 표정을 한 채 여행 가방 옆에 서 있었다. 사기충천한 그의 착각인지는 몰라도 그를 본 조베나의 얼굴이 안도감으로 밝아지는 것 같았다.

"안녕." 그녀는 원래 의도였던 것처럼 코트를 벗어 걸고는 불빛 아래로 나왔다. 내내 앉아서 두 손을 깍지 끼고 있었던 양, 그녀의 창백하고 사랑스러운 얼굴은 차분하기 그지없었다.

"오빠가 널 찾더라." 그녀는 무심히 말했다.

"그래? 난 친구 만나고 왔어."

조베나는 희미한 칵테일 냄새를 맡고는 깜짝 놀란 표정을 지었다.

"그런데 친구는 개 무덤에 가고, 나는 그냥 돌아왔지."

순간 그녀의 몸이 뻣뻣하게 굳었다. "스키디랑 같이 있었어?"

"개 이야기를 해주더라고." 바질은 엄숙하게 말했다. "어쨌든 개는 인간의 단짝 친구잖아."

조베나는 앉아서 휘둥그런 눈으로 바질을 빤히 쳐다보았다.

"스키디가 취했어?"

"개를 보러 갔다니까."

"오, 그 바보!" 그녀는 외쳤다.

"스키디를 기다리고 있었어? 혹시 저거 네 여행 가방이야?"

"참견 마."

바질은 가방을 코트룸에서 꺼내어 승강기에 집어넣었다.

"오늘 밤엔 필요 없을 거야." 바질이 말했다.

조베나의 두 눈은 절망 어린 눈물이 가득 고여 반짝였다.

"술 마시지 마." 그녀는 뚝뚝 끊어지는 목소리로 말했다. "스키디가 술 때문에 어떻게 됐는지 못 봤어?"

"인간의 단짝 친구는 스팅어야."

"넌 겨우 열여섯 살이야. 며칠 전 오후에 나한테 했던 말은 전부 농담이었나 봐. 완벽한 인생 어쩌고저쩌고하더니."

"전부 농담이야." 바질은 맞장구쳤다.

"진담인 줄 알았는데. 왜 다들 하나같이 농담만 떠들어대는 거야?"

"난 내가 알았던 어떤 여자애보다 널 좋아해." 바질이 나직이 말했다. "진심이야."

"나도 널 좋아했어, 네가 키스에 관해서 훈계하기 전까지는."

바질은 그녀에게 다가가 그녀의 손을 잡았다.

"하녀가 오기 전에 가방을 위층으로 가져가자."

그들은 어두컴컴한 승강기로 들어가 문을 닫았다.

"어딘가 전등 스위치가 있어." 그녀가 말했다.

바질은 조베나의 손을 놓지 않고 어둠 속에서 그녀를 끌어당겨 한 팔로 꼭 안았다.

"지금은 불을 켜지 않아도 돼."

돌아가는 기차 안에서 조지 도시는 갑작스레 결단을 내리고 입을 꽉 다물었다.

"나도 이런 말 하고 싶진 않지만, 바질……." 그는 주뼛주뼛 말했다. "혹시 추수감사절에 술 마셨어?"

바질은 얼굴을 찡그리며 고개를 끄덕였다.

"가끔은 나도 어쩔 수가 없어." 바질은 진지하게 말했다. "왜 그런지 모르겠어. 우리 가족 전부 술병으로 죽었어."

"세상에!" 조지가 탄성을 질렀다.

"하지만 이제 끝이야. 스물한 살이 되기 전까지 술은 입에도 안 대겠다고 조베나랑 약속했거든. 계속 이렇게 마셔대다간 인생을 망칠 거래."

조지는 잠깐 아무 말도 없었다.

"지난 며칠 동안 조베나랑 무슨 얘기를 했어? 넌 내 손님 아니었어?"

"뭐, 성스러운 이야기랄까." 바질은 차분하게 말했다. "저기, 저녁으로 먹을 만한 게 없으면, 오늘 밤에 샘한테 식품 저장실 창문 잠그지 말고 열어두라고 하자."

전진하다

1

우수 어린 황금빛으로 물든 어느 늦여름 오후, 바질 듀크 리와 리플리 버크너 주니어는 바질네 집 앞의 계단에 앉아 있었다. 신비로운 약속을 전하듯 집 안에서 전화벨이 쩌렁쩌렁 울렸다.

"네가 집에 갈 줄 알았는데." 바질이 말했다.

"난 네가 갈 줄 알았지."

"난 갈 거야."

"나도 갈 거야."

"그럼 왜 안 가?"

"그런 너는 왜 안 가?"

"간다니까."

그들은 소리 내어 웃다가 마지막에는 입을 크게 벌린 채 목구멍으로 까르륵거렸다. 또 전화가 울리자 바질이 일어났다.

"저녁 먹기 전에 삼각법 공부해야 돼."

"정말 이번 가을에 예일대에 가려고?" 리플리가 미심쩍은 듯 다그쳐 물었다.

"응."

"열여섯 살에 가는 건 바보짓이라고 다들 그러던데."

"난 9월에 열일곱 살이 돼. 잘 가. 오늘 밤에 전화할게."

바질은 위층에서 통화하는 어머니의 목소리를 듣고서 뭔가 힘든 일이 있음을 곧장 알아차렸다.

"그래, 정말 큰일이야, 에버릿……! 그래, 어쩜 좋아!" 잠시 후 바질은 평소와 다를 바 없는 사업 걱정이라는 결론을 내리고 간식거리를 찾아 부엌으로 갔다. 방으로 돌아가던 바질은 급하게 내려오는 어머니와 마주쳤다. 어머니는 모자를 거꾸로 쓴 채 연신 눈을 깜박였다—그녀가 동요하고 있다는 증거였다.

"네 할아버지 댁에 다녀올게."

"무슨 일이에요, 엄마?"

"에버릿 삼촌 말이, 우리가 거액을 잃은 것 같대."

"얼마나요?" 바질은 깜짝 놀라 물었다.

"한 명당 2만 2,000달러. 아직 확실하진 않아."

어머니는 이 말을 남기고 떠났다.

"2만 2,000달러!" 바질은 두려움에 휩싸여 속삭였다.

바질은 돈에 관해 잘 모르고 무심한 편이었지만, 저녁 식사를 함께할 때마다 3번가가 철도 회사에 팔릴 것이냐를 두고 토론하던 가족들이 언제부턴가 서부 공익 기업체에 관해 걱정스러운 대화를 주고받기 시작했음을 눈치채고 있었다. 6시 반, 먼저 저녁을 먹으라는 어머니의 연락을 받고 바질은 홀로 식탁에 앉았다. 불안감이 점점 더 커져, 접시 옆에 펼쳐놓은 『미시시피 버블 *The Mississippi Bubble*』[1]도 눈에 들어오지 않았다. 7시에 심란하고 우울한 표정으로 돌아온 어머니는 식탁에 쓰러지듯 앉아, 바질에게 처음으로 그들의 재정 상황을 정확히 알려주었다. 그녀와 그녀의 아버지와 그녀의 형제 에버릿이 8만 달러 이상을 잃었다. 공황 상태에 빠진 그녀는 마치 다이닝 룸에서도 돈이 빠져나가고 있는 것처럼 정신없이 주변을 두리번거리며 당장에 생활비를 줄여

---

1 1902년 미국 작가 에머슨 허프가 발표한 소설로, 1700년대 프랑스령 루이지애나에서 투기 투자로 인해 발생한 '미시시피 버블'을 다루었다.

야겠다고 말했다.

"증권을 그만 팔아야지, 잘못하다간 한 푼도 못 건지겠어." 그녀가 선언하듯 말했다. "지금 상태로는 1년에 3,000달러밖에 못써. 알겠니, 바질? 널 예일대로 보낼 형편이나 될지 모르겠다."

바질은 심장이 철렁 내려앉았다. 그의 앞에서 항상 아늑한 화톳불처럼 빛나던 미래가 찬란하게 확 타올랐다가 꺼져버렸다. 그의 어머니는 몸서리를 치고는 고개를 힘차게 내저었다.

"주립대학으로 바꾸는 게 좋겠어."

"네?"

충격으로 얼굴이 굳어버린 바질이 안쓰러웠지만, 어머니는 비보를 억지로 전하는 쓸쓸한 심정으로 조금은 매몰차게 말했다.

"나도 정말 안타까워, 네 아빠가 널 예일대로 보내고 싶어 했으니까. 하지만 옷이며 기차 요금이며 1년에 2,000달러는 든다잖아. 할아버지 덕분에 네가 세인트레지스 스쿨을 다녔지만, 할아버지는 처음부터 널 주립대학에 보낼 생각이셨어."

어머니가 차 한 잔을 들고 멍하니 위층으로 올라간 후, 바질은 어두컴컴한 거실에 앉아 생각에 잠겼다. 지금 당장 그 손실이 그에게 의미하는 바는 오로지 한 가지였다. 결국 예일대에 갈 수 없다는 것. 의미와는 별개로 이 문장 자체가 그를 압도했다. "난 예일대에 갈 거야"라는 말을 아무렇지도 않게 무수히 뱉었지만, 오래전부터 품어왔던 친숙한 꿈들이 완전히 날아가 버렸음을 바질은 서서히 깨달았다. 예일대는 대도시들에 관한 책을 처음 읽은 후로 쭉 사무치도록 그리워하고 사랑해 온 머나먼 동부의 상징과도 같았다. 시카고의 음울한 기차역들과 피츠버그의 도깨비불 너머 오래된 주들에는 바질의 심장을 흥분시켜 빨리 뛰게 만드는 무언가가 있었다. 바질은 뉴욕의 시끌벅적하고 숨 가쁜 활기, 피아노선처럼 팽팽한 대도시의 낮과 밤이 마음에 들었다. 뉴욕에서는 무엇이든 상상할 필요가 없었다. 책이나 꿈에서 경험하는 강렬하고 만족스러운 삶이 펼쳐지는, 낭만 그 자체인 곳이니까.

하지만, 더 깊고 더 풍요로운 그런 삶으로 들어가려면 먼저 예일대라는 관문을 통과해야 했다. 그 이름만 들으면, 11월의 서늘한 황혼 속에서 감당할 수 없는 목표를 위해 용맹하게 싸웠던 풋볼팀[1], 오페라해트를 쓰고 지팡이를 든 채 맨해튼 호텔 바에 서 있는 대여섯 명의 완벽한 귀족들이 떠올랐다. 그리고 그 위업과 보상, 그 투쟁과 영광에 함께 뒤엉킬 수밖에 없는 비할 데 없이 아름다운 소녀의 환영.

그렇다면, 학비를 스스로 벌어 예일대를 다니면 되지 않을까? 그 아이디어는 순식간에 현실로 다가왔다. 바질은 이리저리 빠르게 서성이다 나지막이 말했다. "물론 그래야지." 위층으로 뛰어 올라가서는 어머니 방의 문을 두드리고, 영감을 받은 예언자처럼 선언했다. "엄마, 이렇게 할게요! 내가 직접 학비를 벌어서 예일대를 다닐래요."

바질은 어머니의 침대에 앉았고, 어머니는 반신반의하며 고민에 빠졌다. 수 세대 동안 그녀 가문의 남자들은 수완이 별로 없었기에 바질의 말이 놀라웠다.

"넌 일하는 걸 안 좋아하는 것 같은데. 게다가 고학으로 대학에 다니는 애들은 장학금도 받고 상금도 받고 하지만, 넌 성적도 그리 대단치 않잖아."

바질은 짜증이 났다. 또래 아이들보다 1년 앞서 예일대를 준

---

1 예일대 풋볼팀의 홈구장인 예일 볼(Yale Bowl)에서 1914년 11월 열린 첫 경기에서 예일대는 라이벌인 하버드대에 36:0으로 패했다.

비하고 있는 그가 이런 비난을 받다니, 억울했다.

"무슨 일을 하려고?" 어머니가 물었다.

"보일러 관리요." 바질은 곧장 답했다. "그리고 길거리의 눈 치우기. 주로 이런 일을 하는 것 같아요…… 과외 수업도 하고요. 주립대학 학비만큼의 돈은 나한테 주실 수 있는 거예요?"

"생각해 봐야지."

"걱정 마세요." 바질은 힘주어 말했다. "내가 학비를 벌면 엄마가 잃은 돈을 메울 수 있을 테니까요, 거의."

"그럼 이번 여름부터 당장 일을 찾아보지 그러니?"

"내일 일자리를 구할 거예요. 어쩌면 엄마가 도와주지 않아도될 정도로 돈을 모을 수 있을지도 몰라요. 잘 자요, 엄마."

방으로 돌아간 바질은 거울 앞에 서서 고학으로 예일대를 졸업하리라 단호하게 외친 다음, 책장으로 가서 수년 동안 펼치지 않아 먼지가 수북이 앉은 허레이쇼 앨저[1]의 책 대여섯 권을 꺼냈다. 전후戰後의 청년이 조지 워싱턴 대학 경영대학원 집중 과정을 듣듯이, 바질은 책상에 앉아 『반드시 일어서리라Bound to Rise』를 한 장씩 넘기기 시작했다.

2

이틀 후 바질 듀크 리는 『프레스』, 『이브닝 뉴스』, 『소셜리스트 가제트』 그리고 『쿠리어』라는 가십 신문의 경비원들, 사환들, 전화 교환원들에게 갖은 모욕을 당하며, 곧 열일곱 살이 되는 기자를 원하는 신문사는 한 군데도 없다는 사실을 확인했다. 자유 국가에서 고학으로 예일대를 다니려는 청년을 위해 마련된 온갖

---

1 미국의 아동 문학가로, 가난한 소년이 근면 절약의 미덕으로 성공하는 내용을 담은 소설 120여 편을 발표했다.

수모를 견딘 후에도, 너무 '콧대가 높아' 차마 친구들의 부모들에게 손을 벌리지 못하고, 길 건너편에 사는 에디 파밀리를 통해 철도 회사에 일자리를 하나 구했다.

다음 날 아침 6시 반, 4달러짜리 새 멜빵바지를 입고 점심 도시락을 들고서 바질은 그레이트 노던 철도의 차량 정비소로 주뼛주뼛 들어갔다. 새 학교에 들어가는 기분이었지만, 누구 하나 그에게 관심을 보이거나 같이 나가서 일하지 않겠느냐고 물어보는 사람이 없었다. 바질은 묘한 기분으로 출근부에 도장을 찍고, 현장 주임에게 일을 시작하라는 지시도 받지 못한 채 차량 지붕에 얹을 널빤지를 옮기기 시작했다.

12시가 되었다. 아무 일도 없었다. 태양은 뜨겁게 내리쬐고 바질의 두 손과 허리는 욱신거렸지만, 아침의 따분함에 파란을 일으킬 만한 사건다운 사건은 일어나지 않았다. 회장의 어린 딸이 고삐 풀린 말에 질질 끌려가지도 않았고, 하다못해 감독관이 작업장을 지나가면서 바질에게만 호감 어린 시선을 보내는 일도 없었다. 그래도 바질은 굴하지 않고 열심히 일했다. 첫날부터 많은 걸 기대할 순 없었다.

그는 에디 파밀리와 함께 점심을 먹었다. 수년 전부터 방학마다 여기에서 일해 온 에디는 이번 가을 주립대학에 입학할 예정이었다. 고학으로 예일대를 다니겠다는 바질의 생각에 에디는 미심쩍은 듯 고개를 저었다.

"차라리 이렇게 해봐." 에디가 말했다. "어머니한테 2,000달러를 빌려서 웨어 플로 앤드 트랙터 20주를 사. 그런 다음 은행에 가서 그 20주를 담보로 2,000달러를 더 빌려서, 그 2,000달러로 20주를 더 사는 거야. 그러고 나서 1년만 느긋하게 기다려봐, 그 후로는 고학으로 예일대를 다니겠다는 생각은 안 해도 될 테니까."

"엄마가 나한테 2,000달러를 줄 것 같지는 않은데."

"뭐, 어쨌든 나라면 그렇게 하겠어."

아침이 별다른 일 없이 지나갔다면, 오후에는 조금 불쾌한 사건이 하나 있었다. 바질은 화차 위로 올라가 아침에 옮겨놨던 널빤지에 못을 박으라는 요청을 받고 일어났다. 널빤지에 못을 박는 건 벽에 압정을 박는 것보다 더 전문적인 기술이 필요한 일이었지만, 이 정도면 만족스럽게 일이 진행되어 가고 있다고 생각할 즈음 밑에서 누군가가 성난 목소리로 그를 불렀다.

"어이, 너! 일어나!"

바질은 아래를 내려다보았다. 현장 주임이 언짢은 기색으로 얼굴을 붉힌 채 서 있었다.

"그래, 새 옷 입은 너. 일어나라니까!"

바질은 누가 농땡이를 부리나 싶어 주위를 둘러봤지만, 뚱한 표정의 두 이민자들은 열심히 일하고 있는 것 같았다. 아무래도 지목당하고 있는 사람은 바질 자신인 듯했다.

"죄송하지만 뭐라고 하셨어요, 주임님?"

"무릎을 꿇고 일하든가, 아니면 꺼져! 대체 무슨 짓거리야?"

바질은 앉아서 못을 박고 있었고, 주임은 앉아 있는 그를 보고 빈둥거리고 있다고 생각한 모양이었다. 주임을 한 번 더 쳐다본 후, 바질은 앉아서 일하는 것이 더 안정적이라는 해명을 포기하고 그냥 넘어가기로 했다. 예일대에 철도 정비소 같은 건 없을 테지만, '뉴욕, 뉴헤이븐 앤드 하트퍼드'[1]라는 불길한 이름이 떠올라 가슴이 뜨끔했다.

---

1 1872년부터 1968년까지 미국 뉴잉글랜드 지역에서 운영된 철도 이름.

셋째 날 아침, 정비소에 걸어두었던 멜빵바지가 사라졌다는 사실을 알아채자마자 바질은 근무 기간이 여섯 달 미만인 사람은 모두 해고된다는 통지를 받았다. 바질은 4달러를 얻고 멜빵바지를 잃었다. 못질을 할 땐 무릎을 꿇어야 한다는 사실을, 차비만 들여 배운 셈이었다.

3

그날 저녁 바질은 구시가지의 고풍스러운 대저택에 살고 있는 종조부 벤저민 라일리를 찾아갔다. 어쩔 수 없는 궁여지책이었다. 바질의 할아버지와 벤저민 라일리는 형제지간이었지만 20년 동안 소식을 끊고 지냈다.

푸들 같은 흰 턱수염 뒤로 속내를 알 수 없는 얼굴을 숨긴 작고 땅딸막한 노인이 거실에서 바질을 맞았다. 그의 뒤에는 여섯 달 전 그와 결혼한 마흔 살의 여자와 그녀의 딸인 열다섯 살짜리 소녀가 서 있었다. 바질 가족은 결혼식에 초대받지 못했기 때문에 바질은 이 두 사람을 지금껏 본 적이 없었다.

"언제 한번 뵙고 싶었어요, 벤 할아버지." 바질은 조금 겸연쩍게 말했다.

얼마간 정적이 흘렀다.

"네 엄마는 잘 지내냐?" 노인이 물었다.

"아, 네, 덕분에요."

라일리 씨는 기다렸다. 라일리 부인에게 무슨 말인가 들은 그녀의 딸은 호기심 어린 시선을 바질에게 힐끔 던지고는 마지못해 거실을 떠났다. 라일리 부인은 노인을 앉혔다.

민망하기 그지없지만 바질은 바로 본론으로 들어가, 여름 방학 동안 라일리 도매 의약품 회사에서 일할 수 있게 해달라고 부탁했다.

종조부는 잠시 몸을 꼼지락거리더니 빈자리가 없다고 답했다.

"아."

"계속 일하겠다면 또 모르겠다만, 예일대에 가고 싶다면서?" 그는 조금 비꼬듯이 말하고는 아내를 힐끔 쳐다보았다.

"아, 네." 바질이 답했다. "실은 바로 그것 때문에 일을 하려는 거예요."

"네 엄마가 널 거기 보낼 형편이 안 되는 모양이지?" 고소해하는 목소리였다. "돈을 다 써버린 게야?"

"아, 아니요." 바질은 얼른 답했다. "엄마도 보태주실 거예요."

놀랍게도, 생각지 못한 곳에서 도움의 손길이 뻗쳤다. 라일리 부인이 갑자기 허리를 굽히더니 남편의 귀에다 뭐라고 속삭였다. 그러자 노인은 고개를 끄덕이고 큰 소리로 말했다.

"생각해 보마, 바질. 우선 저기 들어가 있거라."

그의 아내도 똑같이 말했다. "생각해 볼게. 라일리 씨가 알아보는 동안 서재에 가서 로다랑 같이 있도록 해."

서재 문이 닫히고, 바질은 로다와 단둘이 남았다. 그녀는 네모진 턱에 고집스러운 인상의 소녀로, 두 팔은 희고 통통했으며 그녀가 입은 하얀 원피스는 가정집 마당의 빨랫줄에서 펄럭이는 레이스 팬티를 연상시켰다. 종조부의 태도 변화에 어리둥절해진 바질은 잠시 멍하니 로다를 바라보았다.

"그럼 우린 친척인 거네." 로다가 책을 덮었다. 『꼬마 대령: 신부 들러리 *The Little Colonel: Maid of Honor*』라는 제목이 보였다.

"그래." 바질이 인정했다.

"네 얘기를 들은 적 있어." 보아하니 좋은 얘기는 아닌 듯했다.

"누구한테서?"

"일레인 워슈머라는 여자애."

"일레인 워슈머!" 바질은 가소롭다는 듯 그 이름을 외쳤다. "그 여자애!"

"내 단짝 친구야." 바질은 아무 대답도 하지 않았다. "걔 말로는, 넌 네가 대단한 줄 안다던데."

어린 사람들은 상처를 입히는 자야말로 적이고, 전달된 고자질은 그저 화살에 지나지 않는다는 사실을 단번에 알아차리지 못한다. 바질은 일레인 워슈머에 대한 분노로 속이 부글부글 끓어올랐다.

"난 여기 애들을 많이 알지는 못해." 로다는 아까보다 조금 누그러진 투로 말했다. "여기 온 지 여섯 달밖에 안 됐거든. 이렇게 잘난 척 심한 애들은 처음이야."

"설마." 바질은 반박했다. "전에는 어디 살았는데?"

"수시티. 수시티 애들은 훨씬 더 재미있게 놀 줄 알아."

라일리 부인이 문을 열고 바질을 다시 거실로 불러냈다. 노인은 일어나 있었다.

"내일 아침에 와보거라, 자리를 하나 찾아줄 테니까."

"그리고 내일 저녁에 같이 식사하지 않을래?" 라일리 부인이 덧붙여 말했다. 어른이라면 그 사근사근한 말투에서 불순한 의도를 감지해 냈을 것이다.

"아, 정말 고맙습니다."

바질이 감사한 마음을 품고 한껏 들떠서 집 밖으로 나가기가 무섭게 라일리 부인은 짧은 웃음을 뱉고 딸을 불렀다.

"너희 둘이 같이 다닐 수 있을지 보자꾸나." 부인은 단언했다. "댄스파티가 언제라고 했지?"

"칼리지 클럽은 목요일마다, 레이크 클럽은 토요일마다 해요."

로다가 곧장 답했다.

"음, 네 아빠가 주는 일자리를 그 애가 받겠다고 하면, 넌 여름 내내 그 파티들에 갈 수 있을 거야."

4

금전적이거나 지리적인 조건 때문에 우연히 뭉친 사람들도 걸 핏하면 다투고 따분한 시간을 보낼 수 있겠지만, 인기가 없다는 공통점 때문에 억지로 함께하게 된 젊은 사람들은 한 감방에 몰 린 죄수들만큼이나 불쾌한 분위기를 자아낸다. 다음 날 조촐한 저녁 식사에 초대된 손님들은 바질의 눈에 하나같이 불구자로 보였다. 둘이서만 죽이 잘 맞는 얼간이 사촌들 루이스와 헥터 크 럼, 부자지만 끔찍한 시드니 로즌, 못생긴 메리 홉트, 일레인 워 슈머, 베티 기어. 베티는 예전에 〈정글 타운*Jungle Town*〉을 개사해 불 렀던 잔인한 노래를 연상시켰다.

저 언덕 아래
못난 꼬맹이 한 명 산다네
나를 불쾌하게 만들지
그 이름은 베티 기어.
우린 바로 여기서 멈추자……
걘 너무 뚱뚱해,
꼭 고양이처럼 생겼어,
세상에서 최고로 못난 꼬마애.

그들도 '거만하다'고 소문난 바질을 싫어했다. 나중에 집으로 걸어가며 바질은 조금은 이용당한 듯한 기분이 들어 우울해졌다. 물론 라일리 부인의 친절은 고마웠지만, 그가 더 똑똑했다면 다음 주 토요일 밤에 로다와 함께 레이크 클럽에 가는 일을 피할 수 있지 않았을까 하는 생각이 들었다. 그 제안은 불시에 닥쳤다. 하지만 다음 주에도, 그다음 주에도 비슷한 덫에 걸려들고 나서야 바질은 상황을 이해하기 시작했다. 그것도 그의 직무 중 하나인 것이다. 바질은 씁쓸하게 그 일을 받아들였지만, 그렇게 춤도 못 추고 비사교적인 인간이 환영받지도 못할 곳에 바득바득 가려 하는 이유를 도무지 이해할 수 없었다.

'그냥 집에 앉아서 책이나 읽을 일이지.' 바질은 속으로 넌더리를 냈다. '아니면 어디 멀리 놀러 가든가, 아니면 바느질이라도 하든가.'

어느 토요일 오후, 테니스 경기를 보다가 저녁의 달갑지 않은 임무가 머지않았음을 느끼기 시작한 바질은 몇 미터 떨어진 곳에 있는 어느 소녀의 얼굴에 갑자기 매료되고 말았다. 사람들이 가려고 자리에서 일어났을 때 그는 자신이 계속 쳐다보고 있던 여자가 열 살짜리 아이라는 사실을 알고는 어안이 벙벙해졌다. 그는 묘한 실망감에 고개를 돌렸다가 다시 돌아보았다. 남의 눈을 의식하는 그 사랑스러운 얼굴을 보고 있자니, 정체를 알 수 없는 생각과 감각이 꼬리에 꼬리를 물고 이어졌다. 그 아이가 누군지 알고 싶은 막연한 욕구를 억누른 채 그냥 지나치는 순간, 그날 오후 그를 둘러싼 주변이 갑자기 아름다워졌다. 행복해질 거라는 다부지고 확실한 약속, 그 틀림없는 속삭임이 귓가에 들리는 듯했다. "내일—언젠가 곧—이번 가을—어쩌면 오늘 밤." 이 느낌을 표현하고픈 충동을 이기지 못하고 바질은 앉아서 뉴욕의 한 소녀에게 편지를 쓰기 시작했다. 그의 글은 과장되고, 그 소녀는 차갑고 아득히 멀어 보였다. 그의 마음속에 실제로 떠오른 이미지, 그에게 이런 갈망을 부추긴 힘은 그날 오후 봤던 어린 소녀의 얼굴이었다.

그날 밤 로다 싱클레어와 함께 레이크 클럽에 도착하자마자 바질은 얼른 주위를 둘러보며, 로다에게 빚을 졌거나 아니면 그가 멋대로 주무를 수 있는 남자애들이 와 있나 찾아보았다. 춤추고 있는 커플에게 끼어드는 것이 아직은 흔치 않은 시절이었고, 평소대로라면 먼저 여섯 곡 정도는 딴 남자애들에게 맡길 수 있었지만 오늘 밤은 연상들이 눈에 띄게 많은 걸 보니 그리 희망적인 상황은 아니었다. 그러나 로다가 화장실에서 나왔을 때 바질은 빌 캠프를 발견하고 속으로 쾌재를 부르며 그에게 돌진했다.

"안녕, 친구." 바질은 한껏 친절한 표정을 지어 보이며 말했다. "오늘은 로다랑 한번 추지 그래?"

"안 돼." 빌은 거침없이 답했다. "손님이 왔거든. 몰랐어?"

"그럼 파트너를 바꿀래?"

빌이 깜짝 놀란 표정으로 바질을 쳐다보았다.

"아는 줄 알았는데." 그가 외쳤다. "어미니가 여기 와 있어. 오후 내내 네 얘기를 하더라고."

"어미니 비블!"

"그래. 걔 아버지, 어머니, 어린 여동생도 같이. 오늘 아침에 도착했어."

두 시간 전과 똑같은 감정이 바질의 핏속에서 보글보글 끓었지만, 이번에는 이유를 확실히 알았다. 묘하게 익숙한 얼굴로 그를 매료시켰던 그 소녀는 바로 어미니 길버트 라부이스 비블의 동생이었던 것이다. 먼 옛날, 1년 전 캠프네 집의 베란다에서 보낸 기나긴 오후가 번뜩 떠오르는 순간 "바질!" 하고 부르는 진짜 목소리가 그의 귓가에 울리더니, 열다섯 살의 생기 넘치는 미소녀가 후다닥 다가와 그의 품으로 안겨들 것처럼 그의 손을 붙잡았다.

"바질! 너무 반가워!" 아무리 기뻐도 소리 없는 웃음과 중얼거림 뒤로 숨어 시치미를 뗄 나이인데도 그녀는 기쁨에 겨워 쉰 목소리를 냈다. 오히려, 마음과 달리 어색하게 주뼛거린 사람은 바질이었다. 사랑스러운 사촌을 1년 전보다 더 의식하게 된 빌 캠프가 그녀를 플로어로 데리고 나가자 바질은 조금 마음이 놓였다.

"누구야?" 바질이 멍하니 돌아가자 로다가 다그쳤다. "여기선 못 본 애 같은데."

"그냥 여자애." 바질은 자기가 무슨 말을 하고 있는지도 몰랐다.

"그건 나도 알아. 이름이 뭐야?"

"미니 비블, 뉴올리언스에서 왔어."

"정말 건방져 보여. 저렇게 가식적인 애는 처음 봤어."

"쉿!" 바질은 저도 모르게 항변했다. "춤이나 추자."

기나긴 한 시간 후 바질은 헥터 크럼에게 구원받았고, 여러 곡이 지난 후에야 미니를 차지할 수 있었다. 미니는 빙글빙글 돌아가는 소용돌이의 중심에 있었지만, 바질에게 다가와 그의 손을 꼭 잡더니 시커먼 호수 위에 걸려 있는 베란다로 그를 끌고 나갔다.

"그럼 그렇지." 미니가 속삭였다. 본능적으로 그녀는 가장 어두운 구석을 찾았다. "다른 여자애가 생길 줄 알았다니까."

"아니야." 바질은 정색을 하고 단호히 말했다. "걔는 친척뻘 되는 애야."

"네가 바람둥이라는 건 첫눈에 알아봤지만, 이렇게 빨리 날 잊을 줄은 몰랐어."

미니는 바질에게 닿을 때까지 몸을 꿈틀꿈틀 움직였다. 그녀의 눈동자가 그의 눈을 파고들며 이렇게 말하는 듯했다. '뭐가 문제야? 우리 둘뿐인데.'

바질은 기묘한 공포에 사로잡혀 벌떡 일어났다. 이런 식으로, 단번에 그녀와 키스할 순 없었다. 1년 전보다 한 살 더 먹은 지금 모든 것이 그때와 너무도 달랐다. 그는 너무 흥분한 나머지 그저 이리저리 서성이며 "정말 널 만나서 반가워"라는 진부하기 그지없는 말을 뱉고는 억지웃음으로 때울 수밖에 없었다.

이미 평정을 찾은 미니는 그를 달랬다. "바질, 와서 앉아!"

"괜찮아." 바질은 방금 실신한 사람처럼 숨을 헐떡였다. "그냥 좀 머리가 복잡해서 그래."

이렇게 말하고는 또 웃었다. 윙윙거리는 그의 귀에도 우스꽝스럽게 들리는 소리였다.

"난 여기 3주 동안 있을 거야. 재미있겠지?" 미니는 이렇게 말한 다음 따스한 목소리로 힘주어 덧붙였다. "그날 오후 빌네 베란다에서 있었던 일 기억해?"

바질이 찾을 수 있는 답은 이것밖에 없었다. "난 오후에 일해야 돼."

"저녁에 나오면 되잖아, 바질. 차 안에서 딱 30분만 보는 거야."

"난 차가 없어."

"가족 차를 가져 나오면 되지."

"전기차야."

미니는 참고 기다렸다. 그녀에게 바질은 여전히 낭만적이고, 잘생기고, 속을 헤아릴 수 없고, 조금은 우울한 남자였다.

"네 동생을 봤어." 바질이 불쑥 말했다. 미니에게 품은 이 비딱하고 견디기 어려운 경외감을 어떻게든 누그러뜨려야 했다. "너를 쏙 빼닮았던데."

"그래?"

"대단했어. 대단했다니까! 그러니까…….

"응, 말해." 미니는 기대 어린 표정으로 무릎에 두 손을 포갰다.

"그러니까, 오늘 오후에…….

그사이 여러 곡이 지나갔다. 휴식 시간이 되자 베란다에 단호한 발소리가 울렸고, 바질이 고개를 들어보니 로다와 헥터 크럼이 와 있었다.

"난 집에 갈래, 바질." 변성기에 들어선 크럼이 꽥꽥거렸다. "로다는 네가 맡아."

"걔를 선창에 데려가서 호수로 밀어버려." 하지만 이렇게 말한 건 바질의 마음이었다. 그의 몸은 정중히 일어났다.

"어디 있는지 몰랐잖아, 바질." 로다는 토라진 목소리로 말했다. "왜 안 돌아왔어?"

"이제 막 가려고 했어." 미니를 바라보며 말하는 그의 목소리가 살짝 떨렸다. "네 파트너를 찾아줄까?"

"아, 괜찮아." 미니는 화가 나기보다는 조금 놀랐다. 그녀로부터 고분고분히 멀어져 가는 저 청년이 지금 예일대 학비를 벌기 위해 일하는 중일 거라고는 상상도 하지 못했다.

5

한때 주립대학의 이사였던 바질의 할아버지는 처음부터 손자가 예일대의 꿈을 포기하기를 원했고, 이제는 바질의 어머니까지 다락방에서 누더기를 걸친 채 굶주리고 있는 아들을 머릿속에 그리며 바질을 설득하고 나섰다. 바질이 어머니로부터 지원받을 수 있는 금액은 최소한의 필요 경비에도 한참 못 미쳤고,

바질은 포기할 생각 따윈 눈곱만큼도 없었지만 '만약을 대비해' 일단 주립대학에 등록해 두기로 했다.

대학 행정 건물에서 마주친 에디 파밀리는 자신의 곁에 있는 덩치 작고 의욕 넘치는 일본인 친구를 바질에게 소개해 주었다.

"그래, 그래." 에디가 말했다. "드디어 예일대를 포기했구나!"

"나 예일대 포기했어." 뜻밖에 우쓰노미야 씨가 끼어들었다. "그래, 그래, 오래전에 나 예일대 포기했어." 그러고는 신나게 웃어댔다. "오, 정말. 오, 그래."

"우쓰노미야 씨는 일본인이야." 에디가 한쪽 눈을 찡긋하며 해명했다. "예비 신입생이지."

"맞아, 나 하버드랑 프린스턴도 포기했어." 우쓰노미야 씨가 말을 이었다. "우리나라에서 나한테 선택하라고 해서 여기 선택했어."

"그래요?" 바질은 거의 분개하며 말했다.

"그럼, 여기가 더 세니까. 강하고 흙냄새 나는 촌사람들이 더 많이 오니까."

바질은 그를 빤히 쳐다보며 기가 막힌 듯 물었다. "그게 좋아요?"

우쓰노미야는 고개를 끄덕였다. "여기서 진짜 미국 사람들을 알게 되잖아. 여자들도. 예일에는 남자밖에 없어."

"하지만 여기는 대학의 패기가 없잖아요." 바질은 참을성 있게 따졌다.

우쓰노미야는 에디를 멍하니 쳐다보았다.

"라-라!" 에디가 두 팔을 흔들며 그 뜻을 설명해 주었다. "라-라-라! 이런 거 있잖아."

"게다가 여기 여자애들은⋯⋯." 바질은 말을 꺼내다 말았다.

"여기 여자애들을 알아?" 우쓰노미야가 씩 웃었다.

"아니요, 몰라요." 바질은 단호히 말했다. "하지만 예일대 무도회에서 만날 여자들하고는 다르겠죠. 여긴 무도회도 안 할걸요. 여기 여자애들이 별로라는 뜻이 아니라, 예일대 여자들하고는 다르다는 거예요. 그냥 평범한 여학생들이죠."

"너, 로다 싱클레어 좋아한다며." 에디가 말했다.

"그럼, 왜 아니겠어!" 바질은 비꼬듯 받아쳤다.

"봄에는 나도 가끔 식사 초대를 받아서 갔었는데, 네가 걔를 클럽 댄스파티에 데리고 다니면서부터는……."

"난 이만 갈게." 바질은 황급히 말하고는, 깍듯이 허리를 굽혀 인사하는 우쓰노미야 씨에게 고개를 까딱한 후 자리를 떴다.

미니가 온 순간부터 로다는 아주 큰 골칫거리가 되었다. 처음엔 그녀에게 아무런 관심도 없었고, 이상한 걸 연상시키는 그 레이스 달린 옷이 조금 창피할 뿐이었는데, 끊임없이 강제로 불려 다니며 봉사하다 보니 그녀가 미워지기 시작했다. 그녀가 두통을 호소하면, 바질의 열렬한 상상 속에서 그 두통은 가을에 대학교가 개강한 후에야 나을 수 있는 장기 질환으로 탈바꿈했다. 하지만 종조부로부터 받는 주급 8달러로 뉴헤이븐까지의 여비를 마련해야 했고, 이 일자리를 놓치면 어머니가 그를 보내주지 않을 터였다.

진실을 알지 못하는 미니 비블은 파티에서 마주칠 때마다 바질이 그녀와 한두 번밖에 춤추지 않고 그러고 나서는 묘하게 시무룩해지고 말이 없어지는 걸 보고는 어쩐지 호기심이 일었다. 적어도 지금 당장은 그의 무심함이 매혹적으로 느껴졌고, 약간은 안타깝기까지 했다. 하지만 감정적으로 조숙한 그녀가 이렇게 방치당하는 상황을 오랫동안 견딜 리 없었고, 바질은 슬슬 나타나기 시작하는 경쟁자들을 지켜보며 괴로워했다. 아무리 예일 대를 위해서라지만 너무 큰 대가를 치르는 건 아닌가 하는 생각이 들 때도 있었다.

바질은 한 행사에 모든 기대를 걸었다. 캠프 가족이 미니에게 송별회를 열어주기 위해 칼리지 클럽을 예약했고, 로다는 그 파티에 초대받지 않았다. 분위기와 때를 잘 살펴서, 그가 미니의 마음에 지워지지 않는 자국을 남겼다는 확신이 들면 그녀를 더욱 서둘러 떠나보낼 생각이었다.

파티가 열리기 사흘 전, 바질이 6시에 퇴근했더니 집 앞에 캠프 가족의 차가 세워져 있고 포치에 미니가 홀로 앉아 있었다.

"바질, 널 꼭 만나고 싶었어." 그녀가 말했다. "나한테 너무 서먹하고 이상하게 굴었잖아."

익숙한 포치에 그녀가 있다는 사실에 흥분한 바질은 아무 대답도 할 수 없었다.

"한 시간 후에 시내에서 가족들이랑 저녁 먹어야 해. 그전에 어디 가지 않을래? 혹시 너희 어머니가 집에 오셔서 날 보고 내가 너한테 치근덕거린다고 생각하실까 봐 겁났어." 그녀의 목소리를 들을 만큼 가까이 있는 사람이 없는데도 그녀는 소곤거렸다. "기사 할아버지가 없으면 좋을 텐데. 다 듣는단 말이야."

"뭘 듣는데?" 바질은 질투심이 불끈 솟았다.

"그냥 들어."

"그럼 이렇게 하자." 바질이 제안했다. "우리 할아버지 댁까지만 데려다 달라고 하는 거야. 그러면 내가 할아버지 전기차를 빌릴게."

크레스트 애비뉴를 미끄러지듯 달릴 때, 미니의 이마 주변으로 갈색 곱슬머리가 뜨거운 바람에 휘날렸다.

이 차를 자신이 구했다는 사실 때문에 바질은 더욱 의기양양해졌다. 이런 순간을 위해 눈여겨 봐둔 장소가 한 군데 있었다. 프로스펙트 공원의 굴착 공사 후 남겨진 작은 나선형 육교 밑이었다. 그 위로 크레스트 애비뉴가 그들의 기억에 잊힌 채 뻗어있고, 저 멀리 미시시피강 주변의 아파트들이 늦은 오후 햇살을 받아 반짝거렸다.

그 오후에 여름의 끝자락이 있었다. 아직 시간이 있을 때, 얼마 남지 않은 여름을 써야 한다.

갑자기 미니가 바질의 품속에서 속삭였다. "네가 처음이야, 바질, 너밖에 없어."

"여기저기 치근대고 다녔다고 방금 시인했잖아."

"알아, 하지만 그건 몇 년 전 일이야. 열세 살이나 열네 살 때는 난잡하다는 소리를 들어도 아무렇지 않았어. 남의 말에 신경 안 썼으니까. 하지만 1년 전쯤부터는 더 나은 인생이 있다는 걸 깨닫기 시작했어. 정말이야, 바질. 그래서 똑바로 처신하려고 노력했어. 하지만 영영 천사는 되지 못할 거야."

공중목욕탕들과 건너편에 밀집된 철도 선로들 사이로 가느다란 진홍빛 강물이 흘렀다. 저 멀리서 기차들이 쿵쿵 달리며 기적을 울려댔다. 프로스펙트 공원에서 테니스를 치는 아이들의 목소리가 은은하게 흘러들었다.

"사람들이 생각하는 것처럼 난 그렇게 가식적이지 않아, 바질, 난 거의 진심만 말하거든. 그런데 아무도 안 믿어줘. 우리가 서로 얼마나 닮았는지 너도 알잖아. 남자는 상관없지만, 여자는 감정을 억눌러야 해. 그게 나한텐 힘들어. 난 감정이 잘 드러나는 사람이니까."

"세인트폴에 온 후로 아무하고도 키스 안 했어?"

"안 했어."

바질은 거짓말이라는 걸 눈치챘지만, 그건 용감한 거짓말이었다. 그들은 마음에서 우러난 이야기를 주고받았다. 변덕이 죽 끓듯 하기로 유명한 마음 특유의 어설픈 진실과 회피로. 그들은 그들이 아는 로맨스의 파편들을 모조리 이어 붙여, 그들의 어린아이 같은 열정만큼이나 따스하고 그들이 느끼는 경이감만큼이나 아름다운 옷을 서로에게 지어주었다.

바질은 갑자기 미니를 멀찍이 떼어내고, 그녀를 바라보며 환희에 찬 소리를 힘겹게 뱉었다. 햇빛에 비친 미니의 얼굴에 그 약속이 있었다. 곡선을 그린 그녀의 입술에, 뺨에 비스듬히 드리워진 코의 그림자에, 그녀의 눈에 어렴풋이 타오르는 불길에, 그녀가 그를 영원히 행복한 세상으로 인도할 수 있으리라는 약속이 있었다.

"사랑한다고 말해 줘." 바질이 속삭였다.

"난 너랑 사랑에 빠졌어."

"오, 아니, 그건 달라."

미니는 망설였다. "그 말은 아무한테도 해본 적이 없는걸."

"제발 말해 줘."

미니의 얼굴이 저녁놀처럼 붉어졌다.

"그럼, 송별 파티에서." 그녀가 속삭였다. "밤에는 더 쉽게 말할 수 있을 것 같아."

바질이 집 앞에서 내리자 미니는 차창 너머로 말했다. "널 보러 온 핑곗거리가 있어. 삼촌이 목요일에 클럽을 예약 못 하셔서 토요일 밤마다 열리는 댄스파티에서 송별회 하기로 했거든."

바질은 생각에 잠긴 채 집으로 들어갔다. 로다 싱클레어도 토요일 밤에 칼리지 클럽 댄스파티에서 만찬회를 열 예정이었다.

6

바질은 솔직한 답을 들었다. 라일리 부인은 그가 머뭇머뭇 늘어놓는 변명을 가만히 듣더니 말했다. "로다가 먼저 널 토요일 밤 파티에 초대했고, 안 그래도 여자애 한 명이 남는데. 물론 네가 약속을 어기고 다른 파티에 가면 로다가 어떤 기분일지 모르겠다만, 내 기분은 확실히 알지."

다음 날 창고를 지나가던 종조부가 걸음을 멈추고 물었다. "파티 때문에 무슨 난리냐?"

바질이 해명하려 입을 떼자, 라일리 씨는 말허리를 잘라버렸다. "어린 여자애를 속상하게 만들면 안 되지. 다시 잘 생각해 봐."

생각은 이미 곰곰이 해보았다. 두 건의 토요일 저녁 식사에 초대받았는데, 해결책이 전혀 떠오르지 않았다.

이제 예일대 입학까지 겨우 한 달밖에 남지 않았지만, 나흘 후면 어머니 비블은 아무런 약속도 확신도 없이, 앙심을 품은 채 영원히 떠나버릴 것이다. 아직 사춘기를 벗어나지 못한 바질은 먼 미래를 내다보다가도 어느새 눈앞의 일에 연연하기 일쑤였다. 예일대의 영광도 그 비길 데 없는 시간에 비하면 초라해 보일 지경이었다.

저편에서는 주립대학의 으스스한 환영이 불쑥 나타나더니, 촌사람들과 여자들이 망령들처럼 그 정문으로 훨훨 날아다녔다. 5시, 자신의 나약함에 진절머리가 난 바질은 캠프네 집에 전화를 걸어, 몸이 아파서 오늘 밤 못 간다는 말을 하녀에게 남겼다. 같은 세대의 찌꺼기 같은 인간들과 어울릴 생각도 없었다. 너무 아파서 이 파티에도 저 파티에도 가지 못한다. 라일리 가족도 불평하지 못하리라.

로다가 전화를 받자 바질은 속삭이듯 목소리를 낮추었다.

"로다, 나 몸이 안 좋아서 지금 침대에 누워 있어." 그는 힘없이 중얼거린 다음 덧붙였다. "전화기가 침대 바로 옆에 있거든. 그래서 내가 직접 전화해야겠다 싶었어."

"그래서 못 온다는 거야?" 로다의 목소리에 실망과 분노가 배어 있었다.

"아파서 누워 있다니까." 바질은 고집스럽게 다시 말했다. "몸이 으스스하고 아프고 감기까지 걸렸어."

"어떻게든 못 오겠어?" 병자에 대한 배려라고는 전혀 없었다. "그냥 와. 네가 안 오면 여자애 둘이 남는단 말이야."

"나 대신 한 사람 보낼게." 바질은 필사적으로 말했다. 창밖을 정신없이 두리번거리던 그의 시선이 길 건너편 집에 멎었다. "에디 파밀리 보낼게."

로다는 고민하다가 갑자기 의심 가득한 목소리로 물었다. "다른 파티에도 안 가?"

"응, 안 가. 그 사람들한테도 아프다고 말했어."

로다는 다시 고민에 빠졌다. 에디 파밀리는 그녀에게 화가 나 있었다.

"내가 알아서 할게." 바질이 약속했다. "에디는 꼭 갈 거야. 오늘 밤에 할 일이 없으니까."

몇 분 후 바질은 길 건너편으로 부리나케 달려갔다. 에디가 나비넥타이를 매며 나왔다. 약간의 불안을 느끼며 바질은 허둥지둥 상황을 설명하고 자기 대신 가줄 수 있겠느냐고 물었다.

"가고 싶어도 못 가. 오늘 밤에 데이트가 있거든."

"에디, 보답은 확실히 할게." 바질은 무턱대고 말했다. "시간 내주면 내가…… 5달러 줄게."

에디는 망설이는 눈빛으로 고민하더니 고개를 저었다.

"안 되겠어, 바질. 오늘 밤 만날 여자가 얼마나 끝내주는지 네가 몰라서 그래."

"나중에 만나면 되잖아. 그쪽에서 너를, 아니, 나를 원하는 건 남자보다 여자가 많아서야, 그 이유밖에 없어. 저기, 에디, 10달러 줄게."

에디는 바질의 어깨를 탁 쳤다.

"알았어, 친구 좋다는 게 뭐야. 돈은?"

주급보다 더 많은 돈이 에디의 손바닥으로 사라졌지만, 바질은 거리를 다시 건너며 또 다른 공허감에 휩싸였다. 곧 다가오는 밤은 얼마나 공허할까. 한 시간쯤 후면 캠프네 리무진이 칼리지 클럽 앞에 설 테고……. 바질의 상상은 그 한 장면에서 비참하게 멈추었다. 그 이상은 견딜 수 없었다.

그는 어두컴컴한 집 안을 절망 속에 서성거렸다. 어머니는 하녀를 내보내고 할아버지 집에서 저녁 식사를 하고 있었다. 바질은 엘우드 리밍 같은 방탕아를 불러 칼링스 식당에 가서 위스키랑 와인이랑 맥주나 마실까, 잠깐 고민했다. 미니가 파티 후 호수로 돌아가는 길에 식당을 지나가다 흥청망청 미친 듯이 마셔대는 사람들 사이에서 그의 얼굴을 보면 사정을 이해해 주지 않을까.

"난 막심으로 가네." 바질은 간절한 심정으로 노래를 흥얼거리다 짜증스럽게 덧붙였다. "오, 막심은 무슨!"

그는 거실에 앉아, 매쿠번 거리의 린지네 집 담장 위로 떠오르는 창백한 달을 바라보았다. 몇몇 젊은이들이 코모 파크행 전차를 타러 가고 있었다. 바질은 지독히 음울한 그들—오늘 밤 칼리지 클럽에서 미니와 함께 춤을 추지 못할 그들—이 불쌍했다.

8시 30분, 이제 그녀가 도착했다. 9시, 그들은 식사 코스 사이 사이 〈내 사랑 페그*Peg of My Heart*〉에 맞추어 춤추거나, 앤디 록하트가 예일대에서 배워 온 캐슬 워크[1]를 추고 있었다.

10시에 어머니가 집에 돌아오기가 무섭게 전화가 울렸다. 어머니의 목소리를 무심히 듣고 있던 바질은 갑자기 허리를 곧추세웠다.

"어머, 네, 안녕하세요, 라일리 숙모님……. 오, 그렇군요……. 오……. 바질이랑 얘기하실래요……? 음, 솔직히 말씀드리면, 라일리 숙모님, 내가 상관할 일이 아닌 것 같은데요."

바질은 일어나서 문 쪽으로 한 발짝 뗐다. 어머니의 목소리가 점점 가늘어지면서 짜증이 배어나기 시작했다. "그때 난 집에 없었기 때문에 바질이 누굴 보내기로 약속했는지 몰라요."

에디 파밀리가 결국엔 가지 않았구나. 그런데 그게 끝이 아니었다.

"……물론 아니죠. 무슨 착오가 있었나 봐요. 바질이 그런 짓을 할 리 없어요. 걔가 일본인을 알기나 하겠어요?"

바질은 현기증이 일었다. 당장이라도 거리 건너편으로 달려가 에디 파밀리에게 따지고 싶었다. 그때 어머니의 노기 띤 목소리가 들렸다.

"알겠어요, 숙모님. 바질한테 말할게요. 하지만 내 아들을 예일대에 보내는 문제를 숙모님과 의논하고 싶지는 않네요. 어쨌든 이제 남의 도움은 필요 없으니까요."

바질은 일자리를 잃었고, 그의 어머니는 자존심을 꺾지 않으려 애쓰고 있었다. 하지만 어머니의 언성이 조금 높아졌다. "벤 숙부님한테 전해주세요, 우리가 3번가 블록을 유니언 디포 컴퍼

---

1 1920년대에 캐슬 부부가 창작하여 유행시킨 사교댄스로, 짝을 지어 느릿느릿한 스텝을 밟는다.

니에 팔아서 40만 달러 벌었다고요."

7

우쓰노미야 씨는 즐거운 시간을 보내고 있었다. 미국으로 건너온 지 여섯 달 만에 처음으로 이 나라를 제대로 경험하는 듯한 기분이었다. 처음에 그가 누구 대신 왔는지 여자에게 설명할 때는 조금 힘들었지만, 이렇게 다른 사람을 대신하여 파티에 참석하는 것이 미국 풍습이라는 에디 파밀리의 확인이 있었기에 우쓰노미야는 미국 풍습에 관한 데이터를 최대한 수집하며 그날 저녁을 보내고 있었다.

춤을 추지 않는 그는 나이 든 부인과 함께 앉아 있었고, 저녁 식사가 끝난 직후 두 모녀는 조금 흥분한 기색으로 일찍 돌아갔다. 하지만 우쓰노미야 씨는 계속 남아 있었다. 이리저리 구경하며 어슬렁거렸다. 그는 외롭지 않았다. 혼자 있는 데 익숙해져 있었다.

11시 즈음 그는 베란다에 앉아―그가 싫어하는―담배 연기를 도시로 내뿜는 척하고 있었지만, 실은 바로 뒤에서 들려오는 대화에 귀를 기울이고 있었다. 30분 동안 이어진 그 대화는 그를 어리둥절케 했다. 한쪽이 청혼하고, 다른 한쪽은 그 청혼을 거절하지 않았다. 하지만 그의 눈이 잘못되지 않았다면, 두 사람은 보통 미국에서 그런 중대사를 생각할 만한 나이가 아니었다. 훨씬 더 당혹스러운 사실 한 가지. 그가 누군가를 대신해 파티 손님으로 왔다면 그 누군가는 이 자리에 없어야 마땅한데, 방금 결혼을 약속한 젊은 남자는 바로 바질 리 씨였다. 지금 끼어들면 예의에 어긋날 테고, 가을에 주립대학이 개강할 때 이 수수께끼의 해답을 그에게 물어보는 것이 도회적인 방식이리라.

바질과 클레오파트라

1

그녀가 있는 곳이라면 어디든 아름답고 매혹적이었지만, 바질은 그런 식으로 생각하지 않았다. 그는 매혹이 장소에 내재해 있다고 생각했다. 그 후 오래도록 흔해 빠진 거리나 한낱 도시 이름 하나마저도 특유의 빛과 한결같은 소리를 발산하며 그의 영혼을 즐거움으로 가득 채워주었다. 그녀와 함께 있을 때면 그녀에게만 몰두하느라 주변을 알아차리지 못했다. 그래서 그녀가 없다 해도 세상이 텅 빈 느낌은 없었지만, 처음 보는 방들과 정원들에서도 그는 홀린 듯 그녀를 찾아다녔다.

이번에도 여지없이 그의 눈에 보이는 건, 그녀의 표정, 그녀가 느끼거나 혹은 느끼는 척하는 감정을 매력적으로 해석하는 입술 ─오, 소중한 입술이여─그리고 복숭아처럼 풋풋하면서도 열여섯 해를 묵은 그녀의 모든 것이었다. 그는 그들이 기차역에 서 있다는 것도 거의 의식하지 못했고, 그녀가 방금 그의 어깨 너머를 힐끗거리다가 다른 청년과 사랑에 빠졌다는 사실은 아예 몰랐다. 나머지 사람들과 함께 차로 걸어가며 그녀는 이미 그 낯선 사람을 의식하여 행동하면서도, 간드러진 목소리를 내며 바질에게 들러붙어 그의 팔을 꼭 껴안았다.

기차에서 내린 이 다른 청년을 봤다 한들 바질은 그를 딱하게만 여겼을 것이다. 철로 주변 마을의 가련한 사람들도, 같이 기차를 타고 온 여행객들도 딱하기는 마찬가지였다. 2주 후 예일대에 입학하지도 못할 테고, 어머니 길버트 라부아스 비블 양과 같은 마을에서 사흘을 보내지도 못할 테니. 그들에게는 촌스럽고, 절망적이며, 조금은 경멸스러운 구석이 있었다. 바질이 여기 온 이유는 어머니 비블이 이곳을 방문 중이었기 때문이다. 한 달 전, 그녀는 바질의 고향인 서부 도시를 떠나기 전날의 슬픈 저녁, 절박한 목소리에 기대감을 듬뿍 담아 말했었다.

"모빌[1]에 아는 사람이 있으면, 내가 거기 있는 동안 네가 찾아오면 어때?"

바질은 이 제안을 따랐다. 그리고 이제 낯설고 온화한 남부 도시에 와 있으니 잔뜩 들뜬 나머지, 팻 개스퍼의 차에 타자마자 둥실둥실 떠가는 느낌이 들 정도였다. 갓돌에서 갑자기 어떤 목소리가 들렸다.

"안녕, 베시 벨. 안녕, 윌리엄. 다들 잘 지냈어?"

바질보다 한 살 정도 많은, 키 크고 마른 남자였다. 하얀 리넨 정장에 파나마모자를 쓰고 있었는데, 그 밑으로 매섭고 패기 넘치는 눈이 이글거리고 있었다.

"어머, 리틀보이 르 모인!" 치버 양이 외쳤다. "언제 왔어?"

"방금 왔어, 베시 벨. 네가 너무 예뻐 보이길래 더 가까이서 보려고 왔지."

미니와 바질은 그를 소개받았다.

"태워줄까, 리틀보이?" 팻—고향에서는 윌리엄—이 물었다.

"어……." 르 모인은 머뭇거렸다. "정말 고맙지만, 누가 차를 가지고 나올 텐데."

"그냥 타."

---

1 앨라배마주 남서부 멕시코만 안의 모빌만 연안에 있는 도시.

르 모인은 바질의 가방 위에다 자기 가방을 휙 얹고는 뒷좌석의 그들 옆으로 정중하게 올라탔다. 바질과 눈이 마주치자마자 미니는 "유감이지만 금방 끝날 거야"라고 말하듯 빙긋 웃었다.

"혹시 뉴올리언스에서 왔어요, 비블 양?" 르 모인이 물었다.

"네."

"나도 방금 거기서 왔는데, 남자를 애태우기로 유명한 미인이 여기 와 있다고 들었거든요. 온 도시에서 남자들이 죽겠다고 난리던데. 정말이에요. 거리에 널브러져 있는 남자들을 내가 일으켜 줬다니까."

'왼쪽이 모빌만이겠구나.' 바질은 생각했다. 남부의 모빌, 딕시의 달빛, 노래하는 흑인 하역부들. 길거리 양쪽의 집들은 거만하게 솟은 덩굴 뒤로 살짝 빛이 바래 있었다. 옛날에 이 발코니들에는 크리놀린[1]이 있었고, 이 망가진 정원들에서는 밤마다 기타 소리가 울렸었다.

대기는 무척 포근했다. 사람들의 목소리에는 무슨 말이든 할 시간이 충분하다는 확신이 배어 있었다. 이상한 별명을 가진 청년의 농담에 답하는 미니의 목소리마저 더 느리고 더 나른하게 들렸다. 이제까지 바질은 미니를 남부 사람으로 생각한 적이 거의 없었다. 그들은 매혹적인 나무들 사이로 노란 저택의 불빛이 희미하게 깜박이는 커다란 대문 앞에 멈추었다. 르 모인이 차에서 내렸다.

"두 사람 다 여기에서 즐거운 시간 보내길 빌어. 괜찮으면 내가 들러서 더 재미있게 해줄게." 그는 파나마모자를 휙 벗었다. "좋은 하루 되시길."

---

1 과거에 여자들이 치마를 부풀리기 위해 안에 입던 틀.

차가 출발하자 베시 벨은 몸을 돌려 미니에게 미소 지으며 말했다.

"내 말이 맞지?"

"기차역에서 바로 알아봤어, 차로 오기도 전에." 미니가 말했다. "왠지 그 사람 같더라."

"잘생긴 것 같아?"

"인간의 외모가 아니던걸."

"항상 연상의 여자들이랑 어울려 다녔어."

바질에게는 이 기나긴 토론이 조금 생뚱맞게 느껴졌다. 어쨌든 이곳 남부 사람에 불과한 데다 연상들과 어울려 다니는 청년을 쓸데없이 추켜세우는 것 같았다.

미니가 그에게로 몸을 돌리더니 "바질"이라고 부르면서 애교스럽게 몸을 비비 꼬며, 기대 어린 표정으로 얌전히 두 손을 깍지 꼈다. 언제나 그렇듯 그의 심장이 두근거렸다.

"네 편지 정말 좋았어." 미니가 말했다.

"그럼 답장해 주지 그랬어."

"시간이 없었어, 바질. 시카고에 간 다음엔 내슈빌에 갔거든. 집에도 못 갔다니까." 그녀는 목소리를 낮추었다. "부모님이 이혼할 거래, 바질. 정말 끔찍하지 않아?"

바질이 흠칫 놀랐다가 잠시 후 맞장구를 쳐주자 미니는 더욱 슬픈 기색이 되었다. 이제 바질에게 이혼이란 미니와 연관된 낭만적인 사건이지, 충격적인 일이 아니었다.

"그래서 답장을 못 썼어. 하지만 네 생각은 많이 했어. 넌 가장 좋은 친구니까, 바질. 항상 날 이해해 주잖아."

세인트폴에서 헤어질 때의 말투와 확연히 달랐다. 입에 올리고 싶지 않던 불쾌한 소문이 그의 입 밖으로 튀어나왔다.

"레이크 포레스트에서 만난 베일리라는 남자는 누구야?" 바질이 가볍게 물었다.

"버즈 베일리!" 미니는 깜짝 놀라며 큼직한 두 눈을 휘둥그레 떴다. "아주 매력적이고 춤을 정말 잘 춰. 하지만 그냥 친구야." 그녀는 얼굴을 찡그렸다. "코니 데이비스가 세인트폴에 소문을 퍼뜨리고 있겠지. 순전히 질투가 나서 아니면 할 일이 없어서, 잘 지내고 있는 사람 욕하는 여자애들 정말 짜증 나."

레이크 포레스트에서 무슨 일이 있긴 있었구나 하고 바질은 확신했지만, 순간의 고통을 숨겼다.

"자기도 마찬가지면서." 미니가 갑자기 빙긋 웃으며 말했다. "바질 듀크 리 씨가 바람둥이라는 사실은 모르는 사람이 없을 텐데."

보통 이런 말을 들으면 우쭐해지겠지만, 그녀의 가볍고 거의 무심하기까지 한 말투에 바질의 불안감은 더욱 커지기만 했다. 그리고 느닷없이 폭탄이 터지고 말았다.

"버즈 베일리는 걱정하지 마. 지금 난 애인 없이 자유로운 몸이니까."

그녀의 잔인무도한 말을 바질이 미처 이해하기도 전에, 베시 벨 치버의 집 앞에 차가 멈추고 두 소녀는 계단을 뛰어오르며 소리쳤다. "오후에 봐."

바질은 무의식적으로 조수석으로 옮겨 탔다.

"신입생 풋볼팀에 지원할 거야, 바질?" 팻이 물었다.

"뭐? 아, 그래야지. 만약 두 과목 추가 시험에 통과하면." 바질의 마음속에 '만약'이라는 말은 없었다. 대학 풋볼팀 선수는 인생 최대의 꿈이었다. "넌 신입팀에 쉽게 들어갈 거야. 방금 만난 리틀보이 르 모인이라는 애는 올가을에 프린스턴에 들어가. 버지니아 군사학교에서 엔드[1]로 뛰었어."

"걔는 이름이 왜 그 모양이야?"

"뭐, 가족이 항상 그렇게 부르니까 남들도 따라 부르게 된 거지." 잠시 후 팻이 덧붙였다. "걔가 여자애들한테 오늘 밤 컨트리클럽 댄스파티에 같이 가자고 했어."

"언제?" 바질은 깜짝 놀라 물었다.

"그게, 여자애들이 그 얘기를 꺼내길래 내가 초대하려고 슬슬시동을 걸고 있는데 녀석이 선수를 쳐버리잖아." 팻은 한숨을 쉬며 자책했다. "어차피 거기서 만나긴 하겠지만."

"그래, 괜찮아." 바질은 말했다. 하지만 과연 그것이 팻의 실수일까? 미니가 솔직하게 말할 수도 있지 않았을까? "바질이 날 보러 여기까지 온 첫날이니까 오늘은 바질이랑 같이 있어야지"라고 말이다.

무슨 일이 있었던 걸까? 한 달 전, 곧 벼락이라도 칠 듯 흐릿한 세인트폴의 유니언 역에서 그들은 수하물 트럭 뒤에 있었다. 바질이 미니에게 키스했을 때 그녀의 눈은 이렇게 말했다. '한번 더.' 차창에 소용돌이치는 증기 속으로 그녀가 사라지던 마지막 순간까지 그녀는 그의 여자였다. 생각하지 않아도 그냥 알 수 있는 사실이었다. 바질은 당황스러웠다. 엄청난 인기를 누리는 소녀지만, 한결같이 친절하게 구는 건 미니답지 않았다. 바질은 자신이 보낸 편지에서 그녀의 심기를 건드릴 만한 구석이 있었나 생각해 보고, 자신의 새로운 결점들을 찾아보았다. 그가 아침에 보여준 행색이 그녀의 마음에 들지 않았던 걸까. 이곳에 도착하면서 느꼈던 즐거움이 허공으로 사라져 가고 있었다.

1 풋볼에서 공격이나 수비의 최전선 양쪽 끝에 있는 선수.

그날 오후 테니스를 칠 때 미니는 평소와 다르지 않았다. 바질의 스트로크에 감탄하고, 한번은 네트에서 둘이 가까워지자 갑자기 그의 손을 쓰다듬었다. 하지만 나중에 치버 가족의 널찍하고 그늘진 포치에서 레모네이드를 마실 땐 단 1분도 그녀와 단둘이 있지 못했다. 테니스 코트에서 돌아오는 길에 그녀가 팻과 함께 앞자리에 앉았던 건 우연이었을까? 지난여름만 해도 그녀는 기회를 억지로 만들어서라도 바질과 단둘이 있으려 했었다. 바질은 컨트리클럽 댄스파티에 가기 위해 옷을 갈아입으면서, 어떤 끔찍한 깨달음을 곧 맞닥뜨리기라도 할 것 같은 기분을 느꼈다.

클럽은 작은 골짜기에 있었다. 지붕이 버드나무에 뒤덮여 있다시피 했고, 큼직한 보름달의 밝은 빛이 클럽의 검은 실루엣을 얼룩덜룩 물들이고 있었다. 그들이 차를 세우자, 바질이 무척이나 좋아하는 〈차이나타운Chinatown〉의 선율이 차창으로 흘러들어 숲속의 요정들처럼 수많은 음들로 흩어졌다. 바질의 심장은 숨막힐 듯 빠르게 뛰었다. 가슴 설레고 후텁지근한 어둠은 그가 꿈꾸었던 로맨스를 약속하고 있었다. 하지만 막상 직면하고 보니, 자신이 너무 초라하고 무력하여 그 행복을 붙잡지 못할 것 같은 느낌이 들었다. 미니와 함께 춤을 출 때는, 낯선 존재들이 찬란함과 아름다움을 마구 내뿜고 있는 이 동화의 나라에서 한낱 인간인 그가 그녀에게 폐를 끼치는 것만 같아 창피했다. 그녀가 부드러운 말을 속삭이며 손을 뻗어 그를 가까이 끌어당기기만 하면 그는 이곳의 왕이 될 수 있을 것 같았다. 하지만 그녀는 그저 이렇게 말할 뿐이었다. "근사하지 않아, 바질? 이보다 더 즐거울 수 있을까?"

남자들끼리만 모여 있는 자리에서 잠깐 르 모인과 대화를 나

눌 때는 슬슬 질투가 샘솟고 묘하게 부끄러웠다. 르 모인과 미니가 춤출 때 미니에게로 맹렬하게 휘어지는 그 훤칠한 몸이 불쾌했지만 그를 싫어할 수가 없었고, 그가 지나가는 여자들에게 진지한 얼굴로 건네는 농담에 절로 웃음이 났다. 남자들 중에서는 바질과 팻 개스퍼가, 여자들 중에서는 베시 벨과 미니가 제일 어렸다. 바질은 생전 처음으로 나이가 더 많았으면, 감수성이 덜 예민했으면, 쉽게 감명받지 않았으면 하고 절실히 바랐다. 이렇게 모든 향기와 광경과 곡조에 전율하는 대신, 심드렁하니 냉정을 지키고 싶었다. 아름다운 온 세상이 달빛처럼 쏟아져 내려 그를 짓누르는 듯한 비참한 기분이었다. 무수한 어른들이 인생의 수년을 바쳤을 청춘이 과도하게 넘쳐흘러 바질은 속수무책으로 허우적거리며 한숨을 쉬듯 짧은 숨을 뱉었다.

다음 날 현실로 뒷걸음질 친 세계에서 그녀를 만났을 땐 모든 것이 좀 더 자연스러웠지만 무언가가 사라져버렸고, 이젠 재미있고 유쾌한 기분을 낼 수가 없었다. 그래 봐야 전투가 끝난 뒤 용기를 내는 꼴이었다. 전날 밤 그랬어야 했다. 그들 네 명은 짝을 짓지 않고 시내로 나가 사진관에 들러서 미니의 사진을 몇 장 찍었다. 바질은 시험 인화한 사진들 중 다들 싫어하는 사진이 마음에 들어—세인트폴에서의 그녀가 떠올랐기 때문이다—두 장 주문했다. 한 장은 그녀가 갖고, 한 장은 예일대로 배달받기로 했다. 오후 내내 미니는 정신이 딴 데 팔려 노래를 흥얼거리다, 치버네 집에 돌아갔을 때 안에서 전화 소리가 들리자 계단을 껑충껑충 뛰어 올라갔다. 10분 후 그녀는 토라진 얼굴로 시무룩하게 나타났고, 두 소녀의 짧은 대화가 바질의 귀에 들어왔다.

"못 나온대."

"……안됐다."

"……우울한 금요일이 되겠어."

르 모인이 어딘가로 떠나버렸고, 미니에게는 그 일이 중요한 것이다. 그녀의 실망한 기색을 견딜 수 없었던 바질은 비참한 기분으로 일어나 팻에게 집으로 돌아가자고 했다. 놀랍게도 미니가 그의 팔을 붙잡았다.

"가지 마, 바질. 네가 여기 온 후로 제대로 보지도 못한 것 같아."

바질은 쓸쓸히 웃었다.

"신경이나 쓰는 것처럼 말하네."

"바질, 이상한 소리 하지 마." 그녀는 상처받은 것처럼 입술을 깨물었다. "그네 타러 가자."

기대감과 행복으로 바질의 얼굴이 확 밝아졌다. 풋풋한 마음에서 우러나오는 듯한 미니의 다정한 미소에 서운함이 녹아내린 그는 그녀의 거짓말들을 시원한 물처럼 고맙게 꿀떡꿀떡 삼켰다. 사실은 르 모인의 초대를 받아들이고 싶지 않았고 지난밤 바질이 가까이 오지 않아서 놀라고 상처받았다고 그녀가 말할 때, 마지막 햇살이 그녀의 뺨에 닿아 그가 전에 봤던 천상의 빛이 반짝였다.

"그럼 한 가지만 허락해 줘, 미니." 바질은 애원했다. "딱 한 번만 키스하게 해줄래?"

"여기선 안 돼." 미니는 소리쳤다. "바보!"

"잠깐만 정자에 가자."

"바질, 안 돼. 베시 벨이랑 윌리엄이 포치에 있잖아. 지금은 안 돼."

그녀를 믿을 수도 믿지 않을 수도 없어 바질이 심란하게 쳐다보자, 그녀는 얼른 화제를 바꾸었다.

"나 미스 비처스 스쿨에 다닐 거야, 바질. 뉴헤이븐에서 몇 시간밖에 안 걸려. 이번 가을에 나 보러 와. 그런데 유리 응접실에서 만나야 한대. 끔찍하지 않아?"

"말도 안 돼." 바질은 열성적으로 동의했다.

팻과 베시 벨은 베란다에서 집 앞으로 나가 차 안의 어떤 사람들과 얘기를 나누고 있었다. "미니, 정자에 가자. 잠깐이면 돼. 애들은 저 멀리 있잖아."

그녀의 얼굴에 꺼리는 기색이 역력했다.

"안 돼, 바질. 안 된다는 거 모르겠어?"

"왜 안 돼? 난 내일 떠난다고."

"거짓말."

"정말이야. 시험 준비할 시간이 나흘밖에 없어. 미니……."

바질은 미니의 손을 잡았다. 그녀의 손은 그런대로 얌전히 잡혀 있었지만, 바질이 그녀를 일으켜 세우려 하자 그녀는 손을 홱 잡아 뺐다. 이 작은 실랑이로 그네가 흔들리자 바질이 한 발을 앞으로 내밀어 그네를 멈추었다. 한 사람이 불리한 입장에 처했을 때 둘이서 그네를 타는 건 끔찍한 일이다.

미니는 빼낸 손을 무릎에 얹었다.

"난 이제 키스 안 해, 바질. 정말이야. 어린애가 아니니까. 내년 3월엔 나도 열일곱 살이야."

"르 모인한텐 키스했겠지." 바질이 씁쓸하게 말했다.

"넌 정말 건방지……."

바질은 그네에서 일어났다.

"난 이만 갈게."

미니는 바질을 올려다보며 처음으로 그를 냉정히 평가해 보았다. 그의 탄탄하면서도 우아한 몸, 햇볕에 그을린 피부의 선명하고 따스한 색깔, 그녀가 한때 무척 낭만적이라 생각했던 반짝이는 흑발. 미니는 그의 얼굴에서 다른 무언가도 느꼈다—바질을 싫어하는 사람들조차 느꼈듯이. 어떤 징조를, 운명의 암시를, 그리고 자신의 인장을 세상에 찍고야 말겠다는, 자기 뜻대로 하고야 말겠다는, 의지 이상의 고집을. 바질이 예일대에서 성공하리라는 것도, 올해 그의 애인으로 그곳을 방문하면 좋으리라는 것도 그녀에게 아무 의미 없다는 걸 미니는 알았다. 이제껏 그녀의 인생에는 계산이 필요 없었다. 지금 그녀는 갈팡질팡하며 마음속으로 바질을 끌어당겼다 놓아버렸다 하고 있었다. 세상에는 수많은 남자가 있었고 그들은 그녀를 간절히 원했다. 르 모인이 지금 여기 있었다면 망설임 따위는 없었을 것이다. 새롭게 시작되는 연애의 신비로운 찬란함을 그 무엇도 방해할 수 없으므로. 하지만 그는 사흘 후에나 돌아올 테고, 미니는 바질을 놓아줄지 말지 아직 결정할 수가 없었다.

"수요일까지만 있어, 그럼 네가 원하는 대로 할게." 미니가 말했다.

"안 돼. 시험 준비를 해야 한다니까. 오늘 오후에 떠나야 돼."

"기차에서 공부해."

미니는 몸을 비비 꼬며 두 손을 무릎에 놓고 그에게 미소 지었다. 바질은 갑자기 미니의 손을 붙잡아 그녀를 일으켜 세워, 정자로, 덩굴 뒤의 서늘한 어둠 속으로 그녀를 데려갔다.

2

금요일에 뉴헤이븐에 도착한 바질은 닷새 치 공부를 이틀 만에 벼락치기로 해치워야 했다. 기차 안에서는 글자 하나 들여다보지 않았다. 대신 황홀경에 빠진 듯 멍하니 앉아 오로지 미니만 생각했다. 이제 르 모인이 그곳에 있는데 무슨 일이 벌어지고 있을까 궁금해하면서. 미니는 약속을 지켰지만, 그저 형식적이었다. 둘째 날 저녁 장난감 집 안에서 마지못해 딱 한 번 그에게 키스해 주었다. 하지만 그가 떠나는 날 르 모인에게서 전보가 날아왔고, 베시 벨 앞에서 미니는 바질에게 작별 키스조차 해주지 않았다. 이를 보상하려는 듯, 미스 비처스 스쿨이 개방되는 첫날 그녀를 찾아와도 좋다고 허락해 주었다.

개강하는 날 바질은 침실 두 칸에 서재가 붙은 라이트 홀의 방을 브릭 웨일스, 조지 도시와 함께 배정받았다. 삼각법 시험 결과가 발표되기 전까지는 풋볼 경기를 뛸 수 없었지만, 예일대 경기장에서 연습하는 신입 선수들을 보니 지난해 앤도버[1] 팀의 주장이었던 컬럼부터 뉴 베드퍼드 고등학교 출신의 댄지거까지 쿼터백들이 포진해 있었다. 컬럼이 하프백으로 이동될 거라는 소문이 있었다. 나머지 쿼터백들은 그리 대단치 않아 보였고, 바질은 당장이라도 저 푹신푹신한 잔디밭으로 뛰쳐나가 팀과 함께 뛰고 싶었다. 적어도 몇몇 경기에 낄 수 있을 거라는 확신이 들었다.

이 모든 것 뒤에는 미니의 이미지가 한 줄기 빛처럼 내리비치고 있었다. 일주일 후면, 사흘 후면, 드디어 내일이면 그녀를 볼 수 있었다. 전날 저녁 바질은 허튼 홀 옆의 타원형 경기장에서, 셰필드 이과대학에 입학한 팻 개스퍼와 우연히 마주쳤다. 분주한 첫 몇 주 동안 거의 얼굴을 보지 못한 그들은 잠시 함께 걸었다.

"다 같이 북부로 놀러 갔어." 팻이 말했다. "너도 같이 갔으면 좋았을 텐데. 정말 재미있었거든. 미니랑 리틀보이 르 모인한테

---

1 미국의 명문 기숙학교인 필립스 아카데미 앤도버.

민망한 사건도 한 번 터지고."

바질의 피가 차갑게 식어 내렸다.

"나중엔 웃겼지만, 미니가 잠깐 겁을 집어먹었어." 팻은 이야기를 이어 나갔다. "처음엔 베시 벨이랑 같은 칸에 있었는데, 리틀보이랑 단둘이 있고 싶었나 봐. 그래서 오후에 베시 벨이 우리 칸에 와서 카드를 쳤지. 그런데 두 시간 후에 나가 봤더니, 미니랑 리틀보이가 연결 통로에서 차장과 다투고 있는 거야. 미니 얼굴이 새하얗게 질렸더라고. 둘이 문을 잠그고 블라인드를 내려놨던 모양인데, 그 안에서 서로 더듬고 했겠지. 차장이 기차표를 받으러 와서 문을 두드렸을 때 개들은 우리가 장난치는 줄 알고 처음엔 문을 안 열어주다가 나중에 열어줬는데, 차장이 심기가 불편해진 거야. 리틀보이한테 자기 칸이 맞느냐고, 문을 잠 가놨던데 미니랑 결혼한 게 맞느냐고 물었어. 리틀보이는 발끈해서 자기들은 아무 잘못도 안 했다고 변명하더니, 차장이 미니를 모욕했으니까 한판 붙자더라. 차장도 그냥 당하고만 있을 사람이 아니었어. 말도 마, 수습하느라 내가 얼마나 진땀을 뺐는지 몰라."

장면 하나하나를 상상하며, 그 두 사람이 연결 통로에 함께 서서 불행을 공유한 것까지 모든 것을 질투하며, 바질은 다음 날 미스 비처스 스쿨로 향했다. 미니는 자신이 저지른 죄를 별처럼 몸에 걸친 채, 신비롭게도 그 어느 때보다 찬란한 매력을 내뿜으며, 무늬 없는 하얀 교복 원피스 차림으로 그를 향해 내려왔다. 그녀의 다정한 눈빛에 바질의 심장이 울렁거렸다.

"정말 잘 왔어, 바질. 이렇게 빨리 남자가 날 찾아오다니, 너무 신나. 다들 부럽다고 난리야."

프렌치 윈도[1]처럼 경첩이 달린 유리문들이 사방으로 그들을

242

에워싸고 있었다. 더웠다. 세 칸 너머에 있는 또 다른 한 쌍—남매라고 미니가 설명했다—이 때때로 소리 없이 움직이며 이런 저런 몸짓을 했다. 이 조그만 인간 온실 안에 있자니, 종이꽃들이 꽂혀 있는 테이블 위 화병만큼이나 비현실적인 느낌이 들었다. 바질은 신경질적으로 서성거렸다.

"미니, 난 언젠가 대단한 남자가 돼서 너에게 모든 걸 해주고 싶어. 지금 네가 나한테 싫증이 난 것도 이해해. 어쩌다 그렇게 됐는지 모르겠지만, 다른 사람이 나타났어. 그래도 상관없어. 서두를 필요 없어. 하지만 난 그저 네가 나를 다르게 기억해 줬으면, 예전처럼 나를 생각해 줬으면 좋겠어. 네가 차버린 그렇고 그런 남자로 생각하지 말아줘. 당분간은 안 만나는 게 좋을지도 모르겠다. 그러니까, 이번 가을 댄스파티에서는 말이야. 내가 대단한 공을 세울 때까지 기다려줘. 너한테 직접 보여주면서 널 위해 해냈다고 말할 수 있을 때까지."

무척이나 헛되고 어리숙하고 애처로웠다. 참담한 심정에 당장이라도 눈물이 쏟아질 것 같았지만 바질은 마음을 다잡았다. 그의 이마에 땀방울이 맺혀 있었다. 그는 방 저쪽으로 떨어져 앉았고, 미니는 소파에 앉은 채 바닥을 내려다보며 여러 번 말했다. "그냥 친구 사이로 지내면 안 될까, 바질? 나는 늘 너를 내 가장 친한 친구로 생각하고 있어."

드디어 미니는 참을성 있게 일어났다.

"예배당 구경할래?"

그들은 위층으로 올라갔고, 바질은 달콤한 향을 풍기며 숨 쉬고 있는 미니를 바로 지척에 둔 채 조그맣고 컴컴한 공간을 음

---

1 뜰이나 발코니로 통하는 두 짝으로 된 유리문.

울하게 들여다보았다. 장례식 같은 그 시간이 끝나고 학교 밖으로 나와 상쾌한 가을 공기를 마셨을 땐 거의 기쁠 지경이었다.

뉴헤이븐으로 돌아가 보니 그의 책상에 우편물 두 통이 놓여 있었다. 한 통은 삼각법 시험을 통과하지 못해 풋볼 경기를 뛸 수 없으리라는 사실을 알려주는 통지서였다. 다른 한 통은 미니의 사진이었다. 모빌에서 마음에 들어 두 장 주문했던 그 사진. 거기에 적힌 글이 처음엔 이해가 되지 않았다. 'E. G. L. B.가 L. L.에게.[1] 기차는 심장에 안 좋아.' 그러다 문득 진상을 알아차린 바질은 침대로 몸을 던지며 사납게 웃어 젖혔다.

3

3주 후 삼각법 시험을 재신청해 통과한 바질은 그의 삶에 남은 것이 있을까 생각하며 우울하게 주변을 두리번거렸다. 그 비참했던 세인트레지스 스쿨 신입생 시절 이후 처음으로 고통스러운 시간을 보내고 나니 이제야 예일대가 눈에 들어오기 시작했다. 낭만적인 사색이 다시 깨어났고, 처음엔 엉거주춤했지만 점점 더 마음을 다잡고서, 오랜 세월 그의 꿈을 키워주었던 대학 분위기 속으로 섞여들어 갔다.

'『예일 데일리 뉴스』나 『예일 레코드』의 회장이 되고 싶어.' 10월의 어느 아침, 바질은 예전의 그로 돌아가 생각했다. '풋볼팀에도 들어가고, 해골단에도 입단해야지.'

기차 안에 함께 있는 미니와 르 모인의 환영이 떠오를 때마다 바질은 이 말을 주문처럼 되뇌었다. 모빌에 다녀왔던 일을 생각하면 이제 수치스러웠고, 미니를 전혀 생각하지 않은 채 몇 시간

---

1 어미니 길버트 라부이스 비블(Erminie Gilberte Labouisse Bibble)과 리틀보이 르 모인(Littleboy Le Moyne)의 두문자로 추정된다.

이 그냥 흘러갈 때도 있었다. 신입생 풋볼 시즌의 절반을 놓친 바질은 예일대 필드에서 뛸 가능성이 희박했다. 각자 출신 중등학교 유니폼을 입은 마흔 명의 신입생들 속에 뒤섞여 검은색과 흰색의 세인트레지스 셔츠를 입고 있던 바질은 예일대의 파란 유니폼을 입은 20여 명의 당당한 선수들을 부러운 눈으로 바라보았다. 시즌 마지막까지 이렇게 묻혀 있을 운명이겠지, 하고 체념하고 있던 나흘의 마지막 날, 보조 코치인 카슨이 갑자기 보결 선수들 가운데 바질을 지목했다.

"방금 누가 패스했지?"

"전데요."

"처음 보는 것 같은데?"

"이제 막 자격을 얻었거든요."

"신호는 알고 있나?"

"네."

"좋아, 자네가 이 팀을 맡아. 엔드는 크러치랑 비스팸, 태클은……."

잠시 후 바질은 상쾌한 대기 속에 힘차게 울려 퍼지는 자신의 목소리를 들었다. "32, 65, 67, 22……."

떠들썩한 웃음소리가 퍼졌다.

"잠깐! 그렇게 신호를 외치는 건 대체 어디서 배웠어?" 카슨이 말했다.

"어, 하버드대 코치님한테 배웠는데요."

"허튼[2]식 박력은 버려. 그러면 다들 너무 흥분해 버리잖아."

몇 분 후 카슨이 그들을 불러들여 헤드기어를 쓰라고 지시했다.

---

2 미국의 풋볼 및 야구 선수이자 코치였던 퍼시 덩컨 허튼. 1908년부터 1916년까지 하버드대학 풋볼팀 코치를 맡았다.

"웨이트는 어디 있어?" 카슨이 물었다. "뭐, 시험? 음, 그럼, 흑백 줄무늬 셔츠 입은 자네, 이름이 뭐지?"

"리예요."

"자네가 신호를 외쳐. 자네가 이 팀을 살릴 수 있을지 한번 보자고. 너희 가드들과 태클들은 덩치가 커서 1군에서 뛰어도 되겠어. 애들을 바짝 긴장시켜 봐, 자네, 이름이 뭐라고 했지?"

"리예요."

그들은 볼을 갖고 신입생의 20야드 라인에 일렬로 늘어섰다. 다운[1]은 무제한으로 허용됐지만, 10여 번의 플레이 후에도 그들이 거의 같은 지점에서 벗어나지 못하자 볼은 1군에게 넘어갔다.

'끝장이야!' 바질은 생각했다. '난 이제 끝이라고.'

하지만 한 시간 후 버스에서 내릴 때 카슨이 말을 걸었다.

"오늘 오후에 체중 재봤나?"

"네, 72킬로그램 정도 돼요."

"내가 한 가지 조언해 주지. 자네 플레이는 아직 중등학교 수준이야. 상대 팀을 막는 데만 급급하거든. 쓰러뜨려서 힘을 꺾어 놓을 생각을 해야지. 킥은 할 줄 아나?"

"아니요."

"음, 더 빨리 합류했으면 좋았을 텐데 아쉽군."

일주일 후, 앤도버로 떠날 선수 명단에 바질도 이름을 올렸다. 실력이 더 좋은 두 명의 쿼터백—댄지거와 작은 고무공 같은 애플턴—이 있었기 때문에 바질은 사이드라인에서 경기를 지켜보고 있었는데, 그다음 주 화요일에 댄지거가 연습 중에 팔이 부러지자 바질은 선수 전용 식당에서 식사를 하기 시작했다.

---

1 풋볼 규칙상 공격 팀에게 네 번의 공격 기회가 주어지는데 네 번 안에 10야드를 전진하면 또 네 번의 공격 기회가 주어진다. 이 공격 기회를 다운(down)이라고 한다.

프린스턴 신입생들과의 시합이 있기 전날 저녁, 1군 경기 관전을 위해 거의 모든 학생이 프린스턴대로 몰려가는 바람에 캠퍼스가 텅 비다시피 했다. 어느덧 가을이 깊어져 싸늘한 서풍이 불어댔고, 마지막 전술 회의 후 기숙사로 돌아가던 바질은 예전의 명예욕이 다시 불타오르는 걸 느꼈다. 르 모인이 프린스턴 신입생 팀에서 엔드로 뛸 테니 미니가 관중석에 앉아 있을 가능성이 컸지만, 오스본 홀 앞의 푹신푹신한 잔디밭을 달리며 가상의 태클을 피하고 있는 지금은 시합이 더 중요하게 느껴졌다. 바질은 대부분의 미국인처럼 "지금이 다른 모든 것의 기준이 될 위대한 방정식, 귀중한 시간이야"라고 말하며 순간을 즐기는 방법을 몰랐다. 하지만 이번만은 현재에 만족했다. 원하는 속도로 삶이 흐르는 세계에서 두 시간을 보내리라. 그는 결심했다.

시합 날은 맑고 서늘했다. 거의 동네 사람들인 차분한 관중이 관람석 여기저기 흩어져 있었다. 대각선 줄무늬 유니폼을 입은 프린스턴 신입생들은 건장하니 다부져 보였고, 그 속에서 르 모인을 찾아낸 바질은 그가 유난히 민첩하며 평상복 차림이었을 때보다 더 우람해 보인다는 사실을 냉담하게 인정했다. 그러고는 충동적으로 몸을 돌려 관람석에서 미니를 찾아봤지만 그녀는 눈에 띄지 않았다. 1분 후 휘슬이 울렸고, 바질은 코치 옆에 앉아 온 신경을 경기에 집중했다. 전반부는 30야드 라인 사이에서 진행되었다. 바질이 보기에 예일 팀의 주된 공격법은 너무 단순하고, 중등학교에서 배웠던 허튼식 전술보다 덜 효과적이었다. 반면 프린스턴은 샘 화이트[2]가 드리운 긴 그림자 속에서 여전히 진화 중이었다. 그들의 전략은 행운에 대한 기대, 그리고 펀트

---

2 1911년 프린스턴대학 풋볼팀을 동부 대학 풋볼 챔피언십으로 이끈 샌퍼드 브라우널 '새미' 화이트.

[1] 선수를 중심으로 구축되어 있었다. 행운은 예일대의 것이었다. 후반부가 시작되었을 때 프린스턴이 헤매는 틈에 애플턴이 30야드 라인에서 드롭킥을 날렸다. 그것이 그의 마지막 활약이었다. 그는 다음 킥오프에서 다쳤고, 신입생들의 환호를 받으며 퇴장했다.

심장이 날뛰는 가운데 바질은 필드로 힘껏 뛰어나가며 낯선 기운에 압도당했다. 첫 신호를 외치고 공격에 성공하지 못한 자는 그의 살가죽을 입은 딴 사람이었다. 눈을 부릅뜨고 필드를 천천히 살피던 바질은 르 모인과 시선이 마주쳤다. 르 모인은 씩 웃었다. 바질은 라인을 넘는 짧은 패스를 요구하는 신호를 외치며 자신이 직접 볼을 던져 7야드를 확보했다. 그리고 컬럼에게 오프 태클로 3야드 더 전진하여 퍼스트 다운을 얻어내도록 주문했다. 40야드에서 좀 더 자유로워진 바질은 매끄럽고 확실하게 제 역할을 수행하기 시작했다. 그의 짧은 패스는 프린스턴의 풀백을 괴롭혔고, 그 덕에 한 번에 평균 2야드가 아닌 4야드씩 전진할 수 있었다.

프린스턴 진영의 40야드 지점에서 바질은 킥 포메이션으로 물러나 르 모인의 엔드를 노렸지만, 르 모인은 끼어드는 하프백 밑으로 휙 피하며 바질의 발을 붙잡았다. 바질은 사납게 르 모인을 뿌리쳤지만, 너무 늦었다. 하프백이 그를 덮쳤다. 르 모인이 또 바질을 보며 씩 웃었고 바질은 그 웃음이 싫었다. 그는 똑같이 엔드 런[2]을 외쳤고, 볼을 든 컬럼과 함께 예일 팀은 르 모인을 6야드 제치며 프린스턴 진영의 32야드 지점까지 전진했다. 르 모

---

1 풋볼에서 공격 팀이 네 번의 공격 기회 중 세 번을 실패한 후 공격을 성공시킬 확률이 낮을 때 일부러 공을 멀리 차서 상대에게 공격권을 넘겨주는 플레이.
2 상대편 방어선의 측면을 우회해 질주하는 플레이.

인이 점점 느려지고 있는 걸까? 그렇다면 녀석을 녹초로 만들어 버려! 코치진은 패스를 주문했지만, 바질은 자기도 모르게 또 엔드 런을 외친 후 라인과 나란히 달렸다. 상대편 태클들이 점점 사라져 가고, 르 모인이 입을 악다문 채 그에게 달려들고 있었다. 정면으로 돌파하는 대신 바질은 몸을 빙 돌려 반대 방향으로 달리려 했다. 붙잡혔을 때 50야드를 잃었다.

몇 분 후 볼은 상대 팀에게 넘어갔고, 바질은 세이프티[3] 위치로 달려가며 생각했다. '날 대신할 선수만 있다면 난 교체되겠지.'

프린스턴 팀이 갑자기 깨어났다. 긴 패스 하나로 30야드나 전진했다. 새로 들어온 재빠른 백이 번개처럼 달려 또 한 번의 퍼스트 다운을 얻어냈다. 예일 팀은 수세에 몰렸지만, 그들이 미처 사실을 깨닫기도 전에 참사가 일어났다. 바질이 끼어들 틈도 없었다. 스크럼[4]에서 불쑥 튀어나와 날아가는 볼을 바질은 뒤늦게 보았다. 상대 팀에게 단단히 붙잡힌 채, 프린스턴 보결 선수들이 담요를 흔들며 펄쩍펄쩍 뛰는 모습을 바라보고만 있을 수밖에 없었다. 그들이 점수를 딴 것이다.

바질은 일어났다. 마음은 암울했지만 머릿속은 냉정했다. 실수는 만회할 수 있을 터였다—교체되어 나가지만 않는다면 말이다. 쿼터 종료를 알리는 휘슬이 울리고, 지친 동료 선수들과 함께 잔디밭에 쪼그리고 앉은 바질은 자신이 그들의 신뢰를 잃지 않았다고 속으로 되뇌며 누구와도 눈을 마주치지 않은 채, 경기에만 집중한 듯 굳은 얼굴을 유지했다. 오늘 더 이상의 실수는

---

3 상대 팀과 멀리 떨어져 있는 수비수.
4 쌍방의 팀에서 세 명 이상의 선수가 공을 에워싸고 서로 어깨를 맞대어 버티는 공격 태세.

없다.

경기가 개시되자 바질은 볼을 35야드 지점으로 보냈고, 꾸준한 전진 과정이 시작되었다. 짧은 패스, 상대의 취약한 지점에서 인사이드 오프 태클, 르 모인의 엔드. 르 모인은 이제 지쳐 있었다. 태클을 저지하는 선수들을 무작정 들이받는 그의 얼굴은 초췌하고 억척스러웠다. 볼을 가지고 뛰는 선수—바질이든 아니든—는 르 모인에게 붙잡히지 않았다.

30야드만 더, 20야드만 더 가면 또 르 모인을 제칠 수 있었다. 태클을 거는 상대 선수들을 뿌리치다 그 남부 사람의 지친 눈빛을 마주한 바질은 힘찬 목소리로 그를 모욕했다. "맛이 갔네, 리틀보이. 그냥 나가지 그래."

바질은 다시 르 모인을 노린 플레이를 시작했고, 르 모인이 사납게 달려들자 그의 머리 위로 볼을 패스해 득점했다. 예일 10점, 프린스턴 7점. 또다시 필드를 오르락내리락 뛰어다니는 사이 매 순간 힘이 새롭게 솟아나고, 또 다른 득점 기회가 보였다. 그러다 어느새 경기가 끝나버렸다. 필드에서 터벅터벅 걸어 나가며 바질은 관람석을 쭉 훑었지만, 그녀는 보이지 않았다.

'내가 형편없었다는 걸 미니는 알까?' 바질은 이렇게 생각하다 쓸쓸해졌다. '내가 말 안 하면 그 자식이 고자질하겠지.'

르 모인이 미니에게 남부 특유의 부드러운 목소리—그 오후에 기차에서 그녀를 능숙하게 구슬렸던 그 목소리—로 들려주는 얘기가 귓가에 들리는 것만 같았다. 한 시간 후 탈의실에서 나오던 바질은 옆의 원정팀 탈의실에서 나오는 르 모인과 마주쳤다. 르 모인은 모호하면서도 화난 표정으로 바질을 쳐다보았다.

"안녕, 리." 잠깐 망설인 후 그는 덧붙였다. "잘 뛰던데."

"안녕, 르 모인." 바질은 짧게 답했다.

르 모인은 몸을 돌렸다가 다시 돌아보며 다그쳤다. "왜 그래? 계속 이런 식으로 갈 거야?"

바질은 답하지 않았다. 멍든 얼굴과 붕대 감은 손을 보자 미움이 조금 가라앉았지만, 선뜻 말이 나오지 않았다. 경기가 끝났으니 이제 르 모인은 어딘가에서 미니를 만날 테고, 의기양양한 밤을 보내며 경기에서의 패배 따위는 그냥 흘려보낼 것이다.

"혹시 미니 때문이라면, 화내 봐야 시간 낭비야." 르 모인이 느닷없이 분통을 터뜨렸다. "시합 보러 오라고 했는데 오지도 않았어."

"안 왔어?" 바질은 깜짝 놀라 물었다.

"그것 때문이었구나? 설마 했는데. 그냥 나 열받게 하려는 줄 알았더니." 르 모인이 두 눈을 가늘게 떴다. "그 어린 숙녀분한테 한 달 전쯤 차였어."

"차였다고?"

"날 그냥 버리더라고. 싫증 난 거지. 걘 뭐든 참 빨라."

바질은 르 모인의 얼굴이 우울하게 일그러지는 것을 알아차렸다.

"지금은 누군데?" 바질은 좀 더 정중하게 물었다.

"주벌이라는 네 동기 같은데. 내가 보기엔 굉장히 청승맞은 자식이야. 개학 전날 뉴욕에서 그 자식을 만났는데, 꽤 진한 사이가 됐나 봐. 오늘 밤 론 클럽 댄스파티에 미니도 올 거야."

4

바질은 태프트 호텔에서 조베나 도시와 그녀의 오빠인 조지와 함께 저녁을 먹었다. 1군 팀이 원정 경기에서 프린스턴대를 이겨 예일대 학생들은 한껏 들떠 있었다. 그들이 들어가자 문 옆의 테이블에 앉아 있던 신입생들이 바질에게 손을 내밀었다.

"아주 유명해졌네." 조베나가 말했다.

1년 전의 몇 주 동안 바질은 자신이 조베나를 사랑한다고 생각했었지만, 다음에 만났을 때 사랑이 아니라는 걸 바로 알았다.

"왜 그랬을까?" 그녀와 춤을 추며 바질이 물었다. "왜 그렇게 빨리 끝나버렸을까?"

"정말 알고 싶어?"

"응."

"내가 놔줬으니까."

"네가 놔줬다고?" 바질은 그녀의 말을 따라 했다. "말도 안 돼!"

"네가 너무 어리다고 생각했거든."

"내가 뭘 잘못한 건 아니고?"

그녀는 고개를 끄덕였다.

"버나드 쇼도 그렇게 말했지." 바질은 생각에 잠겨 시인했다. "하지만 더 나이 많은 사람들한테나 해당하는 얘기인 줄 알았어. 그래서 넌 어른스러운 남자들을 쫓아다니는구나."

"쫓아다닌다니!" 조베나는 바질의 품에 안긴 채 발끈하며 몸을 굳혔다. "어딜 가든 남자가 있고, 여자는 남자를 보면 눈을 깜박여. 본능적으로."

"남자가 노력해서 여자를 홀릴 수는 없는 거야?"

"그럴 수 있는 남자도 있지. 여자한테 무관심한 남자들."

바질은 이 끔찍한 사실을 잠깐 곱씹다가 장차 시험해 보기로 했다. 론 클럽으로 가는 길에 그는 몇 가지 질문을 더 던졌다. '한 남자한테 푹 빠졌던' 여자가 갑자기 딴 남자에게 반해버리면, 첫 남자는 어떻게 해야 할까?

"그냥 놔줘야지." 조베나가 말했다.

"그럴 마음이 없다면, 어떻게 해야 하지?"

"네가 할 수 있는 일은 없어."

"그럼 최선은 뭘까?"

조베나는 웃으며 바질의 어깨에 머리를 기댔다.

"가여운 바질, 나를 로라 진 리비[1]로 생각하고 자초지종을 털어놔 봐."

바질은 미니와의 일을 간략하게 들려준 다음 이렇게 마무리 지었다. "내가 그 애를 얼마나 사랑했든 잊을 수만 있다면 좋을 텐데, 그렇지가 않아. 미니처럼 인기 많고 아름다운 여자는 본적이 없거든. 메살리나,[2] 클레오파트라, 살로메[3] 같달까."

"더 크게 말해." 앞자리에 앉은 조지가 부탁했다.

"불멸의 여인 같다니까." 바질은 더 낮은 목소리로 말을 이었다. "보바리 부인 같은 여자 있잖아. 미니는……."

"나랑 다르구나."

"아니. 사실 너도 비슷해. 내가 좋아한 여자들은 다 비슷해. 오, 조베나, 무슨 말인지 알지?"

뉴헤이븐 론 클럽의 불빛이 어렴풋이 보이기 시작하자 조베나는 진지하게 답해 주었다.

"네가 할 수 있는 일은 하나도 없어. 안 봐도 알 것 같아. 걘 약아빠졌어. 넌 네 계획대로 되고 있다고 생각했겠지만, 처음부터 걔 손에 놀아난 거야. 이유는 모르겠지만 걔는 분명히 너한테 질렸고, 이젠 널 좋아하는 척 연기하기도 힘들어진 거야. 그리고

---

1 미국의 소설가로, 젊은 여성 노동자의 로맨스를 그린 작품을 많이 썼다.

2 로마 황제 클라우디우스 1세의 세 번째 아내로 음란한 생활을 하다가 클라우디우스에게 살해되었다.

3 유대 왕비 헤로디아의 딸로, 신약성경에 의하면 의붓아버지 헤롯왕 앞에서 춤을 추어 그 상으로 세례 요한의 목을 얻었다고 한다.

넌······."

"말해. 뭐야?"

"너무 사랑에 빠져서 문제야. 이젠, 네가 신경 안 쓴다는 걸 걔한테 보여주는 수밖에 없어. 옛 남자친구를 잃고 싶어 하는 여자는 없으니까 걔가 널 보고 생글생글 웃을지도 몰라. 그래도 돌아가지 마. 다 끝났어."

화장실에서 바질은 머리를 빗으며 생각에 잠겼다. 다 끝났다는 조베나의 말에 실낱같은 희망이 날아가 버렸고, 오후의 긴장이 풀리고 나니 눈물이 났다. 얼른 세면대에 물을 채워 얼굴을 씻었다. 누군가 들어와 그의 등을 탁 쳤다.

"오늘 경기 잘 봤어, 리."

"고마워, 하지만 난 형편없었어."

"아주 잘했어. 마지막 쿼터에······."

바질은 댄스 홀로 들어가자마자 그녀를 보았다. 순식간에 현기증이 일고, 혼란스러울 정도로 감정이 복받쳤다. 파트너 없이 온 몇몇 남자들이 그녀를 졸졸 따라다니고 있었고, 그녀는 반짝이는 눈으로 그들을 한 명씩 올려다보며 바질에게 너무도 익숙한 요염한 미소를 지었다. 이내 그녀의 파트너가 바질의 눈에 들어왔다. 분하게도 그가 일찌감치 구제 불능 인간으로 점찍었던, 힐 스쿨 출신의 경박하고 뻔뻔스러운 녀석이었다. 저 물기 어린 눈 뒤에 뭐가 있길래 그녀가 홀딱 넘어갔을까? 그녀가 불멸의 세이렌이라는 사실을 저 천박한 인간이 무슨 수로 알아본단 말인가?

주벌을 필사적으로 관찰했지만 이 의문들에 대한 답을 찾지 못한 바질은 그들 사이에 끼어들어 그녀와 함께 춤추며 플로어를 휩쓸었다. "네 친구라는 게 정말 자랑스러워, 바질. 오늘 오후에 정말 대단했다며." 그녀의 말에 바질은 씁쓸하니 우울한 미소를 지었다.

하지만 그녀의 말은 귀중했고, 바질은 벽에 기대서서 그 말을 속으로 되뇌며 낱낱이 해부하여 숨은 뜻을 뽑아내려 애썼다. 많은 사람이 그를 칭찬하면 그녀도 마음이 움직일지 몰랐다. '네 친구라는 게 정말 자랑스러워, 바질. 오늘 오후에 정말 대단했다며.'

문 근처가 소란스러워지더니 누군가 말했다. "이런, 기어코 들어왔네!"

"누구?" 다른 사람이 물었다.

"프린스턴 신입생들. 풋볼 시즌이 끝나고 서너 명이 호프브라우에서 퍼마셨어."

그 야단법석 속에서 묘한 망령 같은 한 청년이 라인을 돌파하는 백처럼 불쑥 튀어나오더니, 춤추고 있는 한 사람을 깔끔하게 밀쳐내며 플로어로 휘청휘청 돌진했다. 디너 재킷의 칼라는 안으로 접혀 보이지 않고, 셔츠 단추는 다 떨어져 있고, 머리는 헝클어지고, 눈빛은 사나웠다. 불빛에 눈이 부신 듯 잠시 주변을 두리번거리던 그는 미니 비블을 발견하더니 애정이 듬뿍 담긴 표정으로 얼굴이 확 밝아졌다. 그녀에게 닿기도 전에, 가슴 저미는 남부 억양으로 목소리를 억지로 짜내어 그녀의 이름을 크게 불렀다.

바질은 앞으로 뛰쳐나갔지만, 다른 사람들이 더 빨랐다. 팔다리를 정신없이 휘둘러대는 그들과 격렬하게 싸우며 리틀보이 르모인은 휴대품 보관소 안으로 사라져 갔다. 바질은 보관소 문간에 서서 혐오감보다는 깊은 동정심을 느꼈다. 르 모인은 수도꼭지 밑에서 힘겹게 얼굴을 빼낼 때마다 자신의 거부당한 사랑을 한탄했다.

또 한 번 바질과 함께 춤출 때 미니는 겁에 질리고 화가 나 있었다. 그의 도움이 필요한 듯 보였고 그래서 바질은 그녀 곁에 앉았다.

"정말 한심하지 않아?" 그녀는 격분해서 울부짖었다. "이런 일은 여자한테 치명타란 말이야. 저런 인간은 감옥에 집어넣어야 하는데."

"자기가 무슨 짓을 하고 있는지도 몰랐을 거야. 힘든 경기 때문에 지쳐서 그래."

하지만 미니는 눈물을 글썽였다.

"오, 바질." 그녀는 호소했다. "나 정말 끔찍하지 않아? 아무한테도 상처 주고 싶지 않은데, 그냥 그렇게 돼버려."

바질은 미니를 감싸 안고 그녀가 세상에서 가장 낭만적인 사람이라고 말해 주고 싶었지만, 그녀의 눈빛을 보고는 그가 안중에도 없다는 걸 알았다. 그는 마네킹이나 마찬가지였다. 그녀는 그저 자신의 말을 들어줄 상대가 필요할 뿐이었다. 바질은 자존심을 지키며 벗어나는 수밖에 없다는 조베나의 말이 떠올랐다.

"넌 그래도 현명해." 그녀의 부드러운 목소리가 마법의 강물처럼 그의 주변을 홀렸다. "두 사람 사이에 뜨거운 감정이 사그라지고 나면 냉정을 찾아야 하잖아."

"물론이지." 바질은 이렇게 말하고는 억지로 가볍게 덧붙였다. "끝난 건 끝난 거니까."

"오, 바질, 이래서 네가 좋다니까. 넌 항상 날 이해해 줘." 그리고 지금 갑자기, 몇 달 만에 처음으로, 미니는 그에 대해 생각하고 있었다. 어떤 여자의 삶에서도 그는 귀중한 사람이 되리라, 그녀는 생각했다. 가끔 너무 짜증스러운 그 뇌를 '남을 이해하는' 데 쓴다면 말이다.

바질은 춤추고 있는 조베나를 지켜보고 있었고, 미니는 그의 시선을 따라가 보았다.

"여자를 데려왔구나? 정말 예쁘네."

"너만큼은 아니야."

"바질."

그는 미니가 살짝 몸을 꼬며 무릎 위에 두 손을 깍지 끼고 있으리라 짐작하며, 그녀를 쳐다보지 않기로 결심했다. 이렇게 마음을 다잡자 기이한 일이 벌어졌다. 그녀 주변의, 그녀 밖의 세상이 조금 밝아졌다. 곧 더 많은 신입생들이 다가와 풋볼 경기에서의 그의 활약을 축하할 테고, 그러면 그는 그들의 말과 눈빛에 어린 찬사를 즐길 터였다. 다음 주에 있을 하버드대와의 시합에서 선발로 뛰게 될 가능성도 높았다.

"바질!"

아찔하니 가슴이 두근거렸다. 그가 바라봐 주기를 기다리고 있는 미니의 시선이 곁눈으로 느껴졌다. 그녀는 정말로 미안해하고 있는 걸까? 이 기회를 붙잡아 그녀를 바라보며 '미니, 그 한심한 녀석은 꺼지라고 하고 내게 돌아와'라고 말해야 할까? 그는 마음이 흔들렸지만, 이날 오후에 도움이 됐던 한 가지 생각이 다시 떠올랐다. 이제 더 이상 실수는 없다. 그의 마음 깊숙한 곳에서 그녀를 향한 불같은 욕망은 서서히 꺼져 갔다.

구제 불능의 주벌이 소유욕을 내뿜으며 다가오자, 바질의 심장은 분홍색 실크 드레스를 입고 무도회장을 이리저리 배회하기 시작했다. 또다시 우유부단함의 안개에 갇혀버린 바질은 베란다로 나갔다. 때 이른 눈이 대기에 흩뿌려지고 있었고, 별들은 차가워 보였다. 별들을 올려다본 바질에게 언제나처럼 그의 별들,

야망과 고투와 영광의 상징들이 보였다. 별들 사이로 부는 바람은 그가 항상 귀 기울여 찾던 높은 원음原音을 나팔 소리처럼 울렸고, 전투를 위해 찢겨 가늘게 흩어진 구름은 열병식을 거행하며 지나갔다. 비할 데 없이 찬란하고 장엄한 광경 앞에, 사령관의 노련한 눈만이 그곳에서 하나의 별이 사라졌음을 알아차렸다.

옮긴이의 말

『바질 이야기』는 피츠제럴드가 1928년 4월부터 1929년 4월까지 『새터데이 이브닝 포스트』에 연재한 연작 소설이다(「그런 파티」 제외). 우리에게는 『위대한 개츠비 *The Great Gatsby* 』(1925)라는 불세출의 걸작으로 가장 잘 알려진 피츠제럴드이지만 그의 생전에 발표된 장편소설은 네 편에 불과하며, 정작 그의 생계 수단이 되어준 것은 여러 잡지들에 기고한 160여 편의 단편소설이었다. 1917년 군에 입대한 후 집필하기 시작하여 1920년에 발표한 첫 장편소설 『낙원의 이편 *This Side of Paradise* 』이 대성공을 거두며 피츠제럴드는 일약 스타 작가의 반열에 올랐다. 이 작품과 그 후의 단편집을 통해 재즈 시대 미국 젊은이들의 생활과 문화적 면면을 그려낸 피츠제럴드는 젤다 세이어와의 떠들썩한 연애와 결혼으로 더욱 유명세를 타며 인생을 파티처럼 즐기는 지성인, 반항적인 젊은이들을 대표하는 캐릭터로 자리 잡게 된다. 그러나 이런 화려한 겉모습과 달리, 성공적인 데뷔 이후 그의 개인사나 작가로서의 경력은 그리 순탄치 않았다. 술에 탐닉한 방탕하고 사치스러운 삶이 젤다의 신경 쇠약으로 이어져 결혼 생활에 먹구름이 낀 데다, 『낙원의 이편』 이후 발표한 두 장편소설 『아름답고 저주받은 사람들 *The Beautiful and Damned* 』(1922), 『위대한 개츠비』 모두 상업적으로 참담히 실패하면서 피츠제럴드는 말 그대로 생계형 작가가 될 수밖에 없었다. 『위대한 개츠비』 초판으로 벌어들인

인세가 6,000달러가 조금 넘는 데 비해 『바질 이야기』의 경우 한 편당 약 3,500달러를 받았으니 단편 기고는 그야말로 쏠쏠한 돈벌이였다. 그러나 피츠제럴드는 오락성 띤 가벼운 이야기를 잡지에 기고하는 작가가 아니라 진지한 소설가novelist로 인정받고자 하는 욕망을 버리지 못했다.

작가로서의 명성과 경제적 안정을 되찾으려는 열망으로 피츠제럴드는 네 번째 장편소설 『밤은 부드러워Tender is the Night』 집필에 심혈을 기울였지만, 작업은 뜻대로 잘 진행되지 않았다. 교착 상태에 빠진 그는 이 프로젝트를 잠시 미루고, 사춘기 소년 바질 듀크 리의 모험과 달콤쌉쌀한 성장기를 그린 단편들을 연재하기 시작했다.

피츠제럴드의 많은 작품들이 그렇지만, 『바질 이야기』는 자전적인 성격이 유독 강하다. 피츠제럴드의 전기작가나 비평가들이 지적하듯, 이 연작 소설에는 작가 자신의 어린 시절에서 그 뿌리를 찾을 수 있는 인물이나 장소, 사건이 다수 등장하여 피츠제럴드의 청소년기를 들여다보는 듯한 느낌이 들 정도다. 주인공 바질 듀크 리와 피츠제럴드는 표면적으로도 많은 점이 닮았는데, 우선 둘 모두 미네소타주 세인트폴에서 태어나 홀리 애비뉴에서 살고, 둘 모두 동부의 기숙학교와 대학에 다닌다. 바질의 기숙학교 세인트레지스 스쿨은 피츠제럴드가 다녔던 뉴저지주의 예비학교 뉴먼 스쿨에 대입할 수 있으며, 바질은 피츠제럴드가 다닌 프린스턴대학의 라이벌이라 할 수 있는 예일대학에 진학한다. 이 외에도 피츠제럴드의 어린 시절 기록을 그대로 옮겨 온 듯한 세부 사항들이 있다. 이를테면, 「그런 파티」에서 멕시코시티가 중앙아메리카의 수도가 아니라고 지적하는 대목, 시가 밴드를 수집하는 주인공의 취미, 주인공이 파티에서 장애인에게 쫓기는 일화가 그렇다. 그리고 피츠제럴드가 실제로 어린 시절 '스캔들 탐정단'을 결성했다는 기록이 남아 있으며, 「박람회에서의 하룻밤」은 피츠제럴드가 한 박람회에서 소녀들과 함께 롤러코스터를 탔던 경험을 바탕으로 한 작품이다. 「풋내기」에서 바질이 세인트레지스 스쿨에서 고난을 겪듯, 피츠제럴드 역시 뉴먼 스쿨에서 그리 즐겁지 않은 학교생활을 보냈다. 또한 이 연작 소설의 주요 인물이라 할 수 있는 리플리 버크너, 휴버트 블레어, 빌 캠프 모두 실존 인물을 모델로 한 것으로 전해진다.

이 연작 소설을 관통하는 주요 모티프 중 하나인 풋볼은 피츠제럴드가 동경하고 염원하던 목표였다. 자전적 에세이 「무너져 내리다*The Crack-Up*」(1936)에서 그는 젊은 시절 이루지 못해 아쉬웠던 일을 두 가지 언급하는데, 그중 하나가 튼튼하지 못한 작은 체구 때문에 대학 풋볼팀에서 뛰지 못한 것이었다(다른 하나는 제1차 세계대전에서 해외로 파병되지 못한 것이었다). 이를 반영하듯 소설 곳곳에 스포츠 선수, 특히 풋볼 선수에 대한 바질의 동경이 담겨 있다. 바질은 열한 살부터 위대한 풋볼 선수의 꿈을 키워나가고, 동부의 기숙학교로 향하는 기차 안에서는 코치의 신임을 받으며 필드로 뛰어나가는 자신의 모습을 상상하며 가슴 설레한다. 피츠제럴드의 한을 대신 풀어주기라도 하듯, 바질은 풋볼 경기에서 크게 활약하고 이를 계기로 동급생들의 인정을 받으며 괴롭기만 하던 학교생활에서 한 줄기 희망을 찾는다. 「무너져 내리다」에서 또 피츠제럴드가 밝히기를, 꿈을 이루지 못한 아쉬움을 달래기 위해 가상의 영웅이 되는 유치한 꿈을 꾸기도 했다고 하는데, 바질의 경우 그 영웅은 괴도 신사이다. 뤼팽의 팬인 바질은 카리스마 넘치는 괴도 신사가 되어 사람들을 홀리는 상상에 그치지 않고 급기야 연극이라는 형태로 그 상상을 실현하기까지 하며, 이 연극은 바질의 인생에 처음으로 성공다운 성공을 안겨주는 사건이 된다.

바질은 피츠제럴드의 작품에서 자주 만날 수 있는 인물들의 특징을 공유하고 있다. 미국 중서부 중산층 출신에, 자신감이 지나쳐 오만해 보이기까지 하고, 찬란한 미래를 꿈꾸는 야심가이며, 이루어지지 못할 로맨스에 집착하는 모습을 보이기도 한다. 중산층 출신의 주인공이 상류층 사람들을 접하고 그들과의 간극에 좌절하며 그들처럼 출세하고자 욕망하는 패턴이 『바질 이야기』에서도 여지없이 나타난다. 미네소타주 세인트폴의 중산층 자녀로 또래 사이에서 그런대로 존재감을 자랑하며 평화롭게 지내던 바질은 동부 뉴욕주의 기숙학교로 옮겨 간 후 자신이 학교에서 가장 인기 없고 가장 가난한 아이라는 경제적·사회적 열등감을 처음으로 느끼고 좌절한다. 피츠제럴드만큼 미국 중산층과 상류층의 관계에 관심이 많았던 작가도 드물 것이다. 소설, 에세이, 서한, 시를 가리지 않고 거의 모든 작품에 그 관심이 반영되어 있는데, 그 자신이 중산층 출신으로 엘리트 사립학교에 진학하여 일찍부터 상류층 사람들을 만나고 그 호화로운 생활을 접했으니, 부의 차이로 인한 사회적·심리적 영향을 뼈저리게 체감할 수밖에 없었을 것이다. "부자들에 관해 말하자면, 그들은 우리와 다른 사람이야"라는 피츠제럴드의 말에 헤밍웨이가 "그래요, 우리보다 돈이 더 많지요"라고 답한 사실은, 헤밍웨이와 달리 피츠제럴드가 부유층에 관심이 많았고 그들에게 큰 영향을 받았음을 단적으로 보여준다.

그 유명한, 피츠제럴드와 상류층 여성 지네브라 킹의 실패한 사랑은 이 연작 소설에도 그 흔적을 남겼다. 바질은 그에게 마음을 내어주지 않는 미니 비블이나 조베나 도시 같은 소녀들에게 집착하여 그들의 사랑을 얻어내고자 노력하는데, 그 노력이 지나쳐 오히려 우스꽝스러운 꼴로 실패하고 만다. 그러나 개츠비처럼 자멸하지는 않는다. 이는 그의 야망의 축이 로맨스보다는 경제적·사회적 성공으로 더 기울어져 있기 때문이기도 하다. 동부(뉴욕)로 대표되는 상류 세계로의 진출을 끈질기게 욕망하며, 최연소 미국 대통령이 되거나 괴도 신사로 활약하겠다는 다소 허황한 꿈으로 열등감을 이겨낸다. 거듭되는 실패와 좌절 속에서 교훈을 얻고 도덕적으로 조금씩 성장해 간다는 점에서도 바질은 개츠비와 다르다. 「풋내기」에서는 모든 이에게 삶이 고된 싸움임을 깨닫고, 「바질과 클레오파트라」의 마지막 단락에서는 드디어 감상적인 사랑의 부질없는 꿈에서 깨어나 찬란한 미래를 위한 노력을 다짐하는데, 그 모습은 마치 출정을 앞둔 병사와도 흡사하다. 물론 바질의 배움은 아직 미완성이다. 하지만 그는 한층 성숙한 자기 인식으로, 더 명확하고 더 나은 방향의 비전을 갖게 된다.

피츠제럴드는 한때 바질 또래의 소녀 조세핀을 주인공으로 한 다섯 편의 이야기를 바질 이야기와 묶어 한 권으로 발표할까 고민하기도 했지만, 결국엔 그 생각을 접었다. 작품(특히 조세핀의 이야기)의 수준에 대한 확신이 없었고, 장편 소설가로서의 평판에 누가 될지도 모른다는 걱정 때문이었다. 그래서 바질과 조세핀 이야기는 피츠제럴드 사후 33년 만인 1973년에야 함께 발표되었다. 『바질 이야기』는 사람들이 재즈와 춤에 열광하고 자동차의 대량 생산과 보급이 활발하게 이루어지던 1910년대 미국에서 '숨 가쁘게 주변 세상을 흡수하며 언제나 예기치 않은 일을 경험'하고, '어떤 대가도 치를 필요가 없던 시절로 되돌아가려 헛되이 몸부림치'던 피츠제럴드의 청소년기를 들여다볼 수 있는 좋은 읽을거리임이 틀림없다.

　마지막으로 『바질 이야기』와 관련된 기묘한 일화를 한 가지 소개하고자 한다. 1935년에 한 여성이 『새터데이 이브닝 포스트』를 통해 바질 듀크 리에게 편지를 보냈다. 혹시 바질이 그녀가 오래전 잃어버린 이복동생이 아닌지 문의하는 내용이었다(바질이 허구의 인물이라는 사실을 이해하지 못한 것이다). 이 편지를 전해 받은 피츠제럴드는 짓궂게 바질인 척하며 이런 답장을 보냈다. "감방에서 편지를 받았습니다. 이제 곧 살인죄로 교수형을 당할 참입니다." 만약 석방된다면 부인과 같이 살고 싶다며 다음과 같이 편지를 마무리 지었다. "저한테 편지를 쓰시려면 제 변호사인 F. 스콧 피츠제럴드 앞으로 보내주세요." 부인이 그가 사형당하지 않고 석방되면 같이 살자는 답을 보내오자, 거짓말한 것을 후회한 피츠제럴드는 부인의 동생이 석방되어 중국으로 갔다는 내용의 편지를 보내며 5달러를 동봉했다.

작가 연보

F. 스콧 피츠제럴드(1896-1940)

1896   9월 24일, 미국 미네소타주 세인트폴에서 가톨릭 상류층 부
            부였던 아버지 에드워드 피츠제럴드와 어머니 메리 매퀼런
            사이에서 출생.

1908   아버지의 가구 사업 실패로 뉴욕 여기저기를 떠돌다 다시
            세인트폴로 돌아온 후 모친이 상속받은 유산으로 평탄한 생
            활을 영위하며 세인트폴 아카데미에 입학.

1909   첫 단편이자 탐정 소설인 「레이먼드 저당의 신비」가 세인트
            폴 아카데미에서 발행하는 문예집 『지금과 그때』에 실림.

1911   뉴저지의 가톨릭 기숙학교인 뉴먼 스쿨에 입학. 학교 풋볼팀
            선수로 활약. 학교에서 발행하는 『뉴먼 스쿨 뉴스』에 단편
            세 편 발표.

1913   프린스턴 대학교에 입학. 프린스턴 대학교 잡지인 『프린스턴
            타이거』를 비롯한 여러 문예지에 단편과 희곡, 시 등을 발표.

1914-15   일리노이 출신의 상류층 사교계 여성 지네브라 킹을 파티에
            서 만나 교제 시작. 성적이 부진하던 피츠제럴드는 3학년 때
            아프다는 핑계로 휴학.

1916-17   복학하지만 졸업하지 못하고 지네브라가 다른 남자와 결혼

을 약속하면서 교제가 끝남. 1917년 미 육군 소위로 임관함. 자신의 대학 시절을 토대로 한 장편소설 '로맨틱 에고이스트'를 집필하기 시작.

1918   '로맨틱 에고이스트'의 원고를 완성하여 뉴욕의 스크리브너 출판사에 보냄. 앨라배마주 몽고메리 카운티 클럽에서 대법관의 딸 젤다 세이어와 만나 사랑에 빠짐. '로맨틱 에고이스트' 원고가 거절되었지만 개작 후 다시 보내보라는 요청을 받음.

1919   1차 세계대전이 끝나면서 육군 제대 후 젤다와 약혼. 뉴욕의 배런콜리어 광고회사에 취직함. 피츠제럴드의 불투명한 장래를 이유로 젤다가 파혼을 선언함. 피츠제럴드는 회사를 관두고 세인트폴에 돌아와 '로맨틱 에고이스트'를 다시 집필하는 데 전념함. 편집자 맥스웰 퍼킨스가 원고의 출간을 허락하여 스크리브너 출판사에서 출간이 결정됨(제목은 '낙원의 이편'으로 변경됨).

1920   『새터데이 이브닝 포스트』에 단편 소설을 발표하기 시작. 『낙원의 이편』이 출간되고, 일주일 후 뉴욕에서 젤다와 결혼하여 코네티컷주 웨스트포트에 거주. 첫 소설집『말괄량이들과 철학자들』출간.

1921   『메트로폴리탄』에 「아름답고 저주받은 사람들」 연재 시작. 영국, 프랑스, 이탈리아 여행. 딸 프랜시스 스콧 피츠제럴드(스코티) 출생.

1922   두 번째 장편소설『아름답고 저주받은 사람들』출간, 두 번째 소설집『재즈시대의 이야기들』출간. 롱아일랜드 그레이트넥으로 이주.

1923   장편 희곡 〈채소〉를 출간했지만 공연 실패로 빚이 생겨 단편 소설 집필에 매달리게 됨.

1924   프랑스에 머무르다가 상류층 미국인 부부 젤라와 사라 머피를 만나 교유함. 여름부터 가을까지 장편소설 『위대한 개츠비』를 집필하여 초고 '황금 모자를 쓴 개츠비'를 탈고. 이탈리아와 스페인에서 겨울을 나는 동안 퇴고함.

1925   세 번째 장편소설 『위대한 개츠비』 출간했지만 판매 부진. 프랑스 파리에서 어니스트 헤밍웨이와 만나 친교를 맺음. 장편소설 『밤은 부드러워라』 구상 시작.

1926   『위대한 개츠비』가 브로드웨이 무대에 오르고, 세 번째 소설집 『모든 슬픈 청년들』 출간.

1927   할리우드 영화사에서 일하기 시작하지만 성과는 좋지 못함. 델라웨어주 엘러슬리로 이주. 소설 『밤은 부드러워라』 구상 시작.

1928-29   프랑스, 이탈리아, 북아프리카 등지 여행. 『새터데이 이브닝 포스트』에 훗날 『바질 이야기』로 묶이게 될 '바질' 연작을 연재하기 시작. 젤다와의 갈등이 심화됨.

1930   젤다가 파리에서 심각한 신경쇠약 증세를 보임. 젤다의 치료를 위해 스위스 요양소에 머무름. 치료비를 충당하기 위해 단편소설들에 전념함.

1931   아버지 사망. 젤다 퇴원 후 미국으로 귀국. 할리우드에서 다시 시나리오 집필을 시작하지만 여전히 큰 성과를 거두지 못함.

1932   젤다가 두 번째 발작을 일으켜 존스홉킨스 대학 정신병원에 입원함. 젤다는 6주 만에 장편소설 『날 위해 왈츠를 남겨 주오』를 집필했으며, 그녀의 유일한 소설이 됨.

1934	네 번째 장편소설이자 실험적 작품 『밤은 부드러워라』 출간했으나 판매 부진. 젤다가 세 번째 발작을 일으켜 메릴랜드의 정신병원에 입원함.
1935	네 번째 소설집 『기상나팔 소리』 출간. 에세이집 『무너져 내리다』 준비. 노스캐롤라이나주 트라이턴과 애슈빌에 머물며 요양.
1936	어머니 사망. 경제 사정이 연이어 악화하면서 딸을 기숙학교에 보냄.
1937-39	할리우드로 재초청받아 여러 편의 시나리오를 다듬기 시작. 가십 칼럼니스트인 셰일러 그레이엄과 사귐. 젤다와의 갈등이 지속되었고, 피츠제럴드는 심각한 알코올중독에 시달림. 프리랜서 시나리오 작가 및 『에스콰이어』 단편 작가로 일함. 장편소설 『마지막 거물의 사랑』 집필 시작.
1940	12월 21일, 그레이엄 자택에서 심장마비로 사망. 메릴랜드주 로크빌 세인트메리스 묘지에 묻힘.

바질 이야기

초판 인쇄	2024. 10. 18.
초판 발행	2024. 10. 25.
저자	F. 스콧 피츠제럴드
역자	이영아
편집	강지수
발행인	이재희
출판사	빛소굴
출판 등록	제251002021000011호(2021. 1. 19.)
팩스	0504-011-3094
전화	070-4900-3094
ISBN	979-11-93635-26-1(04800)
	979-11-93635-25-4(세트)
이메일	bitsogul@gmail.com
주소	경기도 고양시 덕양구 꽃마을로 66 한일미디어타워 1430호
SNS	

	인스타그램	instagram.com/bitsogul
	X(트위터)	x.com/bitsogul
	네이버 블로그	blog.naver.com/bitsogul